光文社文庫

時代小説傑作選

江戸の職人譚

菊池　仁編

光　文　社

目次

時代小説傑作選

江戸の職人譚

夜の小紋

乙川優三郎

著者プロフィール　おとかわ・ゆうざぶろう◎一九五三年、東京都生まれ。千葉県立国府台高校卒。一九九六年に「藪燕」で第七六回オール讀物新人賞、「霧の橋」で第七回時代小説大賞、二〇〇一年に『五年の梅』で第一四回山本周五郎賞、二〇〇二年に『生きる』で第一二七回直木賞を受賞、二〇〇四年に『武家用心集』で第一〇回中山義秀文学賞を受賞。近著に『クニオ・バンプルーセン』がある。

生まれた家、生きてきた世間が違えば、食べるものも親しむものも違う。人は自ら経験しないことには鈍感だから、頭で思うほどには分かり合えない。結局は分相応に暮らすことが互いの幸せにつながる、と言った父の言葉の綾《あや》を由蔵《よしぞう》はあとになって噛《か》みしめた。

兄の信兵衛《しんべえ》が急死して、それまで考えてもみなかった魚油問屋の主の座が転がり込んできたとき、彼はまったく別の将来を摑《つか》みかけていて、そのための地固めもすんでいたのである。何年か前に隠居するにあたり父は兄を説得し、ひとりきりの弟に分家させて魚油の小売をさせようとしたが、それも由蔵は自分にはやりたいことがあるから、と辞退していた。決められた流れに乗って入荷し、出荷するだけで金の生まれる商いのかわりに、彼が望んだのは新しい小紋《こもん》を考案し、その手で型を彫ることであった。

それ以前に、兄を支えて暮らしてゆくという生き方を考えなかったわけではないが、こちらがそのつもりでも兄には迷惑なだけかもしれないと思った。信兵衛にはすでに跡取りとなる男児が生まれていたし、いずれ弟よりも息子を恃《たの》むはずであった。それより何より由蔵には夢があったのである。

若いころから何となく色彩や紋様といったものに興味のあった彼は、あるとき父の用事で紺屋《こうや》を訪ね、そこで目にした小紋の引き染めに魅せられてしまった。青みの強い江戸紫に染め抜かれた小紋は「菊に十」で、色といい紋のこまやかさといい、様式美の極みであった。同じ紋でも型紙によって差の出ることを知ると、興味はそこでは見られない型彫りにまで及んだ。以来、彼は京橋にあるその紺屋に入り浸り、染色の技術を学んだり、思いつくままに小紋の図案である下絵を描いたりもした。武家の定《さだめ》小紋《こもん》は別として常に新しい柄が求められる小紋の創作は自由で、下絵を描く人も、型を彫る人も、染める人も、着る人も精緻《せいち》さと趣向を競い合う。いつか自分が考案した小紋を町中で見る日を想像するのは楽しみを越えた夢であり、図案や型彫りは男の立派な生業《なりわい》であった。そうして人生の行く手が見えてくると、彼はどうせなら紺屋に生まれたかったと思ったほどだが、現実には魚油問屋の息子という立場がその後もつきまとった。

そろそろ道楽は切り上げて家へ帰らないかと父が言ってきたのは、十九のときに型彫師に弟子入りしてから五年目のことである。父はときおり体調を崩して寝込む兄のことが不安だったのだろう。兄にはすでに妻子がいたが、母はさきに亡くなっていたから、父が身内として心から頼れるのは外に出していた次男であった。一度は由蔵に勝手を許したものの、そのころから父の気持ちは変わりはじめたようである。一年後に兄が急逝《きゅうせい》すると、彼はあわてて、息子を連れ戻すために五人もの人間を師の家へよこした。

「これだけの身代《しんだい》を捨てて、わざわざ職人になることはあるまい」

それまでおおらかに広げていた掌《てのひら》で拳を握るような変わり身であった。由蔵は一家の不幸から逃げるつもりはなかったが、つい昨日までは家を出て独立することが次男としての責務であったから、家を潰す気かと父に迫られると筋違いな気がした。兄が遺した一子はまだ八歳であったが、店には商売を知り尽くした番頭がいたし、父も健在だったからである。十年もすれば孫が家業を継ぐ目処《めど》は見えてくるはずであった。けれども父はその十年にこだわった。商家の主というものは年寄りでも子供でもいけない、ましてや一度隠居した自分が主にかえっては店の信用に関わる、と言って譲らなかった。無責任な世間の口から底意地の悪い噂が立つのを怖れたのかもしれない。

深川で魚油といえば銚子屋《ちょうしや》をさすほど店は繁盛していたが、粗悪な灯火用の油を大量に売り買いするだけの商売は老舗《しにせ》の信用で持っていた。商品が粗悪なだけに、客は量と値段のほかに注文はつけない。仕入れが滞《とどこお》らなければ大きな心配もないかわり、おもしろみも張り合いもない商いであった。

「そういうことなら、十年に限り、お引き受けいたします」

家という、どう足掻《あが》いても振り放せない自分の根のために、由蔵は折れたつもりであった。ただしそれには条件があって、末を約束した女がいるから妻に迎えたい、と彼はふゆのことを話した。ふゆは京橋の紺屋で友禅の色挿《いろざ》しをしていた女で、ふたりは着物という最も身近な装飾に関わりながら生きてゆくことを決めていた。

「しかし、それではわき、と恒吉《こうきち》の立場がなくなる、できれば嫂《あによめ》直しということで丸く収めてほしい」

そこから話はもつれて、巡り巡った果てに父の口から分相応という言葉を聞いたのだった。ふゆは裏店《うらだな》の生まれで、たしかに商家の暮らしには向かない。油を貯蔵する穴蔵や広間のある家を見るだけでも驚くだろう。彼女の思い描く家庭は、そばに由蔵という型彫師のいる質素なものであった。控え目な美しさと繊細な感性を持ち、下絵を見るだけで染め上がりの分かる女、由蔵もそういう彼女が気に入って、夫婦で創作に励む地道な生き方を決めたのである。けれども彼を取り巻く現実が変わると、ふたりのささやかな計画は吹き飛んでしまった。家に戻るにしても由蔵はふゆと別れるつもりはなかったが、彼女との間に子が生まれれば今度は銚子屋の跡取りを誰にするかでわきと揉《も》めることになる、と父は案じた。

「嫂と子供までは引き受けられません、是が非でもというなら、いっそ奉公人の中から義姉《ねえ》さんが婿をとればいい」

「それでは銚子屋が銚子屋でなくなる、おまえとわきが形だけでも夫婦になってくれれば、あとはどうしようとかまわない」

父は由蔵の幸福ではなく、店の体裁と家を継ぐ血のことだけを案じていた。ふゆという女の血はこの家には馴染《なじ》まない、と会いもせずに決めつけながら、話し合いになると言葉巧みに由蔵を説き伏せた。自分の生を継ぐ子孫と古い家が生き甲斐の老人にとって、嫁が他人の子を産むのは論外であった。彼の愛情は孫の恒吉にそそがれていたから、由蔵は当座の主であればよかった。そう分かっていながら、由蔵は父の望みを無視するわけにもゆかなかったのである。父を拒むことは家族を見捨てることであったし、永遠に帰る家をなくすことにつながった。結局、嫂直しもしないかわり、ふゆも家には入れないということで父子は妥協するしかなかった。

「生まれた家も抱えているものも違いすぎるのです、お別れしましょう」

由蔵が家へ帰ることが決まると、ふゆは誰を恨《うら》むでもなく身を引こうとした。潔いというよりは情の薄さを由蔵は感じたほどである。

「十年なんてとても待てませんし、たとえ待てたとしても、そのころには相手にされない女になっています」

「そんなことはない」

「由蔵さんは男だから、いくつになってもおかしくないでしょうけど、女にはいまという限られたときしかありません」

彼らは幾度か同じ話し合いをし、同じ結論に行き着いては言葉をなくした。あとから思えば自分の優柔な態度がもたらした成りゆきに、由蔵はうろたえた。女と家を秤《はかり》にかけておきながら、ふゆを失うことは考えていなかった。切羽詰まった彼は、ふゆと二人で暮らすための家を借り、そこではただの由蔵となって小紋の型彫りをすると約した。女のための別宅も暮らしの保証も問屋の主にできないことではなかったが、彼女は首を振った。

「それではお妾《めかけ》さんと同じです」

「女房がいないのに妾とは言わない」

「夫でもない人を待つことに変わりありません」

その秋の終わりに由蔵は師のもとを引き払い、六年を暮らした山城河岸《やましろがし》から深《ふか》川平野町《がわひらのちょう》の実家へ帰った。父と嫂のわきはもちろん奉公人も新しい主を快く出迎えてくれたが、どこにいても油の匂う家は広いだけで味気なかった。ふゆは急に遠くなり、ふたりで温めた夢と引き換えに過去の染みた古くさい家を手にした気分だった。兄の気配の残る主の部屋に収まると、彼は自分を囲んでいる色彩の貧しさに落胆した。家の中に地位を得た喜びはなく、いまさら後悔してもはじまらないと思いながら、その日から女の幻影と暮らすことになった。

商売の活気の中で孤独と向き合うのは皮肉な成りゆきだったが、若い主のげっそりした顔は好調な商いに水を差すだけで何の役にも立たない。彼は気を引き立てて、日中は主の顔を作り、夜になると小紋の創作に取り組んだ。商売に気を取られた頭からはろくな柄が浮かばなかったが、下絵を描くことが慰めであった。

もっとも、ふゆとのつながりのために描くのか、好きだから描くのか分からないまま一月もするとつまらない絵ばかりが貯まり、筆を投げ出した。豊かな発想が精神の充実から生まれることを思い知る結果となった。

　夢が色褪《いろあ》せてゆく焦《あせ》りから、ふと紺屋を訪ねてみようかと思うとき、そこには色挿しをするふゆの姿が浮かんだ。行けば会えると思う一方で、終わったことは仕方がないという気持ちが働き、ぐずぐずした挙げ句、行かずじまいであった。紺屋を店へ呼ぶならともかく、商家の主がのこのこ出かけてゆくのはおかしいし、行ったところでふゆと話ができるとも思えなかった。

　そのうち重い冬がゆき、春がすすむころ、ふゆが京橋の紺屋をやめたという話が伝わってきた。ちょうど型彫りの師匠の家の近くへゆくことがあって、それとなく訊《たず》ねると、彼女は長屋も引っ越して別の紺屋へ移ったという。どこの紺屋かは聞けなかった。由蔵が考えていたより早く、ふゆは人生を切り替えたようだった。

　やがて商売にも暮らしにも馴れがきて、主らしくなるに従い、家族は由蔵を中心に固まるかに思われた。父は取引先の信用を得た息子にほっとし、わきは義弟に亡夫の面影を見るのか、甲斐甲斐しく身のまわりの世話をした。甥の恒吉は叔父さん、叔父さんと呼びながら、父親の代わりをもとめた。すると一家は何年も前からそうして暮らしているような、ひとつの鋳型《いがた》に見えたが、朝、昼、晩と顔を揃える食事どき、継ぎ接《は》ぎの家族がそれぞれを見る気持ちは複雑であった。父はそれが生き甲斐の、家の行く末を握る隠居であったし、わきは相変わらず嫁であったが、恒吉という末の主の親であり、外から見れば銚子屋という家の内儀《おかみ》でもあった。由蔵はその中に溶け込もうとしている自分と、そこにいる成りゆきが気に入らない自分を感じて、いつかは飛び出すのではないかと予感した。

　夕餉《ゆうげ》のあとのひととき、彼はやはり小紋の下絵を描かずにはいられなかったし、ひとつではつまらない柄も並べることによって美しく整うように、根気が思いがけない結果を呼ぶかもしれなかった。そこでは描くことが休息であり、描かなければ人として不本意に終わるしかなかった。彼は一度投げ出した筆をとりながら、いずれ紺屋を訪ね、下絵の中から商売になる柄を選ばせ、その手で型を彫ることを考えていた。染め上げた反物を呉服屋が気に入れば、やがて着物に仕立てられて人が纏《まと》うことになる。小紋はそうして着物になってはじめて生きるから、型が日の目を見るには紺屋の腕を恃まなければならない。下絵からはじまり、型彫り、型付け、引き染めへと小紋は職人の手でつながっていた。

　どこかでそれはふゆにもつながるはずであったが、店に籠《こも》っていてはつながるものもつながらないと思った。小紋に向かう情熱に紺屋の目で付き合ってくれる女の数は限られている。ふゆを失ってみて、彼はその存在の貴重さに気付いたが、後の祭りであった。

分相応というのであれば、一介の型彫師としてふゆと暮らすのが幸せであった。家は父やわきや恒吉のもので、ほかに居場所を知らない彼らが守り継いでゆくのが妥当であった。明日は紺屋を訪ねようと思うとき、藍《あい》の匂う仕事場で布を相手に黙々と働く人影が見えてくる。そこでは由蔵もひとりの職人となって、自然に解け合うのだった。

「それはそうだろう、目指すところはひとつなのだから、しかし職人として付き合う女と女房は別のものだ、育ちの違う夫婦は職人のようには分かり合えない」

父は口のうまいことを言ったが、何事も銚子屋という家のために決めてゆく人であった。その言葉に惑わされ、由蔵は気が付くと自分という人間の行く先を失っていた。かわりに主という権力の座に納まりながら、その身を窮屈に思うのは、そこが人から与えられた居場所だからであった。そのことはあとになって彼を悩ませたが、ふゆは自分の居場所を心得ていたのだろう。月日とともに染め物の世界からの風聞《ふうぶん》は途絶えて、彼女はごく自然に由蔵の暮らしから遠ざかっていた。

平野町の店の前は堀川になっていて、下総《しもうさ》の銚子から運ばれてくる魚油は目の前の河岸に着けた高瀬舟から直接荷揚げする。油堀《あぶらぼり》と呼ばれる幅十五間ほどの川の対岸は永代寺《えいたいじ》の敷地であったから、のびのびと松の茂る清閑な眺めと荷揚げどきの活気は対照的であった。舟にはときおり仲買人が乗り込み、油となる鰯《いわし》の水揚げのようすを知らせてくる。いまのところ漁は順調だが、広い外海のことだから、いつどうなるか知れないという男へ、

「江戸では干鰯《ほしか》より油がいる、肥料は〆粕《しめかす》でもいいのだし、不漁のときこそ干鰯にとられないようにしておくれ」

と由蔵はよく注意した。自分でも意外なほど、歳月は彼を勤勉な商人に変えていた。江戸にいても銚子のようすは手に取るように分かっていたが、そうして仲買人を操るのも商いのうちであった。いつの間にか顔付きにも主の風格がでて、父の思惑はそれなりに結実したのである。

もっとも商売に明け暮れ、年を重ねるうちに、小紋の創作からは遠ざかっていた。ぷつりと情熱の糸が切れたのは、鰯の不漁で商売が傾きかけた時期があって、

どうにか乗り越えたあとのことである。ひやりとさせられて商売に力を入れないわけにはゆかなかったし、そのことに精力をそそいでしまうと小紋は後回しになった。

それ以前に彼は幾度も紺屋を訪ね、下絵を見てもらっていたが、ひとつとして染めに回されたものはなかった。知らぬ間に感性が鈍っていたのか、自信作まで一蹴《いっしゅう》されると、何を描いても凡庸《ぼんよう》な気がした。それでも気を取り直して描いた下絵を持ってゆくと、

「小紋てものは粋でなくちゃいけない、こりゃあ、遊びが過ぎて浴衣《ゆかた》の柄だろう」

染師のひとことに打ちのめされた。前にふゆにも見せたことのある大まかな図案を丁寧に描き直した下絵は、卸し金と小鉢と大根を紋様化した「大根卸し」で、別の紺屋にも見せたが、おもしろいが品がない、と同じ感想であった。小紋の美しさに惹《ひ》かれてはじめたことが小紋の本質から離れてゆくことになり、情熱も努力も実らなかった。わざわざ銚子屋の主に型彫りを依頼するものもなく、いままでは彫師としての腕も忘れられている。

「いつかの蛍《ほたる》の絵は風情があって、よろしうございました」

ときおり店のものが気を遣うだけで、実際に筆をとる日はまれであった。かわりに夜の町へ出かけることが多くなり、酒で気分を変えては繁雑な一日をやり過ごした。

その晩も仲買の藤兵衛《とうべえ》を誘って馴染みの店へ向かっていると、通りを賑《にぎ》わす玄人《くろうと》じみた女たちが目に付き、深川の夜の顔を見る気がした。それと分かる芸妓《げいぎ》は別として、女たちは着飾った町女房のようでありながら、跡をつけて行く先を突きとめないことには何をしているのか分からない印象であった。信心と淫蕩《いんとう》、商売と浪費が紙一重の町は、夜になると同じ女を艶冶《えんや》に見せるのかもしれない。由蔵は習い性で、すれ違う女の着物に目をやっていたが、振り返るほどの小紋には出会わなかった。

富岡八幡に近い繁華な町の小路にある「月郷《つきさと》」は料理の店で、細い露地の奥の家居《いえい》は狭いものの落ち着きがある。紅灯の巷《ちまた》にあって大袈裟《おおげさ》なものは何もなく、通りの喧騒を断ち切る静けさと簡潔な持てなしが自慢であった。女中の物腰や坪庭のある佇《たたず》まいから、京の料亭を思い浮かべる客もいるだろう。由蔵が通る座敷は奥の一間に決まっていて、そこからは苔《こけ》の庭が眺められた。

「はじめて来たのはいつだったたか、拾い物をした気がしたよ」

「庭がいいですねえ」

と藤兵衛も目を見張った。座敷からは見えない釣り灯籠《どうろう》の明かりが、夜の庭を神秘なものに見せている。肝心の料理は店に任せるしかなく、酒は剣菱《けんびし》と決まっていたが、同じ客に同じものは出さないことも由蔵は気に入っていた。これからの季節はおいしいものがたくさんございますから、と出迎えた女中がしばらくして酒を運んでくると、ふたりは猪口《ちょく》に酒を注《つ》いでもらった。

「ご隠居が亡くなられて二年になりますか」

「ああ、先月、三回忌をすませた」

「早いものでございますな」

先々代にあたる父と長く関わってきた藤兵衛は、ひとつの流れの終わりを自身の人生に重ねて、自分もそろそろ隠居しようかと考えていると話した。彼には健康な息子が四人もいるので、あとのことは心配ないが、体はまだ動くし、隠居して何かをしたいということもない。正直なところ、そんなことで悩む日がくるとは思わなかったと苦笑した。

「急ぐことはないだろう、体がきくうちは続けてもいいのじゃないか」

由蔵は言ってから、人のことは簡単なものだと思った。藤兵衛の息子たちを知らない彼は、目の前にいる男の人生だけを考えてやればよかった。ある意味で、それは父が家のためと言いながら、恒吉のことだけを考えていたのに似ている。父の主義ははっきりとしていて、世の中には彼にとって大事なものとそうでないものの二通りしかなかった。人間で言えば大事なのは孫の恒吉であったから、一度外に出した由蔵は息子でありながら曖昧《あいまい》な存在でしかなかった。

九年の歳月が過ぎてみると、商売に明け暮れて妻帯もせず、いったい何が残ったろうかと思う。自由になる金は増えたが、人として満ち足りているとは言えない。銚子屋の主であることに違和感を覚えながら、本来の自分も見失ってしまった。由蔵は当初の約束である十年の期限が迫っていることに気付いていたが、皮肉なことに恒吉に跡を譲ってどうするという当てもなくなっていた。型彫師の腕は錆《さび》付いてしまい、紺屋はどこよりも遠くなっていた。父は最期まで孫の成長を夢見ていたが、そうなったときの由蔵の身の振り方については何も語らなかった。

「恒吉を頼む」

それが最期の言葉であった。彼は由蔵の十年を奪って、まんまと家の命をつないだのである。死後も思い通りにするのだから、たかが妄執と馬鹿にはできない。人ひとりの執念もそこまでくれば本物であった。いずれ恒吉が主になるとき、父の霊は家のどこかに出てくるに違いない。

「むつかしいものですな、自然に身を引くというのは……家があってそこに暮らすことは変わらないわけですから」

藤兵衛が言い、由蔵は酒を嘗《な》めながら、いずれにしても隠居は避けられないという話を皮肉に思った。それは半年後の自分のことでもあった。主の代替わりについて嫂のわきは何も言ってこないが、年が明けて十八になった恒吉はそのつもりで熱心に商いを覚えている。若いというだけで、中身はもう一人前の商人と言ってよかった。そのことを由蔵は一方で喜びながら、一方でどう受けとめてよいのか分からずにいた。主の座に未練はないものの、若い甥に跡を譲って家を出ることにも目当てがないからだろう。

「隠宅でも建てて好きに暮らしたらいい」

「それもまた淋しいものです」

「歳をとるほど家族と切れるのはむつかしいね、若いうちにうまく切れたら別の生き方もできるのだが……」

夜の庭に目を移すと、ちょうど小紋の千筋《せんすじ》のような竹垣の内側に苔がしっとりと輝いている。平たい庭石にも伸びた苔はそれだけでひとつの造形で、芥子《けし》粒よりも小さな緑の粒子は小紋の極致と考えられなくもない。僅《わず》か二坪の世界にも十年一日の静寂があって、人と違い、変わらない眺めに由蔵はいまも憩《いこ》った。客の目が庭にとまったのを潮に女中が料理を取りに立ってゆくと、入れ替わりに女将《おかみ》のはやが挨拶にきた。江戸では珍しいほどの色白で、艶《つや》やかな肌を持つ女主人は四十がらみだと聞いている。商売柄、常に控えめに姿を作るが、着ているものは一流であった。いっとき通い詰めたころから今日まで、由蔵は同じ着物姿をほとんど見たことがない。

「いらっしゃいまし、今日はお連れさまがいらしてよろしうございます」

はやは近しい人でも迎えるように、明るい声で言った。笑顔が作り物に見えない商売向きの人で、今夜は深い珊瑚《さんご》色の着物姿が美しい。遠目には無地にも見える行儀《ぎょうぎ》小紋に合わせているのは、市松《いちまつ》風に宝尽くしを配した帯であった。宝のうち隠れ蓑《みの》が着物と、山吹色の丁子《ちょうじ》が帯締めと同じ色をしている。一色染めゆえに厳選された華やかな色合いは顔映りがよく、しかも奥ゆかしい雰囲気を醸《かも》し出して見事であった。

「いい色だね、どこで染めてもらった」

「出来合いでございます」

「紺屋でないとすると、呉服屋の主を手なずけたか」

はやは微笑《ほほえ》みながら、お連れさまが本気になさいます、と言いわけした。一気に座敷が華やぐと、藤兵衛も自然な笑顔になって目を楽しませた。はやは藤兵衛に自分を紹介してから、彼の着物に目をとめて、

「よいものをお召しですこと」

と藍染めの優雅な皺《しぼ》出しを眺めた。ほめられた藤兵衛は気をよくしたようであった。

「これは銚子縮《ちぢみ》といって、丈夫で肌ざわりがいいだけの有りふれた着物です、もっとも女将さんのような人が着たなら見違えるかもしれない」

「着物がさりげないだけに、却《かえ》って帯がむつかしいでしょうね、何でも合ってしまうものが一番困ります」

「ほしいなら一反《いったん》取り寄せてやろうか、そのかわり今夜はしばらく付き合ってくれ」

由蔵は話が着物へ向かうのを無意識に楽しんでいた。女は着道楽で話が早いし、藤兵衛もいっとき商売を忘れて楽しめるだろうと思った。じきに料理が運ばれてくると、はやは女中に指図して、自分はそのまま座敷に残った。彼女も着物の分

かる客といるのは楽しいとみえて、それからはすすんで変わり格子や小紋の美しさについて話した。

「古着にもそれはよいものがあって、気に入ったものは仕立て直して着ております、五十年より前のものには職人の思いと着た人の魂がどこかに染みついています」

「洗い張りをして、せっかくの魂が落ちやしないか」

「それで落ちるようなら、それだけの着物でございましょう、そういうものには未練も湧きません」

「一度、女将の居間を見たいものだな、夜な夜な古い葛籠《つづら》から着物の亡霊が出てくるのじゃないか」

「ええ、ときどき、でも着てやることでおとなしくなります、着物は人に着られて生きつぐのですし、とくに女のものは執念深く生き続けます、銚子にもそんな着物が待っているかもしれませんね」

彼女はさりげなく話題の糸を藤兵衛にも絡《から》ませながら、空いた猪口を満たすのも忘れなかった。酔うほどに珊瑚色の小袖が艶《あで》やかに見えて、銚子を傾ける白い指は若い娘のそれよりもしなやかであった。由蔵は隠居するという藤兵衛に、こういう人をそばに置けるなら隠れて暮らすのも楽しいだろうと揶揄《やゆ》したが、本当のところは同じ言葉をはやに向けて反応を見たい気持ちであった。成熟した女の妖しさとは別に、語ることが難なく通じ合う気安さがはやにはあって、どういう形であれ関わり続けたい気がする。好きな着物の話をするとき、彼女はいっそう輝き、彼は彼で着物の魔力を見るのだった。

寛《くつろ》ぎの中にもある心地よい緊張を楽しんでいると、どこにいるときよりも充足し、休らう自分を感じる。ここでは客が女将に同化して、外の世間とは別の世界を堪能するのだろう。素性など知らずとも着物を見る目があれば、彼女に親しむのはたやすかった。

「酒も料理もうまいが、何より女将さんがいい」

酔ってきた藤兵衛は手放しに褒《ほ》めると、急に銚子縮の反物は自分が贈ろうと言い出した。先染めにするから色を聞いておきたいと言う彼へ、女は迷わずに銚子の海の色がいいと答えた。藍染めで出すにはむずかしい注文に、藤兵衛は思い巡らす顔になったが、

「沖の黒潮なら藍か納戸《なんど》色でしょうが、銚子口の海なら浅葱《あさぎ》でしょうな」

しばらくしてそう言った。

「できれば明るい夏の海をお願いします」

「銚子の海をご存じですか」

「いいえ、存じませんが、だからこそ銚子の方からいただくものを見て海を思い浮かべるのは楽しいでしょうし」

「いつか銚子へ行くことになりそうだな」

と由蔵も期待した。

「そのころには藤兵衛も隠居しているだろうから、のんびり磯巡りでもしよう、それともいっそ古着屋を巡るか」

「お待ちしております」

藤兵衛が言い、それなら、と由蔵が本気で誘おうとしたとき、女中の声がして酒を運んできた。若い女中は小声ではやに何か告げると、立て込んできたので女将さんをお借りします、と言い繕った。しっとりと華やいだときはたちまち終わるかにみえたが、はやは悠然とかまえて、途切れた話を着物のことに戻した。

「そういえば先日おもしろい小紋を見つけました、紺地の反物で見たのですが、ここで着るなら萌黄《もえぎ》色だろうと思い、染めさせています」

「紋は何だね」

「何だと思われます」

「もったいぶるな、どうせどこかの半端物だろう」

由蔵は言ったが、おもしろい小紋と聞くと落ち着いていられなかった。どうしてか嫉妬《しっと》に近い職人の興味が湧いて、気持ちが若く弾むのだった。はやは目の前にいる男が型彫師だったことを知らない。どこかの女のために着物のよしあしを覚えた道楽者くらいに思っているはずである。そうではないことを証《あか》したいし、いまの自分の目を試してみたい気もする。半端物かどうかはご覧になれば分かります、とはやは上客の興味に応えるつもりらしかった。終わりかけた料理よりも語らいを惜しみはじめた男たちへ、

「ご覧いただくなら、仕立て上がりがよろしうございます」

彼女はけじめの酌をして言った。優しく澄んだ目に薄い笑いを浮かべて、よほど自信があるとみえる。

「いつ来ればいい」

由蔵は連れがいるのも忘れて、艶冶な女の眼差しに見入った。

「一月ほどお待ちいただければ……」

「一月も待てんな」

「その前にいらしてくださるのはうれしうございますが、着物はお見せできません、少しはこの家に馴染むのを待たなければなりませんし」

不満げな男の顔へ笑いかけながら、来月のいまごろには必ず、と彼女は約した。それから美しく辞儀をして立っていった。あとには気の抜けた淋しさが残り、男たちはどちらからともなく顔を見合わせた。若い女中が女将さんは座るだけで華があるから羨ましいと言い、藤兵衛も美しいものに出会った興奮を隠さなかった。

「しかし、どんな小紋でしょうね」

「あの人のことだ、着れば見栄えはするだろうが、本当にいいものはそうあるものじゃない」

由蔵は女中に酌をさせて、藤兵衛にも残りの酒をすすめた。今夜の目的は果たして、あとは帰るだけであったが、そそくさと立つのもはばかられて庭に目をやった。僅か二坪の幽寂《ゆうじやく》な眺めと酒で自分をごまかしていると知りながら、そこが傍目《はため》には幸福な男の逃げ場であった。

小紋と聞いて高鳴りかけた気持ちが静まるのを待つ間、彼は見送ったばかりの女の姿を思い浮かべて、自分なら何を描いて着せるだろうかと当てもなく考えていた。

銚子からの荷に混じり、藤兵衛から縮の反物が届いたのは、それから半月もしない夏日のことであった。見事な浅葱色に染められた縮は紺屋の葛籠に眠っていたそうで、改めて染めるまでもなかったらしい。広げると生地の皺が肌に優しく、いずれはやが身に纏うのかと思うと藍とともに女の香まで匂う気がした。

その日のうちに反物を仕立てに出すと、由蔵は半月後の夜に期待を膨らませた。反物のまますぐにでも「月郷」へ持参して、はやに手渡したかったが、どうせなら目当ての小紋の返礼にするのがいいように思われた。あの晩、彼女は自信を覗《のぞ》かせたが、どんなに精緻な小紋であれ、粋でなければ批判することになる。女は気を悪くして、落ち込むかもしれない。そのとき藍染めの縮は気まずい沈黙を和らげてくれるだろう。

自ら仕立屋の男を訪ねて依頼したあと、彼は気分を変えて川向こうへ足を伸ばした。自分がいなくても店はもう困らないし、そうしてときおり商売から抜けることで自然に代替わりがすすむのではないかと考えていた。永代橋から大川を渡って日本橋へ出ると、どこでもいいと思いながら、結局は呉服屋から呉服屋へと繁華な町筋を歩いた。何をしに川を渡ってきたのか、そのときになって分かると自嘲する一方で、自分の場所へ近付いた心地よさを感じる。もっとも、ここなら間違いないと言われる二軒の大店《おおだな》で小紋を見たが、染め色が変わっただけで驚くようなものはなく、すぐに店を出た。手描きの柄にはいくらでも新しいものがあるのに、小紋だけは十年も変わらないのか、と呆《あき》れる気持ちだった。

　まだ早い午後の人出の中を、足は京橋へ向かっていた。型は古いものの、久し振りに上等な小紋を目にして、染めたのは丁子屋だろうと思った。すると何をするという考えもなく、そのむかし歩いた道を辿《たど》っているのだった。江戸城の外堀に沿って、道には大小の商家が並んでいる。外堀はさらに幾筋かの堀川によって大川とつながり、そのひとつの京橋川を渡ると、彼には最も親しく、それでいて苦い記憶につながる町並みが現われる。水の流れるところには紺屋があって、ふゆがその町にいたころ、彼は山城河岸の師匠の家からよく丁子屋へ通ったものだった。小紋の型彫りは百年の使用に耐える精度を競うため、妥協しない目と根気がいるうえ、できた型紙のよしあしは生地を染めてみるまで分からない。息抜きといえば紺屋を訪ねて、川に漂う鮮やかな友禅を見たり、少し離れたところからふゆの色挿しを眺めることであった。

丁子屋の前に立つと、彼は脇の小道から裏へ廻って、染め物の干してある庭へ入っていった。そこまできてしまうと、案じていたようなためらいはなかった。過ぎた歳月のためか、染料の匂う紺屋の庭はただ懐かしく、伸子《しんし》張りをした露草《つゆくさ》色の木綿が整然と並んですがすがしいほどであった。庭続きの土間から奥の細長い仕事場を覗くと、年輩の男が大刷毛《おおばけ》で地色の引き染めをしているところで、すぐに誰かは分かったものの、下手に声はかけられない。

(末《すえ》さん、まだやってたのか……)

ちょうど十年ばかり老いて見える男の仕事ぶりに、由蔵はしばらく見入っていた。小柄な老人は末吉《すえきち》といって、引き染め一筋の名人であった。声をかけて手元が狂うとも思わないが、どのみち染め終えるまで振り向きはしないだろう。一反の布の端から端まで、彼の手にかかると染め色には少しのむらも出ない。一色染めの小紋を引かせたら、いまでも彼の右に出るものはいないだろう。そう一目で確信するほど、その動きは実に早く軽やかで、それでいて職人の信念まで染め込んでゆくかのようであった。

ほかの職人たちはどうしているのか、いくつかに仕切られた仕事場からは物音も人声も聞こえてこなかった。末吉が刷毛を置くのを待って声をかけると、

「由蔵さんか」

彼は驚いた顔をほころばせて、銚子屋の旦那が流れてくるとはどういう風の吹き回しか、と変わらない親しさで揶揄した。長い間お互いを忘れていた違和感はなかったが、じきに十年になる疎遠の言いわけに、用事で近くまで来たものだから、と由蔵は言うしかなかった。

「ちょっと見せてもらいましたが、相変わらず見事ですね」

「色出しは染料との知恵比べだが、色が決まって染めるときは自分を殺さないとうまくゆかない、とくに型染めはね、いい型紙があって糊《のり》置きをしたあと、まだ考えているようじゃ刷毛は持てない、型は正直だからね、いいものはいいように染まるものさ、下手に自分を出そうとするとしくじる」

「小紋が喜びますよ、地染めがよくて生きる命ですから」

どうせなら小紋を見たいと思ったが、末吉が染めていたのは庭に干してある矢《や》筈柄《はずがら》の木綿と同じものであった。それでも、さすがに色は美しい。紺屋というよりは染物屋といったほうがいい丁子屋は紫も紅も染めるし、反物なら微妙な色合いも柄も自在であった。末吉の仕事場の周りには使い込んだ道具が見えて、間仕切りのとなりは片方が色止め、もう一方が型付けや色挿しをする場所で、裏側には藍瓶が並んでいる。その片側にも土間があって、長雨の季節は炭火で染め物を乾かすのだった。それだけ納期の厳しい商売であるのに、末吉のほかに人の見えないことが気になって由蔵は訊ねた。

「今日はひとりですか」

「若いものは親方と話している、由蔵さんの知っている人はもういないだろう、あれから随分と人の出入りがあってね」

末吉は顔を曇らせたが、すぐに笑みを浮かべて気を取り直したようだった。変わったのは職人だけでなく、どうしてかいい柄に恵まれず、染めても染めても反物が捌《は》けない年が続いて、丁子屋の内証は苦しくなる一方だという。捌けない反物は安く流すか染め直すしかないし、数の知れた定番品や商家の御仕着せを染めて食いつないでいるが、それもいつまで続くか知れない。職人の給金も滞りがちで、いまも親方のほうが頭を下げているはずだと彼は話した。

「ひとつ歯車が狂うと何から何までうまくゆかない、親方も根は職人だから呉服屋の口にはかなわないし、いいものを染めるしかないことも分かっている、分かっているが、肝心の型紙や下絵がないことには紺屋は染めようがない」

穏やかな笑みを浮かべて話す顔からは、却って丁子屋の苦境が見えるようだった。由蔵は間の悪いときに来たらしく、懐かしい場所を覗いて新しいものを見るつもりが、無沙汰《ぶさた》のつけを受け取ることになった。

「しかし末さんの腕は衰えませんね、むしろ上がっている」

「それもどうだか、染め一筋で終えるつもりだったが、この歳で川に入ることもあるよ」

「人がいないなら、手伝いましょうか」

由蔵は真顔で、まだ濡れている露草色の布に目をやった。染めた反物は蒸して色止めをし、そのあと水洗いしなければならない。初夏とはいえ老人を水の中に立たせるのは危険だし、染めの名人がすることでもないだろうと思った。そのとき奥から若い職人が出てきて、二人へ微《かす》かに目礼したかと思うと、無言のまま色止めをはじめた。末吉は男にあとのことを言い付けて、庭へ出ようか、と由蔵を誘った。

「色は工夫して出せるが、いい味の柄が出なくてね」

低い庇《ひさし》の下の縁台に腰掛けると、末吉は干してある伸子張りの染め物を眺めて溜息《ためいき》をついた。鮮やかな染め上がりの木綿は、どこかの料理屋で仲居の御仕着せにでもなるのだろう。それはそれで紺屋の本領だが、末吉の腕が新しさに挑む張り合いを求めてもおかしくはなかった。

「小紋はどうですか」

「うちはさっぱりだね、古い型で鮫《さめ》や通しや小桜を染めているが、捌ける色はおとなしいものばかりで思い切ったことはできない」

堂々巡りだよ、と末吉は首を揺らした。

「おふゆさんを覚えてるかい、あの娘がいなくなってからかな、店も職人もどこかおかしくなったのは……女とは思えない、いい筋をしていたし、色遣いも悪くなかった、萌黄の地に散らした波模様を白緑《びやくろく》と青磁《せいじ》で抑える腕は貴重だったね、そういう新しさを男の職人はこっそり盗んで自分流に磨いたりもしたのさ」

九年も前にやめた女のことを言い出す末吉に、由蔵は戸惑い、驚かされた。ふゆを忘れたわけではないが、こちらの身勝手から終わったことだし、思い出せば苦い思いをするだけであった。いまもその名を聞くと、懐かしさよりさきに胸苦しさを覚える。しかし、あれからどうしたのか、末吉が知っているなら聞いてみたい気持ちもあった。

「あの子が丁子屋の運を摑んでいたのかもしれない、そんな気がするよ」

と末吉は日陰から日溜まりの庭を眺めて淋しそうであった。

「もう一度来てくれたら大刷毛を持たせてもいいと思っている、女が着るものを女が染めて悪いことはないし、親方も今度は譲るだろう」

　図柄の色挿しをしていたふゆが一通りのことを覚えたいと言い出したのは、由蔵が銚子屋へ帰ったころだそうである。彼女は末吉にも引き染めを教えてほしいと懇願《こんがん》したが、当時の末吉の下には幾人もの徒弟がいて、彼らを措《お》いて女に教えるわけにはゆかなかった。

「すると丁子屋をやめたのは……」

「ああ、あのときはおれも反対したし、親方も許さなかった、女に型付けや引き染めはできないってね、思い上がりだったよ」

　意外な話の成りゆきに、由蔵はうろたえていた。女が自分から遠ざかるために紺屋をやめたと思っていたのも、彼の思い上がりのようであった。末吉の話からすると、ふゆは自身の可能性を求めて丁子屋を出ていったのである。思い切ったことをするものだと女の勇気に感心したが、あの人ならそうして当然だとも思った。当時の由蔵とふゆの仲を知っている末吉は、若かったふたりを思い出す目をして、

「あんたも、おふゆさんも、惜しいことをしたよ」

と言った。

「あのまま続けていたら、いまごろはいい小紋ができていただろう、若い人の生み出す新しい柄を誰も見たこともないような粋な色に染めてみたかったね」

「おふゆさんはともかく、わたしはもう魚油を売ることしかできません」

「それが家業の家に帰ったのだから仕方がないが、楽しみが減ったね」

「おふゆさんの消息をご存じですか」

知れば気がかりになるだけだと思いながら、由蔵はやはり訊《き》いてみた。末吉は何年か前に亀戸村《かめいどむら》にいると聞いたが、曖昧な記憶なのであてにならないという。確かめるなら銀座三丁目の「靍《つる》や」で訊けば分かるはずだと言った。丁子屋をやめたあと、ふゆはそこで修業したらしい。それから亀戸へ嫁にいったのだろう。自分とは違う形で女の上にも流れた歳月を、由蔵はわざわざ確かめたようなものだった。いまさら過ぎた十年を振り返ってどうなるものでもないし、会えば互いに気まずい思いをするだけである。

「死んだ親父が言ってましたよ、分相応に暮らすのが人の幸せだって、しかし、やってみるとそれでよかったとは言えない」

「そう思い通りにはゆかないもんさ、色出しと一緒で何度も試すことで手に入るものもあれば、月日をかけて甲斐なく終わることもある、それが身過ぎ世過ぎってもんだろう」

　末吉が言ったとき、さっきの若い職人が庭へ出てきて、おやじさん、いいですか、と呼ぶので、由蔵は帰る挨拶をした。末吉は腰を上げると、楽しかった、また来てくれ、と言って歩いていった。これからまた同じ木綿を同じ色に染めるのだろう。あれだけの腕がありながら、と由蔵はこのさき使うあてのない老人の技を愛《いと》おしむ気持ちだった。

　川沿いに歩いて大川端へ出ると、広い流れに洗われる小紋の幻影が見えるようであった。日に日に力を増してきた陽が川面《かわも》に揺れて、光の紋を紡《つむ》いでいる。川べりの木陰に佇みながら、彼は料理屋の女に縮を仕立ててやる自分と型彫りを忘れた自分、華やいだ夜の町と紺屋の現実を思い比べて嘆息した。それが身過ぎ世過ぎだと末吉は言ったが、この十年の成りゆきは父が望んだことで、あとには半端な自分が残っただけのように思われた。引き返せもしないし、とどまることもできない。かといってどこへ歩いてゆけばよいのかも由蔵には分からなかった。

　その日をきっかけに、彼は日中も出歩くようになった。何をするという目当てもなく出かけてゆく主を、恒吉もわきも笑顔で送るだけで何も訊かない。主の代替わりは自然にと考えていたように、店は叔父から甥の手に移りつつあったが、頼られる日々が終わると一気に老いた自分を感じて張り合いがなかった。不本意にはじめたことからようやく解放される日を前にして、気鬱《きうつ》になろうとは思わなかった。

京橋の紺屋で懐かしい人と話したあと、彼は思い切れずに「靍や」を訪ね、運よくふゆの住まいを聞き出していたが、一度訪ねたものかどうか考えあぐねていた。ふゆはやはり亀戸村にいて、そこでいまも染め物をしている。知らなければ悩まずに済んだことが、果たして気がかりになった。かけ違った若さの空白は長すぎて、女の十年を見てみたい気持ちの裏に尻込みする気持ちがあって決心がつかない。ぐずぐずするうち「月郷」から用意ができたと知らせがきて、彼は女将のために仕立てた銚子縮を持って出かけた。約束の一月は過ぎてしまい、幾日か遅れた晩夏の夜のことである。いつもの座敷で打ち水をした庭を眺めていると、酒肴《しゅこう》を運んできた女中と入れ替わりにはやが挨拶にきた。

「お待たせして申しわけございません」

と明るい声は過ぎた日数《ひかず》を詫びながら、目は自信に満ちている。由蔵はすぐにその着物に目をやった。女が身に着けているのは黒茶地に二つ枇杷《びわ》を散らした飛び小紋で、松菱《まつびし》の淡色の帯を締めている。向きが不規則な大小の枇杷は手描きらしく、鮮やかな橙黄《とうこう》色の実と青枇杷の対比が美しい。柄が強いわりに派手な印象はなく、金彩紅彩《こうさい》を控えた蒔絵《まきえ》を思わせる上品さであった。

けれども、それは由蔵が期待していたものとは違っていた。いいものだが、違うな、と思ったのは、好きな型染めの小紋ではないからであった。暗い地色と流行《はや》りでもない柄は女のふくよかな顔に合っていて、まるで彼女のためにあるような着物だったが、型紙で量産する緻密な小紋と違い、無地と見紛《みまが》う一色染めの奥ゆかしさは感じられない。しばらくして彼は率直な感想を伝えた。

「この地色にこの柄は映えるし、美しい、手描きでなければこうは調《ととの》わないだろう、枇杷が丸いから、わたしなら淡い色紙柄の帯を合わせるが、松のほうが涼しげでいいかもしれない」

「ありがとうございます」

「しかし小紋と呼ぶには大柄だし、聞いていた色とも違うね」

「おっしゃる通り、これは小紋といっても型で染めたものではありません、お見せしたいものは別にございますので、少々お待ちくださいまし」

彼女は言うと、ご覧いただく前に少しお召し上がりくださいまし、と料理をすすめた。女が醸し出す柔らかな気配に、由蔵もいっとき屈託を忘れて憩った。この人となら上手に生きてゆけるかもしれないと思うのは、いい歳をして自分を恃めない男の幻想としても、はやの仕草は近しく感じられて、まんざら見当違いとも思えなかった。

夜の庭は案外に明るく、打ち水の光が見えている。湿った苔の静寂から目を戻すと、いくつもの小鉢に盛られた料理の彩りが鮮やかであった。はやが扇子《せんす》で送る微かな風を感じながら、由蔵は食欲のない腹に少しずつ料理を入れていった。一口一口は美味《うま》いと思うのに、どうしてかいつものように箸《はし》はすすまなかった。

「銚子から縮を送ってきたので仕立てておいた、開けてみるといい」

彼は言い、はやが楽しみに畳紙《たとうがみ》を開くのを眺めた。皺のきいた浅葱色の衣が現われると、彼女は指先でさすりながら、思っていた以上の肌ざわりだと新しい着物との出会いを素直に喜んだ。

「色も清々として見事ですね、まるで海で洗ったようです」

「そうかもしれない、藍は染め上がりもいいが洗うほど味がでる」

「こんなふうに銚子の海は波が荒いのでしょうね」

皺の手触りを波に譬《たと》えたはやの言葉は由蔵の心をくすぐった。女は自分の城を持ち、着物という生き甲斐も持っていたが、それだけで終わらせるには惜しい人であった。好きなものを身に着けて暮らす女に、好きなものを与える男がいてもおかしくはない。甲斐性のある男なら誰でもそう思うだろう。料理よりも酒がすんで気分が乗ると、一度銚子へ行ってみないか、と彼は誘った。そのために料理屋を休ませるのはむずかしいが、女と海を眺めながら語らう一日は楽しいだろうと思った。彼女が行くと言えば、あらかた彼の行く先も決まるのである。

「銚子屋の主と銚子へ行って悪いこともないだろう」

はやは微笑みながら、うつむいていた。自分に寄りかかろうとする頼りない男を感じたのかもしれない。少し間をおいてから、彼女はためらいがちに話した。

「信じていただけないかもしれませんが、十三のときから休まずに働いてきて、どうにかひとりで暮らせるようになりました、こうして落ち着くまでにはいろいろとありましたし、ようやく自分で自分の面倒がみられるようになったばかりです」

「男と海を眺めては、せっかく築いたものが危うくなるか」

「やはり勇気がいります、ひとりに馴れてしまうとそれなりに生きてゆける気がして、温かいものに飢えているくせに臆病になります」

「そうむつかしく考えることはない、新しい着物でも買いにゆくと思えばいい」

「そうして失敗してきました」

彼女は苦笑してから、こんなことを平気で話すようでは女も終わりでしょうね、と明るく笑った。由蔵はうまくはぐらかされた気がした。

「着物相手に暮らすのもいいが、ひとりで震えやしないか」

「そんなときも着物が慰めてくれます」

「自分の匂いのする着物と添い寝してもはじまらない、ぞっとしない話だ」

照れ隠しに皮肉を言って酒を飲むうち、次の間から支度ができたと知らせる女中の声がして、はやが立っていった。開けられた襖《ふすま》の向こうには鏡に映したように同じ座敷があって、灯《あかり》はこちらよりも明るい。黒塗りの衣桁《いこう》に掛けられた鶸色《ひわいろ》の小袖は絹らしく、そこから小紋は見えないものの、微かに白い光沢が見えている。声をかけた女中が去って、はやが衣桁の脇に座ると、由蔵も静かに立っていった。

その瞬間、複雑な線の構図をとらえた彼の目は大きく見ひらかれていた。鶸色の地から白く浮き出しているのは見覚えのある小紋であった。卸し金と大根が組み合わされた紋様は錐《きり》彫りの点線で表わされ、むかし彼が下絵に描いたものと似ている。しかし意匠としての小紋は遥かに洗練されて、一切の無駄が削《そ》ぎ落とされているのだった。小紋を見れば型紙のよしあしまで見える彼は、一毫《いちごう》の狂いもない洒脱《しゃだつ》な紋様に圧倒されて、すぐには声も出なかった。かつてその手で放棄したものを小紋として完成させた人の才能を羨むより、機知を格調にまで持ち上げた見事な仕上がりに感嘆した。そのときになって一枚の着物に心を惹かれ、ありったけの情をそそぐはやの気持ちが分かるような気もした。久し振りに目が覚めるような小紋を前にして、自分ひとりを恃む女の偏狭な愉しみと、全霊をそそいで染めたであろう女の執着を、彼は二つながら頼もしく見ていた。

夜の明かりの中で見る小紋は楚々《そそ》として、どこか物言いたげな女の姿に重なる。それでいて多くは語りかけてこない。はやが萌黄と言っていた染め色は、着る人によっておとなしくもなれば主張もする鶸色で、いかにも彼女らしい好みであった。染めたのが丁子屋の末吉でないなら、その色を誰が出したかは聞くまでもなかった。

「やはり聞いていた色と違うね、明かりのせいではないだろう」

「萌黄というよりほかに、この色を言う言葉を知りません、料理屋が商売の女にはぴったりの小紋ではないかと思いますが、いかがですか」

「さすがだね、いい目をしている」

　由蔵は素直な気持ちから、そう言った。はやにも乗り越えてきた傷があって、着物に行き着いたのかもしれないと思うと、半端な人間の自負など女の執念には敵《かな》わない気がする。

「むかしこれと似た下絵を見て浴衣の柄だと言った人がいたが、やっとその意味が分かったような気がする、よく似ているが、これは紛れもない小紋だし、野暮と思う人はいないだろう」

「ありがとうございます、ほんとうを申しますと、つまらないと言われるのではないかと案じていたのです、女がいいと思うものと殿方が認める本物とは違いますから」

　女は男を立てたが、言葉は間を置くと皮肉に聞こえた。一途《いちず》によいものを見極め、本物を染めさせたのは彼女自身である。その目が男より劣るとは言えない。

「これをとやかく言う男がいるとしたら、それこそつまらない職人のねたみだろう、どこで染めたか当ててみようか」

「そこまで分かりますか」

「亀戸」

彼女は驚いた目をして、やはり見るところが違いますね、と言った。片意地な女も、いくらか男を見直したようだった。由蔵は苦笑しながら、あんたとは違う意味で自分も失敗してきた口だと話した。目の前にある小紋がその証《あかし》でもあった。

かけ違った人生を比べてみてもはじまらないが、ふゆの非凡な感性は見事に開花して実をつけていた。甘える豊かさがあって挫折してゆく人間と、はじめから守るもののない人間の違いだろうか。十年の努力の歴然とした差を見せつけられると、同じ歳月が生と死ほどの違いにも思えてくる。追いかけるものがあって男を恨まない分だけ、女はひとりで生きられるようにできていた。

「あたしは女だから女の夢を染めるの、それで男の人に嫌われるなら仕方がないと思っています」

あるとき彼女はそう言ったことがある。町中で自分が色挿しをした着物を見たときから、染めることの喜びを覚えて病みつきになったとも話した。

「由蔵さんが彫った型で、誰も見たこともない小紋を染めるのは楽しいでしょうね」

「どうかな、苦しいかもしれない」

由蔵は言ったが、産みの苦しみを分け合うことはなかったのである。それから十年が経ち、ふゆが染めた小紋を別の女と見るのは皮肉でしかなかった。料理屋の客として見ている自分が信じられない一方で、ふゆの仕事に魅せられ、気持ちが溶け込んでゆくのを感じる。美しい染め色に秘められた女の執念を見るうち、

「いまのあなたにどれだけのものが彫れるかしら」

そうふゆに呼びかけられる気がした。しかし、それは由蔵が知っている娘ではなく、染師のふゆであった。彼女にここまでできるなら自分もやり直したい、と彼は見るほどに気負いはじめていた。まだ銚子屋の主であることも、はやをどこかへ連れ出すことも、もう心にはなかった。思い浮かぶのは型彫りの道具と、どこか小さな仕事場であった。もう一度下絵からはじめて型を彫り、いつかふゆに染めてもらおうと思うとき、それは感傷ではなく、職人の意地であり、優れた染師への憧憬であった。

明日からはじめよう。そう思うだけで重い扉が開かれたのを感じる。扉の向こうには帰るべきところがあって、そこから吹き出してくる風に十年の悔いも父の呪縛も消えてゆくのだった。

言葉の絶えた二人きりの座敷で、男の目が小紋に奪われるのを女は見ていたよ

うである。張りつめた静けさを壊すまいとして、息を殺しながらも端然としている。美しく膝を畳んで身じろぎもしない姿は、一夜限りの彼女の持てなしだろう。女将と客として会いながら交わした感情は薄くなく、嘘でもなかったが、揺らぐことなく静寂を分かち合えるのはそこに共通の至福があるからであった。

「こちらへお酒をお持ちいたしましょうか」

しばらくしてはやが言い、静かに立ってゆくのに、由蔵は無言のまま座っていた。部屋の明かりが揺れて、鶸色の小袖は息づいている。向き合う彼の血も滾《たぎ》りはじめた。

これだけのものができるなら、ほかの愉しみはいらない。いまは安楽な暮らしも、死者の執念がつないだ家も、いつかは終わるのである。そのために自分を殺して何になるだろう。ふゆが一生色と向き合い、末吉が刷毛を握りつづけるように自分も型を彫りたいと思いながら、彼はひとりの職人の目で、白く染め抜かれた無数の夢の粒に見入っていた。

『夜の小紋』（講談社文庫）所収

三《さん》猿《えん》の人

野口　卓

著者プロフィール　のぐち・たく◎一九四四年、徳島県生まれ。立命館大学文学部中退。一九九三年、一人芝居「風の民」で第三回菊池寛ドラマ賞を受賞。二〇一一年、『軍鶏侍』で時代小説デビュー。二〇一二年、同作で第一回歴史時代作家クラブ賞新人賞を受賞。主な著書に、「軍鶏侍」「新・軍鶏侍」シリーズ、「よろず相談屋繁盛記」「めおと相談屋奮闘記」「おやこ相談屋雑記帳」シリーズ、「手蹟指南所『薫風堂』」、『からくり写楽　蔦屋重三郎、最後の賭け』『逆転　シェイクスピア四大悲劇』など著書多数。

一

神田松永町《かんだまつながちょう》の太物商「和泉屋《いずみ》」、その勝手口から出て来たみすぼらしい身なりの老人に、少女と言ったほうがよさそうな若い女が声を掛けた。

「おんや、じっちゃは」

声を掛けてから、ふしぎでならぬという顔で和泉屋のほうを見る。

老爺は眩しさのせいか、それとも目に少し衰えが来ているのか、顔をしかめて商家の下女らしき女の顔を見た。鉢巻にしていた手拭を解いて、額や首筋の汗を拭いていたが、やがて笑顔になった。

「あんたはたしか、双葉《ふたば》屋のお竹さんだったかな」

「あんれ、一遍か会ってねえだのに、おらの名ぁ覚えてくれてたかね。それも半年もめえだったってのに」

「可愛らしい娘さんの名は、一度聞いたら忘れられるものではないからね」

「見え透いた世辞は、言わねえもんだよ」

ぶつまねをしながら、竹と呼ばれた若い女は、ふたたび店の勝手口にくりくりした目をやった。その不躾《ぶしつけ》さを怒りもしないで老爺は言う。

「わしのような身装《なり》のじじいが、大店《おおだな》の和泉屋さんから出てきたのが、信じられんようだの、お竹さんは」

「お店の奥さまが、あ、和泉屋さんではのうて、うちの奥さまが、そろそろ鏡磨《と》ぎの……ええと、なんて名だったたっけか」

「梟助だが」

「ああ、そうだった。奥さまが呼んでたっけね、キョウスケさんって。で、キョウスケって、どんな字を書くのけ」

言ってわかるとは思えなかったが、梟助は問われたことには、相手が子供であろうと下女であろうと、ちゃんと答える。

「キョウはな、梟《ふくろう》という字を書くのだよ」

「フクロウって、ホーホーって啼《な》く、あの、フクロウけ」

「そうだ。ぼろすけホーホー、ぼろ着てホーホーと啼く梟だよ」と、老爺は継ぎ接《は》ぎだらけの着物に目をやった。「じいにぴったりだろう」

打ち消さないで竹は続けた。

「で、スケは」

「助平のスケだ」

竹はプッとちいさく吹いた。

「この齢《とし》で助平もないがな」

「いけね」と竹は梟助じいさんの手を取ると、引っ張るようにしながら歩き始めた。「奥さまが待ってるだから」

手を引かれながら竹について行くのだが、はてこの下女は何歳だろうと梟助は思った。

子供のような日向《ひなた》っぽい、埃っぽい匂いではないが、といって女の匂いはしない。まだ、月のものを見ていないようだ。とすると十二か、せいぜい三で、四にはならないだろう。

「なに、にやにやしてるだね」

「なんでこんなむさいじいさんが、和泉屋さんのような大店に出入りできるのかと、ふしぎでならんらしいな、お竹さんは」と、下女への詮索《せんさく》はやめ、竹が疑問に思っているだろう話題に切り替えた。「ははは、隠さなくてもいいのだよ。顔にそう書いてある」

竹は梟助の手を取ったのとは反対の左手で、あわてて顔をつるりと撫でた。

奉公を始めて三月《み》か四月《よ》、齢は十二だろう。と梟助は見当を付けたが、じいさんの勘はまず外れない。

「それは双葉屋さん、お竹さんの奉公先だがね。双葉屋の奥さまが、じいを贔屓《ひいき》にしてくださるのとおなじだよ」

「おらっちの奥さまと、いっしょけ？」

「信用という言葉はわかるかな」

「うん」

その返辞の仕方で、大体わかってはいるが自信をもって答えられるほどではない、とじいさんは読み取る。

「そうだ。商人《あきんど》やお職人にとって、いや人にとってと言ったほうがいいけれど、一番大事なのが信用だよ。梟助じいさんなら安心できる。あの人なら大丈夫だと、信用してくれているから出入りさせてもらえるのだ」

「どして、信用してもらえるだね」

「三猿《さんえん》と言っても、お竹さんにはわからんわな。見ざる、聞かざる、言わざる、だったら知っているだろう」

竹はちいさな両手で、目、耳、口を順に押えた。

下女が手を離したので、梟助は右腕で提《さ》げていた袋を左腕に持ち替えた。鏡磨ぎ道具一式を入れた、継ぎ接ぎだらけの袋である。さほど重いものではないが、近頃は少し堪《こた》えるようになった。

竹は右側に廻ると、梟助の右手を握った。

「ほほう、たいしたもんだな、お竹さんは。ざるといってはいるけれど、さるが三つならんでいる。猿はエテ公《こう》とかエン猴《こう》ともいうのでな、それが三つ並ぶので三猿というのだ」

「三猿が、なんで信用してもらえるだね」

頭は悪くないようだ。こんな子供が味方になると心強いが、嫌われると厄介である。

子供は難しい。どこで、だれに、なにを言うかわからないからだ。

悪意からでなく、感じたことを正直に言ったために、誤解を生むこともある。

だから大人に対するよりも、よほど気を付けなくてはならなかった。

「どんな家《うち》にもお店にも、知られては困ることがかならずある」

うんうんとうなずきながら、目玉をしきりと動かしているのは、奉公先の双葉屋にも思い当たることがあるからだろう。

「鏡磨ぎをしていると、そんなことを見たり聞いたりする。知られていいことも悪いことも、目に入るし耳に入る。ほかに行っても、じいは絶対に喋らない。だから見ざる、言わざる、聞かざるの三猿で、だれにも信用されるのだよ。わかるだろう、お竹さん」

話し終えたところで、双葉屋の勝手口に着いた。

格子戸を開けて梟助を引き入れると、竹は呶鳴《どな》った。

「鏡磨ぎの梟助さんを連れて来ただよ」

「お連れしました、でしょ。何度言ったらわかるの、竹は」

下女を叱りながら出て来た奥さまは、「待っていましたよ」と梟助に満面の笑みを浮かべた。

待っていたにしては扱いが粗略で、洗足盥《すすぎだらい》も用意しない。

板の間や広縁などで作業させる家や店もあるが、鏡磨ぎ師を座敷にあげることはまずなくて、普通は勝手口の近くや土間の片隅などで仕事をさせる。

磨ぎ終わりましたと声を掛けるまで、ほったらかしにされるのが普通だ。

鏡磨ぎには茶も出ない。咽喉《のど》が渇けば、土間の水瓶《みずがめ》から自分で汲んで飲むのである。

屑屋などとおなじで、居てもだれも注意しない。卑賤《ひせん》な仕事だとしか見ていない。

ところが梟助じいさんは例外であった。だれもまともに扱ってくれない仕事なのに、なぜか特別扱いしてくれる人がけっこういる。双葉屋の奥さまもそんな一人だ。

「庭に廻ってちょうだい」

梟助にそう言うと、奥さまは竹になにかを命じたようであった。

二

「実はね、梟助さん」と奥さまが言う。「今日は土用の丑《うし》の日だから、梟助さんに鰻の蒲焼をご馳走しようと思って、註文させたのよ」

竹に言っていたのがそれらしい。

「あっしのような者にまで、奥さまには、いつも気を使っていただいて、本当に申し訳ありやせん」

「ねえ、土用の丑の日に、なぜ鰻を食べるようになったのか、物識《ものし》りの梟助さんならご存じでしょう」

「土用は立春、立夏、立秋、立冬のまえの十八日間を指します。なぜ、夏の土用の日にだけ鰻を食べるのですかね」

「それは、汗も掻くし、疲れが溜まるから、精をつけなくっちゃ」

「奥さま、ご存じじゃないですか」

「梟助じいさんにも身に覚えがあるでしょ。若いころは女を泣かせたんじゃないの。じいさんになってからだって、いい男だもの」

「泣かせたと言っても、あっしなんぞは、たった二人だけですがね」

「あら、まあ。初めて聞いたわ」

奥さまは横目で見ながら、右手の甲を唇に当てた。妙に艶《なま》めかしく、色っぽい。

冗談にしろ、「急に色っぽくなりやしたね。いい人ができたんじゃありやせんか」などとは決して言わない。どこかでわたしのことを噂しているのではないかしらと警戒され、距離ができてしまうからである。

それにしても色っぽい。

御主人に死なれて、ほどなく三年になるのか、と梟助は胸の内で計算した。後家と呼び名が変わるだけで、女の魅力が増すように思うのは、弱くて不安定に、儚《はかな》く見えるせいかもしれない。なんとかしてあげなければ、との気持が働くからだろうか。

笑い話に、「後家はいいなあ、女らしくて、色っぽくて。おれの嬶《かかあ》も早く後家にしてえや」というのがある。案外と男の愚かさの本質を表しているのかもしれない。

とすると後家という言葉には、女というものにそっと紗《しゃ》をかけて、はっきりと見えなくするような効能があるのかもしれないな、とじいさんは思った。

縁側には表面がくすんで映らなくなった鏡が並べられ、そのまえの庭には茣蓙《ござ》が敷かれている。

たいていの家は磨ぎ終わるまでほったらかしだが、双葉屋の奥さまはよほど忙しくないかぎり、縁側に坐ってじいさんの話に耳を傾けた。

近頃なにかおもしろいことがありましたか、とか、両国広小路にちょっと珍しい見世物がかかったようだけど、見ましたか、などと水を向けることが多かった。

梟助は汚い袋から、鏡磨ぎに必要な道具を取り出して並べる。

汚れや曇り方の度合いによって異なるが、錆《さび》てしまった場合は、鑢《やすり》で表面をごくわずかではあるが削る。さらに砥石《といし》や極めて微細な仕上げ砥石、朴炭《ほおずみ》で磨ぎあげるのである。

そして、柘榴《ざくろ》、酢漿草《かたばみ》、梅などの酸を出す植物で油性の汚れを除き、錫《すず》と水銀の合金を塗って簡易な鍍金《メッキ》を施した。

「そのお二人のことを伺いたいわ」

梟助が仕事に必要なあれこれを、袋から出し終わるのを待っていたように、奥さまが言った。

「お二人、と申しますと」

「決まっているでしょ。梟助さんが泣かせた女性《にょしょう》ですよ、お・ん・な・の・ひ・と」

「よしにしましょう。なぜって、がっかりなさるか、腹を立てなさるか」

「聞かないことには、わからないじゃありませんか」

梟助は困惑顔になり、しかし内心では苦笑しながら、縁側の鏡の一番おおきなのを取った。径が八寸（二十四センチメートル強）の柄鏡《えかがみ》だ。

鏡は二面一組で用いる。鏡台に置いて固定して用いる主鏡《おもかがみ》と、後頭部を映す合わせ鏡であった。定寸は主鏡が八寸で合わせ鏡が六寸（十八センチメートル強）となっている。あとは外出用の懐中鏡で、普通の女性はこの三点を持っていた。しかし定寸の二枚組は高価なので、めったにお目に掛かれない。たいていは、少し小さい鏡である。梟助じいさんはひと目見れば値段の見当が付くが、当然それについて洩らすことはなかった。

「おおきなのから磨《みが》くのね」

「磨くのではなく、磨ぐのです。だから鏡磨ぎなのですよ。ご覧になって感じられる以上に、力を使うものでしてね。若いときはそうでもなかったですが、この齢ですから、おおきいのをあとにしますと、うまく磨げないことがあります。鏡の面《おも》が真っ平《たいら》になりませんと、せっかくのきれいなお顔が歪んでしまいますから」

「そのほうがいい人もいるけどね」

奥さまが横を向いて小声で言ったので、それをいいことに、梟助は聞こえない振りをした。

「どうしても話したくないようね」

「なんのお話でしょう」

「二人の女の人に決まっているでしょ」

「困りましたな」

「いいわよ、話してくれないなら、次からちがう人にたのむから」

「しがない鏡磨ぎのじじいを、いじめないでください」

「だって、強情張るんだもの。こっちだって意地になるわよ」

「では、申します。わたしのために泣いた二人の女」と、梟助はそこで間を置いた。「それはお袋と女房でしてね。ともに亡くなりましたが」

「またはぐらかされちゃった。いつもこうだから、梟助じいさんには敵《かな》わない」

しかし奥さまは怒らなかったし、それ以上しつこく訊こうとはしなかった。

茣蓙の上に板を置くと、梟助は布を敷いて鏡を置いた。

縁側に坐った奥さまは、むだを感じさせない梟助の熟練の技に見入っている。

「いつ見ても惚れ惚れするわね」

「ありがとう存じます。ただ、長年やっているだけのことですがね」

答えながら梟助は、お袋と女房というのはいつかどこかで使っていなかっただろうか、と記憶の襞《ひだ》の奥を探ったが、思い出せなかった。

おなじ話題をおなじ人に繰り返さないようにしないと、相手がダレてしまう、と自戒するのを忘れない。

「土用は春夏秋冬《はるなつあきふゆ》にそれぞれ十八日」と奥さまは、さきほど梟助の言ったことを繰り返した。「その丑の日に鰻を食べる」

「はい」

「丑は十二支の一つです」

「仰せのとおりで」

「子丑寅卯辰巳午未申酉戌亥《ねうしとらうたつみうまひつじさるとりいぬい》で十二支」

「でございますな」

「土用が十八日だと、丑の日が二回ある年ができますね」

「さすが奥さまは鋭いです。その場合は最初を一の丑、二度目を二の丑と呼ぶそうでしてね」

「その年には、どちらの日に鰻を食べるのかしら」

「難しい問いですが、申しましょう。二回とも食べます」

「両方ですか」

「はい。一の丑の日に食べて、十二日後の二の丑の日にもう一度食べます」と、きっぱりと梟助は言った。「讃岐国《さぬきのくに》に平賀源内と言う、偉い学者先生がいらしたそうです」

「弘法大師空海という偉いお坊さまも、讃岐じゃなかったかしら」

「よっく、ご存じで」

「讃岐には偉い人が多いのかしらね。それでその平賀」

「源内先生は知恵のあるお方だと聞いて、夏に売れない鰻をなんとか売る方法はないだろうかと、相談に行った鰻屋がいたそうです」

「いい知恵を借りることができたのかしら」

「さすがは源内先生、本日丑の日と書いて店先に貼ることを勧めたそうです。すると、その鰻屋は大変繁盛したそうでしてね。ほかの鰻屋もそれを真似るようになって、土用の丑の日に鰻を食べる慣わしができたと言うんですが」

「それは知らなかったけれど、土用の丑の日になると、鰻を食べなくっちゃ、と思いますもの」

「もともと、丑の日に『う』の字が付く物を食べると、夏負けしないとの言い伝えがあったそうです。梅酢、饂飩《うどん》、それに鰻ですね。鰯《いわし》の頭も信心から、の類《たぐい》ではないですかね」

話しているうちに思い出したらしく、梟助じいさんは続けた。

「平仮名の『うし』を筆で書くと、二匹の鰻に見えるからだとも言いますね」

「それで丑の日に鰻を食べるのね。おもしろい」

「夏だけでなく寒中もおなじです。土用の丑の日に鰻を食べるそうですが、脂が乗っておいしいそうですよ」

「いつもふしぎでならないのだけど、梟助さんはどうしてそう物識りなの」

「物識りなんかじゃありません。ただ、あちこちでお話を伺っておもしろいなと思うと、ふしぎと覚えてるものでしてね」

「梟助さんが話すのではなくて、聞き役のこともあるのね」

「じいは、そんなにお喋りですかな。相槌を打つくらいで、話を聞くだけのこともけっこうありますよ」

「へえ、そうなの」

「ですから、どうでもいいようなことばかり詰まって、頭が一杯だから、大事なことの入る余地がない。それでいい齢《とし》して、しがない鏡磨ぎ師なんぞをしてるんでしょう」

三

「蒲焼はね、註文を受けてから鰻を選ぶそうですよ。それから裂いて、串打ちして、白焼きにして、蒸して、ようやく付け焼きですものね。註文しても届くまでに間があるから、それで蒲焼をたのんだの」

「それはまた、どうしてでございますか」

「届くまで、梟助さんの楽しいお話が聞けるでしょ」

「計略でしたか。まいりましたな。ですが、奥さまには、そんなことしていただかなくても、ご所望ならいくらでもお話ししますですよ」

「そうは言うけど、待っていてもなかなか来てくれないのだもの」

「この梟助を待っていてくださる」

「そうよ」

「女房が生きてりゃ自慢して、焼餅を焼かせてやるところですがね。……おや、どうなさいました」

「驚いているのよ。驚いたの。今、それも急に」

「なにか、変なこと言いましたか、この年寄りが」

「いつも楽しい話、おもしろい話を聞かせてもらって、梟助さんのこと、いつの間にかわかってるつもりになっていたけれど、なにも知らなかったのだわ」

奥さまは梟助が磨ぎあげた鏡の一枚を手にすると、そこに自分の顔を映していたが、やがて映った自分に語り掛けでもするようにつぶやいた。

「梟助さんという名前、鏡磨ぎという今の仕事、物識りだということ、落語が好きだということ」と、鏡をそっと置いた。「奥さんとお母さんが、お亡くなりということを今日知った。それで全部なの」

「それは、あっしのことなど、知るほどの値打ちがないからですよ」

「生まれたお国はどこなのか。どこに住んでいるのか。お子さんはいるのかいないのか。いるなら何人なのか。お孫さんは」

「鏡磨ぎ。カガミ・トギー。ピッカピカに磨ぎます磨きます。いくら自慢のお顔でも、鏡が曇れば映りません」

「ああ、驚いた。急におおきな声を出すんだもの」

「すいやせん。ちいさいと聞こえませんのでね。呼び声はつい、おおきくなってしまいますんで。……あっしが奥さまに初めて声を掛けていただいたのは、その呼び声で町を流しているときでした」

「そうだったわね」

「註文をいただいて。あのときの奥さまの言葉は、今でも覚えてますよ。うれしかったなあ。こうおっしゃった。鏡屋さん、さっきの呼び声はだれかに作ってもらったの、それとも自分で考えたの。初めて聞いたけれど、一度で覚えられる、とてもいい呼び声ね、って」

「思い出したわ」

「でしょう。さっき、いつの間にかわかっているつもりになっていたけれど、とおっしゃいましたが、その、つもり、でいいのだと思います。なんとなく感じてもらっている、梟助じじいらしさ、それで十分だと、あっしは思いやす」

「梟助さんの言うとおりかもしれないわね。ただ、さっきは、わたしにとってとても大切な人なのに、本当はなにも知らないのだと、それに気付いて、急に怖くなったのよ」

「そのお言葉は一生忘れません。鏡磨ぎをやっていてよかったと、うれしくなりました」

「梟助さんはこんな人なんだと、感じていることが大事なんですね」

「ええ、細かなことをあれこれ知っていることも大切かもしれませんが、全体をぼんやりと感じていることも大事だと思います」

「梟助さんと話していると、気持が落ち着きます。楽になります」

「ところで蒲焼を註文していただいたのは、なにか、普段とはちがったことを、聞きたかったからではないのですか」

「そうだったけれど、今となってはどうでもよくなっちゃった」

「でも、せっかくだから聞かせてください」

「梟助さんは落語がお好きだけど、鰻の話なんてあるのかなと思って」

「鰻の落とし話でございますか」

おおきな鏡から始めたので、少しずつ作業が早く終わるようになっていた。梟助はていねいに磨ぎながら考えた。

生き物を扱った落語はけっこうある。狐、狸、犬、猫、牛、馬、猪や蛇まであるが、鶏などは、上方の「べかこ」くらいしかない。これは鶏の啼き声と「アッカンベー」を絡めたものだ。

猿も小咄《こばなし》の「秀吉の猿」くらいしかない。「猿後家」は後家さんの顔が猿に似て、本人がそれをとても気にしていることから起きる悲喜劇で、猿そのものは登場しない。

梟助じいさんには気の毒だが、鰻もほとんどない。

名作「鰻の幇間《たいこ》」があるじゃないかと言われそうだが、これは明治の中頃に実話をもとに作られた噺だ。信心する人の本質を強烈に皮肉った「後生鰻《ごしょう》」は、明治になる七年前に上方で作られているので、梟助じいさんは知らない。

「素人鰻《しろうと》」は「士族の商法」の別名があるように、これも作られたのは明治になってからだ。ところで「士族の商法」を別名に持つ噺には、「御膳汁粉《ごぜんじるこ》」があるので少しややこしい。

ややこしいと言えば「素人鰻」には、「鰻屋」の別名を持つ話もあって、こちらは古くから知られている。

小咄に「鰻のカザ」がある。

「この落とし話の鰻は出汁《だし》に使われているだけで、ひどいケチをからかったものです」

「寄席によく掛けられるの」

「ケチを扱った落語のマクラに使われるくらいの、本当に短いものでしてね」

「聞かせてくださいよ」

「あっしは噺家《はなしか》ではないので」

「どんな小咄か知りたいだけだから」

「わかりやした。ほんじゃ」


ある商家のご主人は極端なケチでして、隣の鰻屋からいい匂いがしてくると、「さあ、今のうちに喰っておしまい」と、それをおかずに奉公人に食事をさせてしまいます。鰻屋があまりのケチさが小憎らしくなり、奉公人に勘定書きを持って行かせました。

「金を払う覚えはないぞ」

「いや、蒲焼の嗅ぎ代となっております」

「それでは払ってやるから待っておれ」

ご主人は財布を持って来ますと、「耳を貸せ」と言って、奉公人の耳元で財布の小銭をジャラつかせました。

「匂いの値《ね》なら音《ね》だけでよかろう」

終わったと思わなかったらしく、奥さまはしばらくしてから、あわてて手を叩いた。

「まあ、おもしろい。値と音が掛詞《かけことば》なのね」

「奥さまは寄席には行かれませんので」

「梟助さんに落語や寄席の話を聞かせてもらうので、行きたいなとは思うんですけど、女一人じゃ行きづらいですよ」

「だったらごいっしょ、ではなかった、お供いたしましょう。ですが、双葉屋の奥さまがあんなむさいじいさんと、なんて変な噂が立っては気の毒だし」

「梟助さんとの浮名なら、流してみたいものだわ」

「嘘でもそう言ってもらえると、うれしいです」

「梟助さんたら、やっぱり女の人を泣かせている。芝居の中で、そっくりおなじ台詞を言っていましたよ、色男役が」

「嘘でもそう言って……、ははは、野暮でした」

「鰻のカザだけですか、鰻の落語は」

「鰻屋、というのがありますがね。噺家によって多少ちがう部分もありますが、こんな粗筋です」

無料酒《ただ》を飲まないか、と友達が誘いに来る。

そんなうまい話があるわけないだろうと聞いてみると、横丁に鰻屋が開店したので食べに行ったとのこと。胡瓜《きゆうり》のコウコで一刻（約二時間）も酒を飲んでいたが、註文した蒲焼が出てこない。文句を言うと、気の利かない若い衆が、丸焼きの鰻を皿にのせて出した。

あとで亭主が謝りに来て、「鰻裂きの職人が用足しに出てしまいました。勘定《おだい》はいただきませんので、後日改めてよろしく願います」とのこと。

「ほんじゃ、今日のところはゴチになるよ」

無料で酒が飲めた。

ところがさっき鰻屋のまえを通ると、鰻裂きが用足しに出ている。だから胡瓜のコウコで一刻ばかり、無料酒を飲もうというのだ。

二人で出掛けたが、自信がなさそうで気の弱そうな亭主に、一匹の鰻を指差した。

「おめえも鰻屋の親方なら、裂けねえことはあるめえ。こいつを裂いて蒲焼にしてくれ」

仕方なく鰻を捕まえにかかるが、摑んだと思うと指のあいだからぬるりと逃げる。それを右手で摑むとぬるり、左手で摑むとぬるりで、親方はなんとか捕まえようとまえへまえへと出る。

「親方、どこへ行くんだ」

「どこへ行くのか、まえに廻って鰻に聞いてくださいな」


今度はすぐに拍手が来た。

「鰻に聞いてくださいなって、それがオチでしょ。聞いたことあるわ」

「噺そのものはどうということありませんが、聞かせるというより見せる落語ですね。逃げようとする鰻をなんとか捕えようとするのに、ぬるぬるしてますし、相手も必死ですから、なかなかうまくいかない。その仕種《しぐさ》で見せる落語です」

「語るだけではないのですか。見せる落語もあるのね」

「はい、磨ぎ終わりましたよ。ピッカピカー」

「毎度、お待ち遠さんです」

折よくそこに出前が届いた。

「お茶淹《い》れますね」

四

「食べながら話すのは下品だからと、死んだ女房によく叱られましたが、話さないと忘れますので」と、梟助は断ってから続けた。「蒲焼は註文を受けてから鰻を選ぶと申されましたね」

「はい、鰻屋さんがそう言っていました」

「それから裂いて、串打ちして、白焼きにして、蒸して、ようやく付け焼きだ、と」

「それがどうかしまして」

「先程の鰻屋の落語ですが、変なところがあるのにお気付きですか」

鰻は俗に「裂き三年、串八年、焼き一生」と言われている。そこで初めて店が出せるというのが相場だろう。

修業して一人前になり、腕が認められると客が付く。そこで初めて店が出せる
「横丁に鰻屋が開店したと言っていますね。それからすると居抜きではないようだから、新規開店です」

「そうなりますね」

「すると、亭主はもと鰻屋の職人でなければおかしい」

梟助がなにを言おうとしているのか理解できないからだろう、奥さまは黙って次を待っている。

じいさんは鰻を載せたご飯を口に含み、ほごほごと口を動かす。これでは話すに話せない。

口が動いているあいだは、奥さまは我慢強く待っている。何度も中断しながら、梟助じいさんの話は続く。

「鰻が大好物の金持が、だったらいっそのこと鰻屋をやろうと、居抜きで鰻屋を買い取って、職人を雇った店とは思えない。ところが職人が店を出したのなら、裂くどころか、摑むことができないなどということはありません」

「梟助さんの言うとおりだわ」

「鰻職人の仕事っぷりを見たことがありますが、親指、人差指、中指で、鰻の顎《あぎと》の下を摑むと、逃げられないんですよ。なにかコツがあるんでしょう」

熟練の職人の手業《てわざ》は驚異的だ。摑んだ鰻を俎板《まないた》に置いたと思うと、錐《きり》で頭を刺して固定し、頭の下の背中側に包丁の切っ先を入れて、一気に尻尾まで裂いてしまう。

「だから鰻屋の噺の亭主は、もと職人でなければならないんですが、裂き職人が用足しに出ていなければ、あの噺は成り立ちませんものね」

「梟助さん、もと噺家さんではないの。だって、普通の人はそこまで考えませんよ」

「聴いていて、変だなと思っただけです」

「段々そんな気がしてきた。噺家さんだったでしょ」

「しがない鏡磨ぎです。もっとも若いころはよく寄席に通いましたがね」

黙々とじいさんは食べ、なにかを思い出したのか笑いを浮かべた。

「おなじ蒲焼でも、江戸と上方でちがうのをご存じですか」

「あら、おなじでしょ」

「江戸では背中を裂いて骨を除きますが、あちらでは腹裂きで骨付きのままです。裂くとも開くとも言いますが、なぜちがうんでしょう」

「なにか意味があるの」

「江戸はお侍の世界ですから」

「あ、切腹を思わせるので、腹を切っちゃいけないのね」

「そう言われてます。上方では蒸さないで、すぐさま白焼きにたれをつけて焼くそうです」

「どうちがうの」

「蒸すとですね、余分な脂が取れて、肉が柔らかくなるそうです。上方ふうの蒲焼を食べたことがありますが、たしかにぎとぎと感じられました。あちらの人は、そこがおいしいと言うのでしょうね。江戸ふうでは物足りないかもしれません」

「食べたことがないからわからないけど、土地によってちがうのね」

「江戸ふうに背裂きにし、皮を下にして焼くと脂が垂れないで、じわーっと焼きあがるそうです」

「梟助じいさんは鰻職人から噺家さんになり、それから鏡磨ぎになった。これでうまく繋《つな》がったわ」

「ご馳走さまでした」と、梟助は箸を置くと奥さまに両手をあわせた。「それにしても、こんなにおいしいものを口にしない、食べない人たちがいるなんて、信じられやせんね」

「え、そんな人たちがいるのですか」

「いるそうです。ちなみに噺家の今昔亭《こんじやくてい》新潮さんも食べないそうですよ。村人の全員が鰻を食べない土地もあるそうでしてね」

「嘘でしょう、と言いたいけれど、梟助じいさんは嘘吐《つ》いたことがないし」

「郡上《ぐじょう》に粥川《かいがわ》が流れているそうですが、粥川の在所ではだれも鰻を食べないそうです。少し下流《しもて》の在所では食べるそうですがね」

「わたしの知らないことばかり」

「あっしだって、教えてもらうまでまるで知りませんでした。だれだってそうですよ」

梟助じいさんは、「聞いた話です、聞きかじりです、耳学問です、教えてもらいました」ですませている。しかし、本で読んで学んだことも多かった。

ただし、そんなことを打ち明ければ、鏡磨ぎ職人に読める訳がないだろうと疑われるか、昔はなにをやっていたのだと詮索されるのが関の山である。だから、本当のことは言わない。

粥川の在所でだれも鰻を食べないのは、氏神である星宮《ほしのみや》神社の教えによるものだ、と書かれていた。

昔、粥川の源《みなもと》がある瓢《ふくべ》ヶ岳には鬼が住んでいて、絶えず粥川の里におりて来て人々を悩ませていた。そこで帝《みかど》に命じられ、藤原高光（広光の説もあるらしい）が鬼を退治することになった。

途中の分かれ道でどちらに進めばいいのか迷っていると、一匹の鰻が現れた。鰻のあとを追った高光は鬼を見つけだすことができ、弓矢で見事退治したのである。水に棲《す》む鰻が道案内をするというのも変だが、それが言い伝えらしいところだ。

粥川の人々は鬼を退治する手伝いをした鰻を神の使いとして崇《あが》め、以後食べることを禁止した。

「だったら、とても鰻を食べる気にはなれないですよね」

ただしこれは神社の縁起として、のちに作られたものと思われる。

「星宮神社の御神体は虚空蔵菩薩《こくうぞうぼさつ》でしてね、その神使《しんし》、つまり神のお使いが鰻なのです。眷属《けんぞく》とも言いますが」

「眷属と言えば、お稲荷さまの眷属が狐というような」

「そうです。稲荷神の狐、八幡神の鳩、天満宮の牛、日吉神の猿、そして虚空蔵菩薩は鰻です」

「虚空蔵菩薩さまは、丑と寅生まれの人の守り本尊じゃなかったかしら」

「はい、だから丑年生まれの噺家、今昔亭新潮さんは鰻を食べないのです」

虚空蔵菩薩は、鰻に乗って天から舞い降りてきたという言い伝えが、民間にはある。

本来は智恵と福徳の仏さまで、広大な宇宙のような限りない智恵と慈悲を持った菩薩、という意味であるようだ。そのため智恵や知識、記憶といった面でのご利益《りやく》をもたらす菩薩として信仰されている。厄払い、身体健全、家内安全、商売繁盛、水子供養祈禱、などが特に信仰されるが、つまり万能の神さまということである。

「星宮神社だけでなく、鰻を神の使いとする神社は多いそうです。陸奥《みちのく》にたくさんある雲南神《うんなんがみ》を祀った雲南神社、七百社ほどある三嶋神社もよく知られていますが」

さすがに梟助も喋りすぎたかなと思ったが、ここで終えては尻切れトンボになってしまう。ええい、乗りかかった船だ、ともう少し続けることにした。

「雲南神のうんなんは鰻のことですね。それから三嶋神社は鰻神社とも呼ばれています。雲南で思い出しましたが、鰻はなぜ鰻と言われるようになったのでしょう」

「え、そんな理由があるのですか」

「鰻は昔ムナギと呼ばれていたそうです。背中は灰色をしてますが、胸が黄色味を帯びているので胸黄、ムナギがいつの間にかウナギになりました、とさ」

最後は冗談っぽくおさめて、奥さまも半信半疑という顔で笑った。

ムナギが最初に登場するのは『万葉集』の大伴家持《おおとものやかもち》の歌、

石麿にわれ物申す夏瘦せに
良しといふ物ぞ鰻取り食《め》せ

である。

鰻は万葉仮名で「武奈伎《むなぎ》」となっている。

「それでは、おまけにもう一つ。深川の小名木《おなぎ》川あたりは鰻の名所として知られていきます。だから鰻川が訛《なま》って小名木川になったという人がいます」

「ちがうのね」

梟助はうなずいた。

江戸城を居城に定めた徳川家康は、塩の確保のため行徳《ぎょうとく》塩田に目を付けた。そこで小名木四郎兵衛に命じて、行徳までの運河を開削させたのである。

その名を取って、小名木川と命名されたらしい。しかし鰻川が訛ったというほうが、なぜか本当らしく思える。

「楽しいお話で、お腹《なか》が一杯になってしまったわ」

「じいも鰻でお腹が一杯になりました。二人のお腹が一杯になったところで、めでたくお開きといたしやしょう」

「ありがとう。また寄ってくださいね」

そう言って、奥さまは磨ぎ賃の入ったちいさな紙包みを手渡した。梟助はお辞儀をして受け取った。

「ご馳走さまでした。また寄せてもらいますので」

梟助が袋を手に立ちあがったところに、下女の竹が買物籠を手にもどって来た。

「お竹さん、声を掛けてくれてありがとう。みんなに可愛がってもらうんだよ」

「じっちゃも、いつまでも達者でな」

双葉屋を出ると、しばらくのあいだ梟助じいさんは黙って歩いた。そして二町（二百二十メートル弱）ばかり歩くと、まるで謡うように渋い呼び声を発した。

「鏡磨ぎ。カガミ・トギー。ピッカピカに磨ぎます磨きます。いくら自慢のお顔でも、鏡が曇れば映りません」

『ご隠居さん』（文春文庫）所収

秋草千鳥模様

あさのあつこ

著者プロフィール　あさの・あつこ◎一九五四年、岡山県生まれ。青山学院大学文学部卒業。小学校講師を経て、一九九一年デビュー。『バッテリー』で第三五回野間児童文芸賞、『バッテリーⅡ』で第三九回日本児童文学者協会賞、「バッテリー」シリーズで第五四回小学館児童出版文化賞、『たまゆら』で第六一回島清恋愛文学賞を受賞。児童文学から現代小説、時代小説までジャンルを超えて活躍している。また、初の時代小説である『弥勒の月』はシリーズ化され、現在までにシリーズ累計百十万部を突破する人気シリーズとなっている。ほかに時代小説のシリーズでは、「おいち不思議がたり」「闇医者おゑん秘録帖」「えにし屋春秋」「おもみいたします」などがある。第13回日本歴史時代作家協会賞シリーズ賞を受賞。

丸仙《まるせん》の仕事場は十畳あまりの板敷になっている。そこに縫台《ぬいだい》を並べ、職人たちが座る。

静かな場所だった。

ほとんど物音はしない。

これが織屋なら機《はた》の音がする。地機《じばた》、高機《たかばた》、空引《そらび》き機。機の違い、織物の違い、職人の違いで、音は微妙に異なるけれど、「ああ、ここで機を織っているのだな」と道行く人がわかる音が響くのだ。紺屋《こうや》にしても、染職人たちは動き回る。ご汁《じる》を作るために大豆を引き潰せば石臼《いしうす》が鳴るし、藍玉《あいだま》を甕《かめ》に入れてかき混ぜれば水が歌う。職人たちの話し声もするだろう。実にさまざまな音と生き生きとした空気が、醸し出されるはずだ。

ここで何かが生まれつつある、出来上がりつつある。そう感じさせる伸びやかで、心地よい音を聞かせてくれるのだ。

しかし、縫箔《ぬいはく》屋はそんなものとは無縁だ。

無音ではない。

生地を刺し、縫う針の音が微かに聞こえはする。微かな雨だれに似ている。いや、もっともっと幽《かそけ》き音だ。耳を澄まし、聴こうとしなければ人の耳には届かない。

人の声音も息遣いもほとんど伝わってこなかった。

「当たり前じゃねえか。ここは、織屋でも紺屋でもねえ。縫箔屋だ」

仙助は言う。

「縫箔屋の内でどたどた物音がしててどうするよ。おれたちの仕事は縫台の前に座って針を動かすだけだ。そこで、ちっとでも音を立ててるような半端者じゃ、どう足掻《あが》いても務まらねえさ」

おちえも生まれたときから、縫箔屋の娘だ。それくらいは心得ている。だが、父に言い切られると、なぜだかさらに突っ込んで尋ねたくなるのだ。

「だって、職人さんたちだって人じゃない。長い間、座っているとお腹《なか》が鳴ることも、くしゃみをすることもあるでしょ」

「屁《へ》だって出るって言いてえのか」

仙助がにやりと笑った。

「もう、おとっつぁん、あたし、そんな尾籠《びろう》な話してないでしょ」

「くしゃみも屁も似たようなもんだろうが。上から出るか、下から出るかの違《ちげ》えだけじゃねえか」

「口とお尻とじゃ、えらい違いだわ。ええ、わかったわ。じゃあ、職人さんたちはくしゃみも出物もしないわけ?」

言外にまさかねという思いを込める。ところが、仙助はあっさり、

「そうだ」

と、答えた。

「本物の縫箔職人ってのはな、針を刺してるときは息さえ忘れるもんさ。屁やくしゃみなんて、そんなもなぁ端《はな》から無《ね》えも同じよ。尻の穴も口もぎゅっと締まってねえとな。そのくれえ一心に針を持たねえと、おれたちの仕事は務まらねえんだよ」

「そうか、剣と同じなんだ」

閃《ひらめ》いた思いが、つい、口をついてしまった。傍にいたお滝《たき》がとたん、眉間《みけん》に

皺《しわ》を作る。仙助の方は、さもおかしげに口元を緩めた。

「剣と同じってのは、どういう料簡《りょうけん》でえ」

「え、あ……あの」

少し悔いて、少し口籠《くちごも》る。

つい、生意気な台詞《せりふ》を吐いてしまった。こういうところが、浅はかなのだと己を叱《しか》る。

父が縫箔について語るのはいい。語れるだけの年月を職人として生きてきたし、その年月に見合うだけ、いや、それ以上の腕の持ち主だ。おちえは、ほんの四年ばかり道場に通ったに過ぎないのだ。職人の道も剣の道も果てはない。延々と、遥か彼方《かなた》まで続く道をそれでも人は極めようとして必死に励み、鍛錬し、一歩一歩前に進む。その道のとば口におちえは立ったばかりだが、仙助は既に二つも三つも峠を越しているのだ。

比べるものでも、比べられるものでもない。

「どうした、急に黙り込んでよ。父娘《おやこ》の間で遠慮はいるめえ。言いてえことを言ってみなよ。え？　どうなんだ、おちえ。縫箔の仕事と剣ってのが、どこでどう繋がるんだ。おとっつぁんに聞かせてみな。ちゃんと、聞いてやるからよ」

煙管《きせる》の灰をぽんと火鉢の中に落として、仙助はまた、にやりと笑った。娘の戸惑いや躊躇《ためら》いをひょいと摘《つ》まみ上げる軽やかさが、口吻《こうふん》に滲んでいた。

仙助は酒も煙草《たばこ》もほどほどにしか嗜《たしな》まないのだが、仕事を終え住まい用の部屋に帰ってきたときだけは、必ず煙管に火を点《つ》けた。幼いころ、父の口からぽかりと吐き出される紫煙を見ると、おちえはその胡坐《あぐら》の上に座り、「遊んで、遊んで」とせがんだものだ。

燻《くゆ》る煙は、狼煙《のろし》だった。仙助が丸仙の親方から、子煩悩《こぼんのう》で優しい父親に戻ったことを知らせてくれる。だから、おちえは煙草の煙が好きだった。

今はさすがに、紫煙に心が躍るようなことはない。むしろ、見るだけで喉がいがらっぽくなってくる。でも、ゆったりと寛《くつろ》ぎ、さも美味《うま》そうに一服する父の顔立ちは、やはり、好ましかった。

「あたしなんかが言うと、すごく口幅ったいんだけど……」

「まあ、身内だからな。口幅ってえのも許されるんじゃねえのか。なぁ、お滝」

「知るもんかい。あたしは口幅ったいことなんか舌に載せたりしないからね。おちえ、生意気な口を利く暇があるなら台所を手伝いな。やらなきゃならないことは、山ほどあるんだよ」

言い捨てて、お滝が出て行く。

剣の話をするたびに、お滝の機嫌が悪くなるのはいつものことだから、おちえも仙助もさして気に留めない。お滝の気性からして、不機嫌は四半刻《しはんどき》も続かないとわかってもいる。

「で？」

仙助が促してくる。本気でおちえの話を聞きたがっているようだ。

「あ、うん。そんな、大層なことじゃないけど……。お稽古でも、試合のときでも、こう剣を構えたときね」

まぼろしの柄を握って見せる。仙助は軽くうなずいた。

「気息《きそく》と自分が一つにならないと駄目なの。駄目って言うか……そこがばらばらだと気が削《そ》がれちゃって、剣そのものが弱くなる……。えっと、つまり動きは鈍くなるし、相手の隙も捕えられないわけ」

「気が削がれるってのは、余計なところに目が行くってことか」

「目だけじゃなくて、耳も、鼻も。えっと……例えば相手と向き合っているときに、突然、虎が吼《ほ》えたとするでしょ」

「虎？　榊《さかき》さまの道場には虎がいるのかよ。おれは自慢じゃねえが、生まれてこの方ただの一度も見たことねえぜ」

「あたしだってないわよ。譬《たと》えじゃない、譬え。虎が吼えても、鶴《つる》が鳴いてもいいけど、ともかく、その声に驚いてるようじゃ剣は遣えないでしょ。驚けば隙ができるし、隙ができれば打ち込まれた一撃をよけきれない」

ああと仙助は相槌《あいづち》を打ってくれた。うんうんと二度ばかり首肯し、僅かに目を伏せる。

「なるほどな。近くで虎が吼えようが鶴が鳴こうが、驚いちゃならねえってわけか。いや、むしろ、真の手練《てだ》れともなると端から聞こえてねえのかもな」

「そう、そうなの。榊先生がおっしゃるには、柳が風になびくように、雲が流れるように当たり前にいられること、それが肝要《かんよう》なんですって。剣と一体になれて初めて、剣が己のものになる。つまり、どんなに相手が強かろうが、剛力だろうがかかわりなく、己の剣を遣えるようになるって」

「なんだ。結局、榊さまの受け売りかい」

父親のからかいに、おちえはぷっと頰を膨らませた。

「もう、おとっつぁん、ここからを聞いてよ。おとっつぁん、さっき、針を刺してるときは息さえ忘れるって言ったでしょ。それは、剣にも通じるじゃない」

「雑念を払って、剣と一体になるってわけか」

「そうよ。剣と針が違うだけ」

「違うだけって、おちえ、そりゃあえらい違《ちげ》えだぜ。縫箔職人風情が、それこそ口幅ってえってもんさ」

「そうかなぁ……」

「そりゃあそうさ。剣を交えるってのは命のやり取りをするってことじゃねえか。おれたちは、そこまではやらねえよ。いくら針の腕が半端でも、命までは取られねえ。おまんまの食い上げにはなるかもしれねえがな」

おちえは心持ち首を傾げる。

同じだと思うのだ。

仙助の言う通り、職人たちは命のやり取りはしない。しかし、魂は込める。一針一針に己《おの》が魂を縫い込むのだ。だからこそ息さえ幽きものとなる。

丸仙の仕事場には、剣士同士の立ち合いの場と変わらぬ引き締まった気配があるではないか。それに、職人の針は布の上に見事な模様を生み出す。金糸、銀糸、さまざまな色糸が花になり、蝶になり、鳳凰《ほうおう》になり、水の流れに変わる。縫箔職人たちは、糸一本一本の色合いと十年後の褪《あ》せ方にまで心を馳《は》せて、針を刺す。

おちえには縫箔の何がわかっているわけでもないが、仙助たちの為す仕事の見事さは、ずっと目にしてきた。

ふっと吉澤一居《よしざわいちい》の面影が過《よぎ》り、おちえは「あっ」と声をあげそうになった。息と一緒に辛うじて飲み込む。

吉澤さまも、そのようにお考えになったのかしら。

考え、剣よりも針の生み出す美を究めたいと望んだのか。

あの日、仙助に弟子入りを拒まれた一居の、唇を引き結んだ横顔を思う。

しかし、仙助はそこまで大仰《おおぎょう》なものではないと笑った。おちえの言葉にしない思案を気取《けど》ったかのような笑い方だった。

「植木屋だって松の剪定《せんてい》をするときにゃ、息を詰めて形を見定めるし、蒔絵師《まきえし》は一心に模様を描くじゃねえか。みんな同じさ。縫箔屋だけが特別じゃねえよ。みんな気を張って仕事をしてんだ。だから、一仕事、終えると気が緩むってわけさ」

言いながら片尻を上げて、放屁《ほうひ》した。

「おとっつぁん！　いいかげんにして。やだ、もう下品なんだから。大嫌い」

「しょうがねえだろ。仕事中、溜《た》まりに溜まったものを出さなきゃ、身体《からだ》がおかしくならあ」

「だったら厠《かわや》でやって。何もあたしの目の前ですることないでしょ。失礼よ」

「娘に失礼も、無礼もねえだろうが」

仙助がからからと笑ったとき、お滝が襖を開けた。

「二人ともいつまで、のんびりおしゃべりしてんだよ。あんた、さっさと湯屋にでも行っておいで。おちえはそろそろ道場に行く時間だろ。休んでもいいんだよ。休んで針の稽古でもするかい」

「うへっ」

おちえと仙助は同時に首を竦《すく》めた。

「おちえ、おれはな、針を持てば、虎が吼えても鶴が鳴いても気にはならねえさ。おまえだって、竹刀《しない》を握りゃあ同じだろうが」

「うん。そうね……」

「けどよ。お滝権現《ごんげん》の怒鳴り声だきゃあ、否《いや》が応《おう》でも耳に入ってくるぜ。刺繍どころの騒ぎじゃねえやな」

「あたしも。おっかさんに叱られたら手が震えて、竹刀なんか持ってられない」

仙助と顔を見合わせ、声を殺して笑った。

道場で汗を流し、さっぱりとした心持ちでおちえは歩いていた。

この一時が好きだ。汗と一緒に余計なものも流れて消えた気がする。むろん、それは束の間の快さに過ぎず、あれこれ思案することも、惑うことも悩むことも消え去ってはくれない。おちえのあちこちにくっついたままだ。それでも、今は気持ちいい。おちえは足取りも軽く、油屋の角を曲がった。

足が止まる。

「吉澤さま」

おちえは、我知らずその名を呟いていた。

数間先に吉澤一居が立っている。

もしかして、あたしを待っていて……。

一瞬、胸が高鳴ったけれど、すぐに凪《な》いで、いつも通りの鼓動を刻んだ。

一居が自分を待っていたと自惚《うぬぼ》れるほど、愚かではない。現に、一居が目を向けているのは、油屋の角ではなく、真向かいの半襟屋だ。おちえからは片顔しか見えない。

花井屋《はないや》というその店《たな》で、おちえも半襟を求めたことがある。小体な店だが、値が手頃なわりにあか抜けた品が多くて、この界隈《かいわい》では流行《はや》りの店の一つだった。

半襟を入れた縦長の箱は、通りに向けて台の上に立てかけられていた。台の後ろには端切れがずらりと吊《つ》り下げられ、その横では、子ども用の亀《かめ》の甲半纏《こばんてん》が揺れている。

一居は女たちで賑《にぎ》わう店先から、やや離れた場所に立ち何かを一心に見詰めていた。その視線を辿《たど》ってみる。

ああと納得できた。

ずらりと並んだ箱の真ん中に刺繡を施した半襟が納まっている。桔梗《ききょう》、薄《すすき》、女郎花《おみなえし》、萩《はぎ》。秋の草花が抑えた色合いで縫い取られた中を茄子紺《なすこん》の千鳥が数羽、斜交《はすか》いに飛んでいた。

草花も鳥も細部を思い切りよく略し、肥瘦《ひそう》のある柔らかな描線で表されている。花はほぼ丸に、千鳥は菱形《ひしがた》の角を欠いたような形に変わっていた。

光琳《こうりん》模様と呼ばれる模様だ。元禄《げんろく》の絵師、尾形《おがた》光琳の名に由来する。おちえが生まれるよりずっと昔のこと、元禄の御世に一世を風靡《ふうび》した模様だと聞いた。

一居はその半襟に見入っている。

声をかけるべきか、どうか。おちえは暫《しばら》くの間、迷っていた。

声をかけたい気はある。十分にある。しかし、一居は武士だ。しかも、二千石の旗本の息男だとか。〝若さま〟と呼ばれる身であり、本来なら町娘のおちえが言葉を交わせる相手ではない。つまり通りで行き合ったからといって、気軽に話しかけられるものではないのだ。

それくらいの分別は持っている。

それに、あたし、髷《まげ》も結ってないし……。

道場稽古からの帰りだった。稽古中は、髪を垂らし一括《ひとくく》りにする。それを一々、結い直すのが面倒で、稽古が終われば頭上に巻きあげて簪《かんざし》で留めてしまうのだ。このところ流行りの、しのびづきみたいだと自分では思っているが、お滝からは、

「おちえ、いいかげんにおし。なんだい、そのお頭《つむ》は。ざんばら髪の一歩手前じゃないかよ。そんな髪で堂々と昼日中の通りを歩けるのは、火事で焼け出されたお人かおまえぐらいのもんだね。焼け出されたのなら、他人さまは可哀《かわい》そうにとうなずいてもくれようが、おまえの形《なり》には呆《あき》れ果てるか、嗤《わら》うかだよ」

と、嫌味と嘆きをしょっちゅうぶっつけられている。

髪はまだいいとして、少し汗臭いかもしれない。

おちえは、胸元に鼻を近づけて身体の匂《にお》いを嗅《か》いでみた。

今日は地稽古の後、榊道場恒例の五人抜きの試合があった。門弟たちが二組に分かれ、勝ち抜き勝負を戦うものだ。五人を倒せば、一右衛門から褒美の小刀が与えられる。おちえは見事勝ち抜き小刀を手にしたが、さすがに汗まみれになった。濡《ぬ》らした手拭《てぬぐ》いで綺麗に拭《ふ》き取ったつもりだが、滴るほどの汗の匂いは、まだ微かに残っているみたいだ。これでは、幾ら何でも気が引ける。

帰ってすぐ、湯屋に行くつもりだった。湯上がりの仄《ほの》かな糠袋《ぬかぶくろ》の香りなら、少しも恥ずかしくはなかったものを。

一居が身じろぎする。

おちえは顔を背け、一居とは反対側に歩き出した。竹刀の先で稽古着の入った袋が揺れる。竹刀袋と揃《そろ》いの小花模様だ。お滝が、自分の古い着物を解《ほど》いて作ってくれた。ぶつぶつ文句を言いながらも、お滝は一人娘の世話を何くれとなく焼くのだ。

「おちえどの」

呼び止められた。

心の臓の鼓動が乳房を押し上げる。慌てて、鬢《びん》のあたりを撫《な》でつけてみたが、指に引っ掛かって余計に乱れただけだった。

やだ。もうむちゃくちゃだ。こんなことなら、ちゃんと結い直しておけばよかったんだ。今さら、遅いけど……。

振り向かないまま、身体を硬くする。

「卒爾《そつじ》ながら、丸仙のおちえどのではござらぬか」

一居がすぐ後ろにいる。

ええい、もう、どうにでもなれ。

身体をくるりと回す。

目の前に一居の胸があった。おちえは、顔を上げ長身の男とまともに視線を合わせた。

「あら、吉澤さまじゃありませんか。こんな所でお目にかかるなんてびっくりいたしました」

我ながら頓狂《とんきよう》な声だ。上ずって、ところどころ掠《かす》れている。

「おちえどのは、道場からのお帰りですか」

一居の物言いは、少しも変わっていない。穏やかで、優しげだ。

「あ、はい。そうなんです。酷い形《なり》でしょ。あの、あたし、髷が結えないわけじゃないんですよ。むしろ、髪結い床が開けるぐらいだって褒められたりもするんです。おっかさん……母からも、おまえはお針はからきし駄目だけど髷は器用にお結いだねえって、感心されるぐらいで……」

あたし、何をしゃべってるんだろう。どうでもいいことをべらべらと……。これじゃ、吉澤さま、呆れてしまう。もっと、まともなこと、しゃべらなくちゃ。

「おちえどのは、針が苦手なのですか」

一居が瞬きする。

しまった。また、余計なことを。

自分で自分の口に膏薬《こうやく》でも貼《は》り付けたい。

「えっと……あの、苦手ってわけでは……なくて……」

唾を飲み込む。

駄目だ。この人に嘘はつけない。

「苦手なんです。襷一本、ろくに縫えないって、いつも母に叱《しか》られてます。いやあ、叱られてるというより、嘆かれているというか……、この前なんか、情けないって本気で泣かれちゃって……。あの、でも、ほんとに髷を結うのは得意なんです」

「ええ。この前、初めてお会いしたときも綺麗に結い上げておられましたね」

髷までちゃんと見ていてくれたのか。

思いもかけぬほど強く、歓喜が胸を揺さぶった。

「でも、その巻き髪もお似合いです。大人びて、美しいですね」

「あら」

つい、髪を撫でつけてしまう。

「こんなにぼさぼさなのに、お戯れを。吉澤さま、お見かけによらず口上手でいらっしゃるのですね」

「わたしは、世辞は申しません。感じたままを口にしただけです」

わかっていた。

一居は本心を告げてくれたのだ。

大人びて、美しいですね。

この方の眼に、あたしはそんな風に映っている。

美人だ、佳人だ、別嬪だ。娘盛りを迎えようとするころから、褒めそやされてきた。美人画に描かせてくれと、名のある絵師から乞《こ》われたこともある。嫌な気にはならない。でも、有頂天になることも、己の美しさを得意がる心持ちもなかつた。若さが消えてしまえば、美も消える。そんな儚いものに縋《すが》る気にはとんとなれない。

おちえが欲しいのは、一生を貫く拠《よ》り所《どころ》だった。それが、剣だ。町方の娘が

剣士になれるわけもなく、刀で身を立てられるはずもない。十分に承知のうえだ。

それでも、竹刀を握ったときの、あの心の躍動を何に替えられるだろうか。剣に

は重みがある。美のように移ろわない。若さが褪せ、力が衰えても、鍛錬さえ怠

らなければ剣士でいられる。身体ではなく心が強くあれるのだ。

おちえは美しい娘でいるよりも、力ある剣士になりたかった……はずなのに、

今は、どうだろう。

一居の一言に蕩《とろ》けるような心持ちになっている。

あたしは綺麗なんだ。

誇らしい思いに身体が熱くなる。

「おちえどの」

「はい」

「これから、どちらへ?」

「え? あ、家に帰るつもりですけど」

「しかし、そちらは丸仙とは向きが逆さではありませんか」

「え？　あ、そっ、そうでした？　あら、いけない。うっかりしてた。あはは。あたし、おっちょこちょいでやたら道を間違えるんです」

まさか、一居を避けて遠回りをしようとしたとは言えない。曖昧《あいまい》な笑みを浮かべたまま、おちえは身体の向きを変えた。

「丸仙の近くまでお供をしても差し支えないでしょうか」

一居が遠慮がちに問うてくる。

あら、それは困ります。お武家さまと連れ立って歩いたりしたら目立つじゃないですか。おっかさんの眼にでも触れたら、大層叱られますので。

と、きっぱり断るのが女の心得というものだ。

「あの……ええ、近くまでならいいのではと……」

一居が口元をほころばせた。

「かたじけない。それでは」

おちえの稽古道具をひょいと取り上げ、肩に掛ける。

「あ、あ、そんな。お武家さまに持っていただくなんて。駄目です」

おちえの抗《あらが》いに知らぬ振りをしたまま、一居が歩き出す。しかたなく、一歩下がって後に従う。

一居の背で揺れている見慣れたはずの稽古着入れが、どうしてだか眩《まぶ》しくて、まともに目を向けられない。

「今日の稽古は、相当厳しかったのですか」

「あ……はい。そ、そうですね。うちの道場恒例の五人抜きがありまして……」

「ああ、榊道場の荒稽古の一つですね。伝え聞いています。で？　誰です？」

「え？」

「おちえどのほどの手練れに傷を負わせたのは、どなたですか」

振り向き一居は自分の頬を指差した。

「ああ、これ……」

左頬に微かな痛みがあった。

竹刀の先が掠ったのだ。

道場の高弟の一人、池田新之助《いけだしんのすけ》の竹刀だった。突きを得手とする男の必殺の一撃をかわし、かわしざまに胴に一本を打ち込んだ。加減はしたので、骨に罅《ひび》は入っていないだろう。

気にもならなかった小さな痛みが、急にひりひりと頬を焼いた。

やだ。顔に傷までこさえていたなんて。

疼くやら、火照《ほて》るやらで、真っ赤に染まっているに違いない頬をおちえはそっと押さえた。

「お相手の……池田さまとおっしゃるのですが、その方の突きが速くて、避け損ねたのです」

「池田……。池田新之助どのですか。〝突きの池田〟ですね。名前だけは聞いています。燕の如《ごと》く速く、猪《いのしし》の如く剛力な突きであるとか」

「猪の如く、ですか」

池田はずんぐりとした体軀《たいく》の御家人だ。その猪首《いくび》や、真っ直《ます》ぐに突進してくる姿を思い出し、つい笑ってしまった。笑った後、御家人である池田を、一居が〝どの〟をつけて呼んだことに気が付いた。その口吻《こうふん》には〝突きの池田〟に対する敬意さえ滲んでいた。

二千石の旗本と御家人。遥《はる》かな身分の隔たりを超えて、一居は人そのものの力量や才覚、生き方を敬うことができるのだろう。

よくよく考えれば、おちえだって呼び捨てにされても、「娘」の一言で片付けられてもしかたない、いや、それが当たり前なのだ。たかだか縫箔職人の娘、武家の家中でさえないのだから。こんなに丁重に接してもらえるような身ではない。吉澤さまは、あたしの剣の腕を尊んでくださっている。それだけなのかしら。だとしたら……。だとしたら、どうだろう。

嬉しいより、得意になるより、少し淋《さび》しい心持ちがする。

「そうか、池田どのの突きもおちえどのには通じなかったか」

独り言のように、一居が呟いた。

「通じなかったなんて、避けるのがやっとで……」

「避けながら、返しに一本、打ち込んだのでしょう」

まるで傍らで見ていたように言う。

おちえは、わざと唇を尖《とが》らせた。

「吉澤さまには、あたしの動きが丸見えってわけですね。それじゃ、どう攻めても防がれるし、どう防ごうとしても無駄ってことになりますよね」

我ながら、可愛《かわい》げのない物言いだ。

「まさか」

一居がおちえを振り返り、静かに笑った。

「そこまで自惚《うぬぼ》れてはいませんよ。おちえどのと互角に戦えるかどうかも怪しいところです」

「ご謙遜《けんそん》を」

「本音です。おちえどのこそ、誰と戦っても負けるなど考えておらぬのでしょう」

あたし、そこまで天狗《てんぐ》になってなどおりません。

腹立ちの一言を飲み込む。喉《のど》の奥がぐびりと妙な音をたてた。

「それなら、試してみますか」

口にしてから、慌てる。

あたしったら、何を言ってんの。

慌てているのに舌は止まらない。むしろ、いつもより低い絡みつくような声音になっている。

「吉澤さまが勝つか、あたしが勝つか。試してみます？」

道端に立ち止まり、一居が見下ろしてくる。おちえは顎《あご》を上げ、その眼差しを受け止めた。

俵を積んだ荷車が傍らを通り過ぎる。

舞い上がった土埃《つちぼこり》と馬の体臭が鼻の奥まで入ってきた。

「くしゃん」

くしゃみが出た。

止まらなくなる。

「くしゃん、くしゃん」

鼻水まで出てきた。

「やだ、くしゃん。ど、どうしましょう。くしゃん」

「おちえどの、これを」

一居が懐紙を差し出してくれた。

「いえ、あたしも畳紙《たとうがみ》を持っており、くしゃん」

「ほら、早く。こんなときに遠慮は無用です」

「は、はい」

一居が手渡してくれた鳥の子紙は上質で、仄かに甘い香りがした。そのせいなのか、くしゃみも鼻水もすっと治まっていく。

「す、すみません。あたしったら、はしたなくて」

はしたない。みっともない。恥ずかしい。

くしゃみが止まらず右往左往する。その程度の者に、何の勝負ができるというのだ。思い上がりも甚だしい。

穴があったら入りたい。穴がなければ掘ってでも隠れたい。そして、半刻《はんとき》ほど時を巻き戻したい。半刻前に戻れたのなら、余計なことは一切言わないし、荷車が通ったらすぐに袖口で鼻を押さえる。汗の臭いなんかさせないし、髷もきちんと結い上げる。

神さま、仏さま、お祖父ちゃん。あたしの願いを聞き届けてくれませんか。

「苦手なのです」

先刻と同様に一居がぼそりと呟いた。

「勝負とか、試合とか……全てが諍《いさか》いごとのように感じられて、どうにも苦手なのです」

「はあ……諍いごと、ですか」

「おちえどのはそのようには感じないのでしょうね」

「ええ、まあ……。真剣で殺し合うわけではなし、木刀で叩きのめすわけでもなし、竹刀を握っての勝負です。礼があり、決まりがあり、約束があります。諍いごととはまるで違うと思いますけれど」

「そうですね。でも、相手を倒すことに変わりはない。力のある者が劣る者を倒す。そういう有り様が嫌なのです」

「でも、そんなことを言ったら、剣術だけでなく武術も槍術《そうじゅつ》も成り立たないではありませんか」

「いや武道を全て否んでいるわけではないのです。ただ、わたしは苦手だというだけで」

「でも、吉澤さまはお強いのでしょう」

半歩、前に出る。

「とてもお強いと拝察いたします。あたしなんかより、ずっと。それは、吉澤さまが一番よくご存じのはずです」

一居の顔が歪《ゆが》んだ。頬が微かに震える。

おちえはとっさに手を差し伸べ、一居の身体を支えようとした。くずおれると思ったのだ。一居が、呻《うめ》き声をあげてくずおれてしまうと感じた。

それほどに、苦しげな表情だった。

一居は倒れなかった。

「剣の才など望んだことは、一度もなかった」

地に踏ん張り、告げてくる。唇から漏れた声は、獣の低い唸《うな》りに似ていた。

背筋にぞくりと寒気が走った。

「吉澤さま……」

「わたしは吉澤家の三番目の男子になります。長兄はわたしが生まれる数日前に、流行《はや》り病に罹《かか》り亡くなりました」

「はい」

首肯するところではないとわかってはいたが、うなずいてしまった。それから、おちえは睫毛《まつげ》を伏せた。一居の顔を見ていてはいけない。そんな気がしたのだ。

「わたしは遺孽《いげつ》です。父が下働きの女中を孕《はら》ませた末の子なのです。母はわたしを産んですぐに暇《いとま》をとらされ、わたしは吉澤の家に残されました。長兄が他界した直後だったので、その代わりの男子として引き取られたのです。しかし、屋敷にはわたしの居場所はどこにもありませんでした。いや、あるとしたら次兄の身に何かあったときの代用品としてでしょうか」

「代用品だなんて。吉澤さまは人のお子ではありませんか」

そうですね。わたしは人の子ですと、一居は微笑んだ。その微笑みに、おちえはほっと息を吐いた。この方は、笑んでいらっしゃるのが似つかわしいと心底から思う。一居の苦渋の表情をこれ以上見ずに済むと安堵する。

「剣、馬、弓、学問……。幼いころから、わたしは懸命に励みました。一つでも他人より抜きんでた何かを、家人が、特に父が喜ぶような何かの力をこの身に具《そな》えたかったのです」

「それが、剣であったのですね」

「そうです。どういうわけか、わたしの剣の才はわたしが育つのに歩みを合わせるように、伸びていきました。父は喜び、わたしの才を得意げに客に語りさえしたのです。わたしもそれが誇らしく、さらに励みました。しかし、その父も一昨年、落馬の怪我《けが》がもとで亡くなりました。吉澤の家を継いだ次兄は昨年、父の一周忌の法要を終えた後、妻を娶《めと》り、まもなく子ができます。その子が男であれば、後嗣《こうし》の控えとしてのわたしの役目はなくなります。用済みになるわけです」

「用済みって……ですから、それは」

「いや、誤解しないでください。おちえどの、わたしは我が身の拠り所のなさを嘆いているのではありません。むしろ、解き放たれたいと望んでいるのです」

「吉澤のお家からお出になる心づもりだと、そうおっしゃっているのですか」

「出ることができれば、どれほどの幸祐《こうゆう》であることか」

「家を出てどうなさるのです。あの……まさか、本気で刺繍職人になるおつもりじゃありませんよね」

一居がすっと息を吸った。

それだけの仕草で、わかった。

この方は本気なんだわ。

なにとぞ、それがしを弟子の一端に加えていただきたい。

父、仙助に訴えていた声がよみがえる。

「お刀を捨てる覚悟でいらっしゃるのですか」

「刀などいつでも捨てます。惜しいなど思いもしない。父に死なれ、ようやっと気が付いたのです。わたしはただ、父に気に入られたかった。褒められ、認められたかった。そうでなければ、己の所在がなくなると思い込んでいたのです。おちえどののように剣に惹《ひ》かれたわけではなかった。わたしが惹かれたのは、剣ではなく……」

一居の眼差しがすっと遠くに流れた。

どこに向けられたのか、追わなくてもわかる。

さっき、通り過ぎた花井屋の店先、そこに並んでいた光琳模様の半襟。ここからではとうてい視線の届かない場所を、一居は見据えようとしている。

「あの半襟の刺繍は、平助さんの手によるものです」

「平助さん?」

「うちの職人さんです。父は化粧回しやら歌舞伎の衣装やらを手掛けますが、平助さんは小物が得意なんです」

「そうですか。仙助どのの手ならば、もう少し色合いの調和が違ったでしょうね」

さりげない一居の受け答えに、おちえは顎を引いた。仙助と平助、親方と弟子のやりとりを思い出したのだ。平助があの半襟を仕上げた翌日、朝餉《あさげ》の後に仙助が弟子の仕事を褒めた。

「平、一人前の仕事をしたな」

平助は目を瞬かせ、「へえ」と短く返事をした。もともと口数の少ない武骨な男だ。十二の歳《とし》に丸仙に奉公に来て十五年が経つ。縫箔職人は、十年でやっと半人前と言われる。平助は親方から一人前のお墨付きを貰ったのだ。

さすがに頬が上気し、口元がほころんだ。

傍らで茶を淹れながら、おちえも嬉しくなった。

よかったね、平さん。

心の中で、言祝《ことほ》ぐ。

仙助が膝の上の半襟を指先でそっと撫でた。

「これなら、何とかやっていける。花井屋も満足するだろうぜ」

「ありがとうございやす」

赤らんだ頬のまま、平助が頭を下げた。

「けどよ、平。おめえはまだとば口に立っただけだ。これからも、精進して腕を磨いていかにゃあならねえ。わかってるな」

「へえ。承知しておりやす」

「そうかい。じゃあ、どう承知している」

「へ？」

親方の問いが解せなかったのか、平助が戸惑いの顔つきになる。

「この半襟、確かにいい出来だ。丸仙の弟子の品ですと堂々と告げられるってもんだ。だがな、平、やっぱりまだ足らねえんだよ」

「足らねえと、言いやすと？」

「わからねえかい」

「……わかりやせん」

「焦るこたぁねえ。何が足らねえのか、じっくりと考えてみな。それがわからねえようじゃ、この先、縫箔で飯は食えねえ」

平助は唇を嚙《か》み、暫くの間黙り込んだ。

「おとっつぁん、平さんに足らないものって何？」

平助が仕事場に引っ込んだのを見計らい、おちえは父に尋ねてみた。花井屋に卸す半襟は、おちえが見てもかなりの出来栄えに思える。これのどこが欠けているのか。どこが足らないのか知りたい。

仙助はちらりと娘を見やり、鼻を鳴らした。

「おまえには、とうていわかりっこねえなあ」

「何よ、その言い方。あたしが馬鹿みたいに聞こえるじゃない」

「馬鹿とまでは言ってねえよ。ただ、縫箔の才はまるでねえよな」

「才があったってしょうがないでしょ。男の仕事なんだから。女のあたしがしゃしゃり出るわけにはいきません」

「けっ、笑わせるんじゃねえ。男だ女だと言う前に、おまえに針なんぞ持たせられるかよ」

「まっ、ひどい。あたしのお針なんてどうでもいいから、教えてよ。謎解きの答え」

　もう一度、おちえをちらりと見て、仙助は肩を竦めた。

「色合いの調和さ」

「え？　でも、色合いはきちんと納まってるじゃない」

「納まりすぎなんだよ。草も花も鳥も、みんな当たり前の色になってる。平のやつ、模様を縫い取ることに懸命で、色を工夫することを忘れちまったんだ」

「……そうなの。とても綺麗だけど」

「綺麗さ。だけどつまらねえ。いつか飽きられちまう綺麗さなんだよ。十年、百年経っても飽きられない刺繡ってのはな、そこにしかねえ色合いの調和、独特ってものがあるんだよ」

「へえ、独特ねえ」

「平助に本物の眼がありゃあ、そのことに気付くはずだ」

　仙助はふいっと一つ、長い息を吐き出した。

　あの後、平助が何を摑《つか》み、何を父に伝えたか、おちえは知らない。

　ただ、一居は一目で平助の不足が何なのかを見抜いた。

　不思議なお方だわ。

一居を見上げ、そっと念を押してみる。

「吉澤さまは剣よりも刺繍に惹かれるのですね」

「ええ。どうしようもなく惹かれます」

「それで、どうあっても父の弟子になるおつもりなのですか」

「それが、今のわたしにとって唯一の望みです。でも、今日は仙助どのに会ってももらえなかった」

「あら、うちに来られていたのですか。あ、もしかして、門前払い？」

「……丁重に追い返されました。仕事の邪魔になると」

「あらまあ」

としか言えない。では、あたしが口添えをしてさしあげますなんて、言えないし言ってはいけないのだ。

武士は武士、職人は職人。生まれ落ちたときから、人の定めは決まっている。定めの垣根を越えることなど、できようはずがない。

丸仙が見えてきた。

一居が竹刀と稽古着袋を肩から外す。

「では、わたしはここで。さすがに、さっき追い返された身で辺りをうろつくのは憚《はばか》られますので」

「あ、あの、ありがとうございました」

「諦めません」

「はい？」

「仙助どのの弟子になる望み、いつか叶《かな》えてみせます」

「吉澤さま、なぜ、なぜそんなに刺繍に拘《こだわ》られるのですか。なぜ、武士として生きようとなさらないのです」

口にしたとたん、後悔した。

一居を問い詰めてはならない。

おちえの中で、おちえの勘がささやいた。

問い詰めちゃ駄目なんだ。

「あ、ご無礼いたしました。つい、口が過ぎてしまいました」

下げた頭の上で、一居が声を震わせた。

「生きられないのです。生きられない……」

おちえが顔を上げるのと一居が背を向けるのは、ほとんど同時だった。

風が頬の傷に染みる。足元の土埃をさらっていく。

おちえは一居の背が角に消えた後も、その場に立ち尽くしていた。

『風を繍う　針と剣　縫箔屋事件帖』（実業之日本社文庫）所収

自鳴琴《じめいきん》からくり人形

佐江衆一

著者プロフィール　さえ・しゅういち◎一九三四年、東京生まれ。コピーライターを経て、一九六〇年、短編「背」が第七回新潮社同人雑誌賞を受け作家デビュー。「繭」「すばらしい空」などで五度芥川賞候補となり注目された。一九九〇年、『北の海明け』で第九回新田次郎文学賞、一九九五年『黄落』で第五回Ｂｕｎｋａｍｕｒａドゥマゴ文学賞、一九九六年、『江戸職人綺譚』で第四回中山義秀文学賞を受賞。他に『横浜ストリートライフ』『子づれ兵法者』『神州魔風伝』『捨剣　夢想権之助』など著書多数。古武道杖術師範、剣道五段。

一

手鎖の鍵《かぎ》をふところに、今日も黒田三右衛門《さんえもん》は浅草西仲町の長屋の路地に入った。

(不埒《ふらち》な奴《やつ》だ、黒船騒ぎのこのご時世だというのに……)

傍らのドブ板に唾《つば》を吐き捨て、三右衛門はつぶやいていた。

重陽《ちょうよう》の節句がすぎて、江戸の町には澄みきった九月の秋空が今日もひろがり、青空の高みで鳶《とんび》が鳴いている。午《ひる》どきで、長屋のあちらこちらから昼餉《ひるげ》をとっている物音と子どもらを叱《しか》るかみさんの声がきこえる。紅葉狩《もみじが》りにはまだ早いが、二年つづきの黒船騒ぎが嘘《うそ》のような、のどかな日和《ひより》である。

しかし、黒羽織を着て二本差しの三右衛門は、長年の職役柄か、世間に面白いことなどなにひとつないといった、眉根《まゆね》に深い皺《しわ》をきざんだ四十男の顔つきをしている。

三右衛門は伝馬町《てんまちよう》牢奉行配下の同心である。

伝馬町牢屋敷には五十名ほどの同心がおり、鎰役《かぎやく》、見廻り役、数役《かずやく》、世話役、打ち役、平当番などの職役があり、三右衛門は親の代から鎰役をしている。牢の鍵をつかさどる重要な役で、いちいちの施錠《せじよう》解錠はもとより、たとえば女牢に新入りがあるときは、鎰役が二重格子《ごうし》の外の牢鞘《ろうざや》で名をつげ、牢名主が「へい、ありがとうございます」と答えると、鍵を当番にわたして入口を開く。すると、中にいる乞食《こじき》女房と呼ばれる女囚が出てきて、下帯から衣服一切までを改めるばかりか髪もとき改めてから牢内に入れる。女囚に乳呑児《ちのみご》がいるときは子も入牢《じゆろう》させるのである。

牢の鍵すべてのほかに、私宅にあって手鎖の刑にある罪人の手鎖の鍵を預る場合もある。

手鎖の刑は罪の軽重によって、三十日、五十日、百日の刑期があり、百日では隔日、五十日と三十日では五日毎《ごと》に封印を改める。ふつう鍵は町役人の家主が預っていて、罪人は町奉行所へその都度出頭して封印を改めてもらうが、罪人の日常を牢奉行が監視する必要がある場合は、鎰役が出むくのである。

今日は庄助という男の封印改めの日であった。庄助はからくり師で、手鎖五十日の刑についていた。

三右衛門は戸口に立つと、咳払《せきばら》いをひとつして、〔からくり師〕と筆太に書かれた障子戸をあけた。

上りはなの四畳半の板の間が仕事場で、作りかけのからくり人形や道具類が片寄せて置かれており、奥の六畳間の隅に庄助は柱に背を凭《もた》せかけてあぐらをかいていた。むろん前にした両手は手鎖でいましめられている。その自由のきかぬ片方の手の指先に煙管《きせる》をつまんで、ふてくされたように煙草《たばこ》をふかしていた。

素早く仕事場を見まわした三右衛門は、ずかずかと上がり、

「庄助、変わりはないか」

と、形通り声をかけた。

「このざまじゃァ変わりようがねえなァ」

庄助は三右衛門を上目遣いに見て半ば独り言に吐き捨てたきり、黙りこくっている。傍らに塗りのはげた盆にのせた冷飯と汁が置かれていて、飯炊《めした》きもままならぬ庄助の世話を長屋のかみさんたちがしているようだが、その飯をろくに食っていないようだ。無精髯《ぶしょうひげ》がのび、頬がこけてきている。三右衛門が封印改めにきたのは今日が二度目で、庄助は手鎖十日目である。

四十三歳になる庄助は三右衛門とほぼ同年だが独り者で、これといった女もいないらしい。

三右衛門は庄助のまえに坐《すわ》り、手鎖の封印を改めた。両手をたがいちがいに手首のところでいましめる鉄製の輪の手鎖には、小さな卍《まんじ》錠がついていて、二つの鉄輪のくぼんだ箇所に、町奉行の捺印《なついん》のある幅六分ほどの美濃《みの》紙で封印してある。万一解錠して手鎖をはずすようなことがあれば、一目でわかる。

異常はなかった。

庄助は頭もさげず、「お役目ご苦労さまです」ともいわずに、煙管をくわえてそっぽをむいている。牢にあって吟味中からこの十日間、風呂《ふろ》にも入らず着のみ着のままなので、汗くさい饐《す》えた悪臭がした。

「飯ぐらい食え！」

三右衛門は怒鳴りつけた。両手は不自由でも飯は食える。

「食いたかァねえんだ」

そっぽをむいたまま庄助はいい、髯面《ひげづら》をゆがめた。

(勝手にしろ。横柄《おうへい》な奴だ)

性根のまがった罪人には馴《な》れているが、庄助はお上の慈悲をかけたくない男である。これまでも筆禍で手鎖の刑に処せられた戯作者《げさく》や絵師に出会ってきたけれども、大方の者は神妙にしていて、この男のように十日たっても片意地を張っている者はめずらしい。よほどの偏屈者なのだろう。

「飯は食わずとも、お上の目を盗んで妙なからくり細工などしておるのではあるまいな」

仕事場を仔細《しさい》に調べながら、三右衛門は公儀の威光をしめす声音《こわね》でいった。手鎖をつけていては細工物などできるわけはないが、この男の身のうちにとぐろをまいているような、公儀を公儀とも思わぬ根性が許せない。横っ面の一つも張りとばしてやりたいくらいである。

吟味に立ち会ったわけではない三右衛門は、詳しくは知らないが、庄助は南蛮渡りの自鳴琴《じめいきん》を自作して異人女のからくり人形に仕組み、世間を騒がせたその罪で五十日の手鎖になったときいている。

三右衛門はそんな男の顔など見るのも汚《けが》らわしく、あからさまに舌うちをすると、御用がすんだので立ちあがっていた。

「旦那《だんな》」

立ち去ろうとすると、庄助が声をかけてきた。蒼白《そうはく》になった顔をひどくゆがめている。

「どうした、何ぞ用か」

「へえ。……厠《かわや》へゆきてえんで……」

「勝手に行ってまいれ」

「それが……」

手鎖の両手を顔のまえにあげて、庄助は困惑しきった哀れっぽい顔つきをした。この男にも人の情を乞《こ》う、そんな弱々しい表情があったのだ。

用便はできても手鎖をしていては尻《しり》を拭《ぬぐ》うことができない。用便のあいだ手鎖をはずしてもらえまいかと、便意をがまんしつつ頼んでいるのである。

牢内で手鎖の場合は用便のときだけはずしてやるが、自宅だと後始末を家人を呼んで頼むので、
雪隠《せっちん》で嬶《かか》あ殿《どの》やと手鎖人
などという川柳があるくらいで、独り者の庄助は誰にも頼めずに尻を汚しっぱなしにしているのだろう。

「ふん、仕方あるまい。俺についてまいれ」

三右衛門は先に立ってしぶしぶ路地に出た。長屋の厠は路地の中央にある。手

鎖の卍錠を持参の鍵ではずしてやり、庄助が厠に入ると、手鎖をぶらさげて厠のまえに立って、鳶が澄みきった声で鳴く秋空を見あげていた。

突然の火事や手鎖人が急の重い病いのときなどは、手鎖をはずしてやらねばならない場合があるので、鍵と新しい封印紙はつねに持参することになっている。

庄助はなかなか厠から出てこなかった。汲《く》み取り口から逃亡するつもりか。三右衛門は厠の内の気配に油断なく耳を澄ました。放屁《ほうひ》の嫌な音がした。

ようやく厠から出てきた庄助は気まずそうにぺこりと辞儀をして、自由になっている両手を井戸端で洗いたいといったしぐさをしたが、三右衛門は苦虫を嚙《か》みつぶしたような仏頂面《ぶっちょうづら》で首を横にふり、庄助の背中を突きとばして長屋にもどると、手鎖をつけて施錠し、新たな封印紙を貼《は》りつけた。

「旦那もご苦労だねえ」

庄助がはじめてにが笑った。

「お前のような不届者がいるからだ。俺を甘くみるな」

三右衛門はムッとしていったが、思わず苦笑を浮かべていた。坐りなおすと、腰の煙管入れから銀煙管をとり出し、雁首《がんくび》に煙草をつめながら、

「お前も馬鹿《ばか》な奴だな。茶汲み人形でもこさえておればよいものを、黒船騒ぎの

このご時世に異国かぶれのからくりなどつくりおって」

そういうと一服つけて、胸のうちの厠の臭気を追い出すように紫煙を吐いた。

アメリカのペリー提督が軍艦四隻《せき》をひきいて突然に浦賀に来航したのは、一昨年、嘉永《かえい》六年六月であった。これまで日本人が見たこともない、三本マストの鉄製の巨大な外輪蒸気船で、煙突からもうもうと黒煙を吐いていた。その黒船はいっこうに去らず、

泰平のねむりをさます上喜撰《じょうきせん》（蒸気船）

たった四はいで夜もねられず

と狂歌によまれたような日がつづいた。そして、ようやく退去したが、翌安政元年二月に早々とまたも来航し、こんどは七隻もの大船団で、しかも江戸湾ふかくまで入ってきて、大砲まで撃ち放った。周章狼狽《ろうばい》した幕府は、横浜村でペリーと神奈川条約（日米和親条約）を結び、その後下田で追加条約に調印し、鎖国の祖法が解けて、下田、箱館《はこだて》の開港が決まったのである。

開国は決まったものの、夷狄《いてき》うつべしとの攘夷《じょうい》のあらしが吹き荒れている昨今である。三右衛門にしても、異人ごときに国を開くべきではないと思っている。ましてや、庄助のような職人の分際で異国かぶれは大嫌いだ。

けれども三右衛門は、庄助がつくって世間を騒がせたというからくり細工がどのような品か、知りたくなっていた。

「お前のつくったという自鳴琴入りのからくり異国人形を俺は見ていないが、チャルゴロと申す南蛮渡りの手廻し風琴《ふうきん》のようなものか」

「チャルゴロを、旦那もご存知なんで？」

とたんに表情をかえた庄助が身を乗り出すようにしてきき返した。

「一昨年の五月、左様、あれは黒船騒ぎの前の月であったな。回向院《えこういん》のご開帳の見世物で一度見た。異人の姿を描いた木箱に、チャルゴロと書かれていたゆえ名を覚えたが、なんとも奇妙な夷狄の音曲《おんぎょく》であったな」

思い出しながら顔を顰《しか》めて、三右衛門はいった。

嘉永六年五月十日から向両国の回向院でおこなわれた阿弥陀如来《あみだにょらい》のご開帳に、非番の日、三右衛門は妻子をともなって出かけたのだった。見世物に浪華松寿《なみのはなしょうじゅ》軒《けん》作の灯心細工虎や昆布細工二十四孝、武田縫殿之助作の怪談人形、京都大石眼龍斎作の風流女六歌仙人形、そして漢交茶釜《ちゃがま》などが出ていて、なかでもチャルゴロに黒山の人だかりがしていた。縦横一尺五寸と二尺、高さ一尺五寸ほどの異国趣向の彩色をほどこした木箱で、黒の鍔広《つばびろ》帽子をかぶった異人の絵が描かれた上蓋《うわぶた》を少し開き、前に坐った茶屋女が把手《とって》をまわすと、なんとも摩訶《まか》不思議な音曲が流れ出るのである。三味線や琴の弦の音でもなく、また笛でも太鼓でもなく、唐人の吹くチャルメラに似ているようで違う、妙《たえ》なる音曲だが、聴いているうちに三右衛門は、もしや御禁制の伴天連《ばてれん》の音曲ではあるまいかと背筋があわだってきて、妻子の手を引いてそこを離れたのだった。しかしその夜、寝床についてからも耳の奥に音曲が残っていて、木箱に書かれていた「チャルゴロ」という文字が忘れられなかったのである。

「あたしも回向院のチャルゴロは見たが、あたしがつくったのはふいご、ふいごで音を鳴らすあんな品じゃありませんよ」

「あれはふいごで音が出るものなのか」

「オランダ語でオルゲルというそうですがね。手廻しの把手をまわすと、ふいごの風の作用でさまざまな音が出る細工です。手廻し風琴ですな」

「それで風琴と申すのか。するとお前がつくったという自鳴琴は別のものか」

「南蛮渡りのオルゲルにはちげえねえが、風じゃなくって、真鍮《しんちゆう》の円筒に植え込んだ刺《とげ》と鋼鉄《はがね》の櫛歯《くしは》の細工で、それはもうこの世のものとは思えねえ妙なる音曲を奏《かな》でるんです。その曲に合わせてあたしはからくり人形を舞わせたってわけで……」

　そこまで話すと庄助はふいに口をつぐみ、肩をすぼめてまたそっぽをむいてしまった。牢屋同心ごときに話してもわかるまいといった、蔑《さげす》むような顔つきになっている。

（やはり嫌な奴だ）

　三右衛門は煙管をしまうと立ちあがり、

「また五日後にまいる。神妙に致しておれッ」

　きつくいい残して、庄助の長屋を出た。

　昼餉《ひるげ》をすました長屋の子どもらが路地で遊んでおり、井戸端では女たちが洗いものをしていた。路地の傍らに、木箱に植えた菊が咲いている。

　三右衛門はいま出てきた庄助の長屋を振り返って、ふんと鼻を鳴らしたが、耳のうちに異国の音曲が心の襞《ひだ》にしみついているかのようにかすかにきこえていた。

二

　その五日後、三右衛門が封印改めに行った日から、庄助はぽつりぽつりながら、自分から話すようになった。

その日、三右衛門は用便中に手鎖をはずしてやっただけでなく、井戸端で庄助が自由な両手で顔を洗うのを仏頂面《ぶっちょうづら》ながら黙認してやったのである。

「あたしはね、ガキの時分、浅草奥山で見た茶汲《く》み人形のからくりに、すっかりとりこになっちまったんですよ」

金竜山浅草寺本堂裏手の奥山は、両国広小路とならんで江戸いちばんの盛り場で、大小の独楽《こま》を大刀の上でたくみに廻してみせる独楽廻しの松井源水、高々と放りあげた大根を一本歯の高足駄をはいて見事に斬《き》る小男の芥《けし》の助《すけ》などの曲芸にまじって、さまざまなからくり人形を見せる大道芸人が大勢出ている。唐人が笛を吹く唐人笛吹きからくり人形、可愛《かわい》い童子が吹矢をする吹矢からくり人形、三味線をひく人形もあれば、五体を自在に動かす三段返りかるわざ人形もある。錦《きん》竜水《りゅうすい》という仕掛けの人形は、口から色を変えて五色の水を吹き出す。糸操りもあるが、大方はぜんまい仕掛けで、五段でも十段でも躰《からだ》の各所が返る三段返り人形は、体内の水銀の移動によって蜻蛉《とんぼ》返りまでうてる。五色の水を吹き出す錦竜水は、水槽から管を通じた水からくりで、滝の白糸の曲芸で使われる仕掛けと同じである。

ぜんまい仕掛けは江戸時代の前期からで、寛政のころには水銀仕掛けの安い玩《がん》具《ぐ》なども露店で売られるようになった。そして、からくり人形は幕末に及んでますます精巧になってきていたのである。

「西仲町生まれのあたしは、浅草奥山が近いもんで、ガキの時分に一日中奥山で遊び呆《ほう》けて、おやじやおっかさんから叱《しか》られたもんです。別に悪さをしてたわけじゃありません。からくり人形のあの動きがなんとも不思議で、ことに茶汲み人形の生きているとしか思えねえ姿に、魂まで抜かれてしめえましてね」

庄助がガキのころといえば文政年間である。文政三年春の奥山では、等身大の練物細工の七小町人形や花魁《おいらん》道中人形などが話題を呼んだが、庄助が幼な心を奪われたのは、昔からある茶汲み人形だった。小姓の身なりをした小さな可愛い人形が、茶托《ちゃたく》にのせた茶碗《ちゃわん》を運んできて差し出し、両手をついて丁寧に辞儀をする。いささかぎごちないその所作が、庄助には人形自身が生きているとしか思えなかったという。

「あれはね、旦那《だんな》、からくりなんてものじゃあねえ。ちっぽけな人形に魂があるんです。あたしは恐ろしくって、夜も眠れなかった。眠ったと思うと、夢に茶汲み人形が出てきて魘《うな》されました。旦那もガキの時分、そんなことがありませんでしたかい」

そういわれてみれば、三右衛門にも似たような経験がある。魘されはしなかったが、伝馬町の同心長屋に両親と住んでいた子どものころ、母親に連れて行ってもらった両国広小路の見世物で、茶汲み人形をはじめて見て、やはり人形そのものが生きていて、あの人形の躰のなかには赤い血ではなく、胡粉《ごふん》のような白い血が流れているのではあるまいかと、恐ろしく思ったことがある。成長するに及んでそんなことはすっかり忘れ、ぜんまい仕掛けのからくり人形などには見むきもしなくなったが、手鎖人の庄助にいわれて、人形を怖いほど不思議に思った童心にかえったような気がした。

「それでお前さんは、からくり人形師になったのかい」

「いえ、最初《はな》っからからくり師になったわけじゃねえんで」

と庄助はいった。

「からくり人形には夢中になりましたが、九つのとき、上野広小路の呉服屋に奉公に出ました。年季が明け、お礼奉公もして、反物のことァかなりわかるようになりましたが、あたしにはご新造《しんぞ》や娘っ子におべんちゃらをいって反物を売る仕事はむいてませんでした。暇さえありゃァ、からくりのことばっかり考えて、作りもしてましたからね」

「よほど熱中したのだな」

「呉服屋に奉公しながら、一人で作りました。ありゃ十九のときでした、『機巧《からくり》図彙《ずい》』てえ書物に出会いましてね」

「『機巧図彙』……そんな書物があるのか」

「へえ。細川半蔵頼直《よりなお》てえ人が書いた、からくりの奥義書《おうぎしょ》です。これと首っ引きで、からくりに熱中したねえ……」

若かったそのころを懐《なつ》かしく思い出すかのように、庄助は手鎖の窮屈な手につまんだ煙管《きせる》から立ちのぼる紫煙のゆくえを眺めながら、

「あのころァ碌《ろく》すっぽ寝なかったたねえ。頭ンなかァ、からくりのことでぎっしりだ。呉服屋に勤まるわけがねえ。お払い箱だ。それでよかったんですよ、旦那。おかげでふんぎりがついて、からくり師に弟子入りしました。呉服屋にまじめに勤めていりゃァ、番頭になれる二十二のときでしたがね」

「世帯はもたなかったのか」

「からくり師の修業がひと通りすんでから、かかあをもらいました」

「惚《ほ》れた女がおったのだな」

「おくみってェ女でした。……だが、うまくはいかなかった。惚れあっただけじゃア、夫婦《めおと》はつとまらねえ。五年は一緒にいたが、あいつのほうから出てきました。無理もねえやね、あたしの頭ンなかァ、からくりのことばっかりなんですから。子ができなかったのが、せめてもの幸いでしたね」

そういうと庄助は、しんみりした自分を笑いとばすように高笑いをして黙ってしまった。そして、ぷっと煙管の吸い殻を吹き捨てると、

「この夏の浅草寺観音様のご開帳の興行で、肥後熊本の松本某《なにがし》ってえ人形師が等身大の異国人物人形を見せて、生人形《いきにんぎょう》だなんて自慢してたが、あんなものァ生人形じゃァねえ。見た目ばっかりで、なにが生きてるもんかい。人形ってのは人に似せるばかりが能じゃねえ。あたしのは、歩きもする、声も出す、歌も唄《うた》う、音曲も奏《かな》でる……だからって、人に似せてるんじゃねえですよ。人形として生きるんだ。そこんところが、誰もわかっちゃいねえ」

異人の等身大の人形を見事につくって評判をとった松本喜三郎という熊本の人形師が、手鎖のお咎《とがめ》をうけなかったのは、出来が悪いからだと庄助はいいたいのか。それとも、自分だけお咎をうけている不公平をなじっているのか。いずれにしろ三右衛門には、そういう庄助が世間を見くだしている傲岸《ごうがん》な男に思えた。

その庄助が、次に行ったときは手鎖の不自由な手で押入れから三巻の書物をとり出してきて、三右衛門に見せたのである。

かなりいたんだ表紙に、

――機巧図彙

と、表題がしるされている。

「この書物か、お前が夢中になったと申したからくりの奥義書は」

手にとってめくってみると、随所に精巧なからくり図が描かれていて、庄助がしたらしい書き込みがあり、ほぼ六十年もまえの寛政八年の出版である。

三右衛門はまず序文を読んでみた。

夫奇器《これきき》を製するの要は、多く見て心に記憶《きおく》し、物に触《ふれ》て機転《きてん》を用ゆるを尊ぶ。譬《たとへ》ば魚の水中に尾を揺《うごか》すを見て柁《かぢ》を作り、翅《ひれ》を以《もつ》て左右するを見て櫓《ろ》を製するの類是《たぐひこれ》なり。されば諸葛孔明《しよかつこうめい》は、妻の作する偶人《ぐうじん》を見て木牛流馬《もくぎうりうば》を作意し、竹田近江は、小児の砂弄《すないぢり》を見て機関《からくり》の極意《ごくゐ》を発明す。此《この》書の如《ごと》き、実に児戯《じぎ》に等しかれども、見る人の斟酌《しんしやく》に依《より》ては、起見生心《きけんせいしん》の一助とも成《なる》なんかし。

寛政丁巳《ていし》春　萬象主人誌《しるす》

偶人とは人形、木牛流馬とは自動運搬車のことで、機関《からくり》などは児戯に等しいかもしれぬが、心構えによっては、物に触れて発明の極意をつかむことができると述べていて、三右衛門は思わず、

「ふむう、左様じゃな。なるほど、起見生心、のう」

と、声に出していた。

三巻の『機巧図彙』は、首巻に柱時計、櫓《やぐら》時計、枕《まくら》時計、尺時計、上巻に茶汲み人形、五段返り、連理返り、下巻に龍門滝、鼓笛童児、揺盃《ようはい》、闘鶏、魚釣人形、品玉《しなたま》人形などの内容で、首巻には各種時計の精緻《せいち》なからくり図が描かれている。

「牢《ろう》屋敷にも柱時計が置かれておるが、中はかように数多くの歯車と軸が組みあわせてあるのかのう」

三右衛門はその頁《ページ》を読んでみた。

時計に天然と意地わるき事あり。夫《それ》は大なる時計は刻《きざ》み少くてよし、又小なる時計ほどかえつて諸輪の刻み多からざればよろしからず。其故《そのゆゑ》は大なる時計は天符長くしてゆるやかにふるゆゑに刻み少くてもよし、小なる時計は

天符短くして急にふる故、歯数多からざれば用をなさず。

傍らから庄助が手鎖の手で図を指さし、

「小型の時計をつくるには、この大なる時計の寸法をそのまま縮めたのでは駄目なんです。針の動きを遅くするために、歯車の歯数をふやさねばいけません。そして、ほれ、ここに書いてあるでしょう。『諸機巧、専《もっぱ》ら此の天符、行司輪を用ゆる故に、時計は諸機巧の根本なり』と。そうなんです。西洋ではからくり人形を自動人形というそうですが、人形にかぎらず、自動機械はすべて時計の原理が根本にあるんです」

「左様なものか」

「黒船にしたところで同じでしょう。動力は蒸気だが、その力を行司輪と歯車で外輪に伝えて水をかくんです。外輪蒸気船の黒船なんざァ別に驚くことァないねえ」

そういって笑う手鎖人を、三右衛門は別人を見つめるようにまじまじと見た。さらに無精髯《ぶしょうひげ》がのびて頬がこけているが、その目は尊大でも傲慢でもなく、澄みきって童子のようではないか。

（この男、こんな無垢《むく》な目をしておったのだ……）

ガキの時分に見た茶汲み人形に夢で魘されたというその童心を、その後ももちつづけ、四十を過ぎてもなお物事の不思議に驚き目をみはり、その機巧の原理をきわめようとしている。女房に去られたこの男は奇人変人かもしれぬが、なんと無垢な偉い奴《やつ》ではないかと、三右衛門は見なおしていた。

庄助はからくり人形師に弟子入りする前、この『機巧図彙』を繰り返しひもといて、独学で機巧の原理を会得《えとく》したという。

「見上げたものだな。それにしても庄助、お前さん、むさいぞ。手鎖をつけておっては髯も剃《そ》れまいが、今日は俺が剃ってやってもよい。これもお上のお慈悲と思え」

三右衛門は小桶《こおけ》に水を汲んでくると、庄助の伸び放題の無精髯を剃ってやったついでに、月代《さかやき》もきれいにしてやった。

「旦那、すみませんねえ」

「こんなことは、惚れた女にやらせるものだ。お咎が解けたら、髯剃り人形でもつくってはどうだ。めっぽう美人の人形をな」

軽口などめったに叩《たた》いたことのない三右衛門が、そんな冗談さえいって、その日は長屋を出たのだった。

そして、次の封印改めの日には『機巧図彙』の上巻・下巻を詳しく見せてもらった。茶汲み人形の歯車からくりに多くの頁を費しており、五段返り人形では水銀の移動による機巧を素人《しろうと》でもわかるように図入りで解説し、童児人形が手で鼓《つづみ》を打ちながら口で笛を吹く鼓笛童児人形、酒をつぐと盃中の亀《かめ》が首と手足をうごかす揺盃、あるいは魚釣人形や手妻をする品玉人形など、いずれも詳しく図解されていて、三右衛門は御用できたのに、つい刻《とき》のたつのも忘れるほどであった。

その日は十月一日で、庄助は手鎖二十五日目であった。紅葉の盛りだというのに、朝から蒸し暑い日で、市中の随所で妙な硫黄《いおう》の臭《にお》いがした。

「庄助、今日で半分が過ぎた。あと二十五日だ。辛抱致せよ」

骨張った肩に手までおいて、励ましの言葉をかけ、三右衛門は長屋を辞した。帰りも、江戸の町に硫黄の臭いが漂っていたが、さして気にもとめず、

（今度ゆくときは、酒徳利《さかどくり》でもさげて行ってやるか）

そんなことまで考えている自分に、三右衛門自身あきれていた。

三

翌日、朝早くから牢《ろう》屋敷で勤めをはたした三右衛門が、宿直の同役と交替して近くの同心屋敷の私宅にもどったのは、五ツ（午後八時）過ぎであった。朝から降っていた小雨がやんで、雲間に新月がのぞいていた。

晩酌もした三右衛門は、遅い夕餉《ゆうげ》を妻女の絹の給仕でとりながら、機嫌のよいほろ酔い気分で庄助の話をした。

「変わった男だが、なかなかにたいした奴《やつ》だ。好きな道をきわめるということは、あのようなことなのかのう」

「でもお前さまは、手鎖になるようなからくり師は不届者だと、あれほど申していたではありませんか」

膝《ひざ》にまつわる幼な子をあやしながら、四人の子もちでちかごろすっかり肥《ふと》ってしまった絹は、夫の変わりようがおかしいらしく、少し首をすくめて笑った。ふだん無口で仏頂面《ぶっちょうづら》の夫が機嫌よく話すのもめずらしい。

「なに、不届者には違いないのだ」

三右衛門は怒ったようにいった。しかし、怒ってはいなかった。ふと、家督《かとく》を継ぐことで迷った一時期の、あの日あの一刻《ひととき》を思い出していた。

子どものころから絵を描くことが好きであったが、嫡男《ちゃくなん》の三右衛門は微禄《びろく》ながら家督を継いで、父同様に鎰役《かぎやく》になることを疑ったことはなかった。十八歳のときから牢屋敷に勤めて、父の仕事ぶりも見てきた。鎰役は、牢屋敷内の切場でおこなう死罪の刑の執行にも立合う。最初見たときは、血の気がひき吐き気がしたが、馴《な》れてみればどうということはなかった。打ち役とちがって、鎰役は囚人に慈悲もほどこせる。刑期を勤めて放免になる囚人に牢の鍵《かぎ》をひらき、牢屋敷の門口まで送り出すときほどうれしいことはないと、三右衛門に似て無口な父が、そのときばかりは口もとをほころばせて話してもいたのである。

しかし、いざ家督を継いで鎰役になる二十三歳の秋、いっそ家も役目も投げ捨てて、好きな絵を修業し、絵師になろうかと迷った。ふらりと大川端《おおかわばた》に出て、新大橋の中ほどに立ち止まり、秋の川風に吹かれながら、家を出て侍をやめてもいい、このまま向う岸へ渡ってしまえば別の自分になれるのだと、長いこと考えていたのだった。

（あのときもし、新大橋を渡りきっていたら、どうであったであろう……）

いっぱしの絵師になれたかもしれないし、なれずに落ちぶれて、うろんな暮らしをしていたかもしれない。その後もたまに思い出すことはあったが、鎰役につき、絹を娶《めと》り、子ができてからは、お役目一途《いちず》に生きてきて、あのときもし……などと、一度として考えたことはなかったのである。貧しくとも、幕府御家人の自分を誇りにこそ思え、疑ったことはない。それなのに、嫡男が十七にもなろうという四人の子の父親のこの歳《とし》になって、あのとき橋を渡りきらなかったために、たった一度の人生でなにか大事なものを川の中に投げ捨ててしまったのではあるまいかと、三右衛門はふと考えていた。晩酌のほろ酔いのせいかもしれなかった。

(もし絵師になっていたら、あぶな絵など描いて、手鎖になっていたか……)

ひとり笑いをして三右衛門は、三杯めの飯茶碗《めしぢゃわん》を絹につき出した。

怒ったりにやにやしたりする三右衛門を見て、

「どうしたんです、今夜のお前さまは……」

絹が怪訝《けげん》そうにいって茶碗をうけとったとき、突然、夜鴉《よがらす》が異様に鳴きわめき、東南の方角から津波のような轟々《ごうごう》という音が近づいてきた。家鳴りがし、天井から埃《ほこり》の砂が食膳《しょくぜん》に降った。絹があわてて飯桶《めしおけ》の蓋《ふた》をしめようとしたとき、脳天へ抜けるようにズシンと尻《しり》の下がもりあがった。箪笥《たんす》が倒れ、壁がくずれた。

立ちあがろうとしたが、躰《からだ》が揺れて腰がさだまらない。隣室で書見をしていた嫡男の清之助が、

「地震だ！」

と叫び、倒れた行灯《あんどん》の火を消した。そばにいた子どもらが泣き叫ぶ。三右衛門は傍らの倒れた行灯の火を夢中で踏み消し、

「絹、子どもらを外へ！」

と怒鳴り、子ども二人を両脇《りょうわき》に抱きかかえ、はずれた障子戸から庭へころがり出た。

「絹、清之助……！」

大地が揺れていて立ちあがれず、二人の子を抱きしめたまま坐《すわ》りこんで叫んだ。幼な子を抱いた絹と清之助が這《は》い寄ってきた。屋根瓦《がわら》が落ちてくだけ散る。親子六人、ひとかたまりになって、三右衛門と絹は子どもらをかばいながらどうすることもできずに、しばらくそうしていた。月は雲にかくれて、真暗闇《まっくらやみ》である。あちこちで人の叫び声がする。隣の同心長屋がものすごい音をたてて倒壊した。

「ここはあぶない！」

三右衛門は妻子をせきたてて往還に出た。揺れはおさまっていた。が、地べた

に坐ったきり、全身にふるえがきて腰が立たない。歯の根が合わずにガチガチ鳴っている。すると、東の方角に火の手があがった。大川の川向うらしい。見まわすと、北の空も赤い。

（牢屋敷は……）

そう思ったとき、ふるえがおさまり、三右衛門は立ちあがっていた。

「絹、清之助、子どもらとここにおれ。わしは牢屋敷へゆく」

三右衛門は傾きかけた長屋の内へとってかえすと、散乱している家具などをかきのけて大小を手さぐりでさがし腰にして、つま先さぐりで草履《ぞうり》をはき、近くの牢屋敷へ走った。またひとつ小さな地震がきて、躰がゆれる。

牢屋敷の門は瓦が崩れ落ちていたが無事であった。炊事場のあたりに火が出たらしく、当番の者がかけまわって消しとめている。牢内には火の気がないから、大丈夫のようだ。

表玄関の前に牢奉行の石出帯刀《いしでたてわき》が陣笠《じんがさ》をかぶり、革羽織をつけたいでたちで仁王立っていた。牢奉行は世襲で、奉行の役宅は牢屋敷に隣接しており、禄高三百俵である。

「お奉行、いかが致しまする？」

と、三右衛門は指示をあおいだ。

「大地震じゃな。火の手はどうじゃ？」

駈《か》けもどってきた同心の一人が答えた。

「神田、浅草、深川、本所あたりが大火のようにございます」

「神田川より南はどうじゃ？」

「小さな火の手は上がっておりますが、大事ない様子で」

「風向きは？」

「戌亥《いぬい》（北西）より吹いております」

「ふむう、大火になるな」

類焼の危険が迫ったとき囚人を解放する〔切放《きりはなし》〕は、牢奉行の権限である。

石出奉行はいまだ決しかねている面もちで空を見あげている。

火《ひ》の見櫓《みやぐら》の半鐘《はんしょう》も板木もいっこうに鳴らないのに、みるみる江戸市中の夜空が紅蓮《ぐれん》の焔《ほのお》の反映で赤く、その明りでたがいの顔がはっきり見えるほどだ。

「三右衛門、囚人どもが立ち騒いでおろう。見廻ってまいれ」

「ははッ」

三右衛門は同役の鎰役と牢屋敷内に駈け込みながら、

（浅草が大火なら庄助は……）

と案じたが、いまは牢内の錠の点検と囚人を鎮《しず》めることが急務である。牢格子《ごうし》にも異常はなかった。牢内を一巡した三右衛門は火事装束に着替えた。牢屋敷の地震による倒壊はまぬがれたが、この風向きではいつ延焼してくるかわからない。大川と堀があふれたらしく、濁流が牢屋敷内にも入ってきて、くるぶしまでが水に浸された。

やがて、与力同心一同が集められた。

「〔切放〕を致す」

石出奉行が断を下した。

「五日後、十月七日、九ツ刻（午前零時）までにもどらぬ者は、縁故の者まで死罪と致す。左様、しかと申し伝えよ」

ちょうど十月二日の九ツ刻になろうとしていた。

各房に与力が伝え、鎰役の三右衛門が同役と手分けして牢格子の錠前を開けた。囚人たちが歓喜しつつ押しあいながら牢をころがり出て、牢屋敷の表門からどっと市中へ散ってゆく。

一人残らず〔切放〕がすんだことを確認し、類焼に備えて各所をかためる。鉄《てつ》砲洲《ぼうず》、築地《つきじ》にも火の手が上がっている。伝馬町の往還を老若《ろうにゃく》男女がわずかな家財道具をかかえて右往左往している。妻子はどこへ避難したであろう。気になりながらも、三右衛門はもどることができない。明け方までに三度微動があった。ようやく夜が明け、江戸市中の火の手が鎮まったのは、午《ひる》ちかくであった。いったん長屋にもどった三右衛門は、家財道具が散乱する家のまえに妻子がいるのを見て安堵《あんど》した。清之助が腕を少し怪我《けが》しているだけで、他の三人の子どもらはかすり傷ひとつ負っていない。絹が憔悴《しょうすい》しきった顔で、

「お前さまもご無事で……」

と、かすれ声でいって涙を浮かべた。

この安政二年十月二日夜の江戸大地震は、昨年十一月四日、五日の東海、東山、南海諸道の大地震大津波につぐ地震で、江戸湾の荒川河口付近を震源とする、推定マグニチュード6・9の直下型地震であった。江戸市中の大半が被災し、当時わかっただけで死者七千余、重傷二千余人、倒壊家屋一万四千戸に及んだ。本所、深川、鉄砲洲、築地、そして浅草などの下町の被害が甚大《じんだい》で、新吉原では廓《くるわ》がほとんど焼失し、遊女、客など千五百六十余人が死亡した。

四日の朝、三右衛門は上司の許しをえて、庄助の安否をたしかめに浅草へむか

った。浅草御門を出て神田川を渡ると、ほとんど一面の焼け野原である。浅草寺の大屋根と五重塔が意外に近く見えた。倒壊しなかったのだ。

まだくすぶっている焼け跡を、着のみ着のままの被災者が魂を抜かれたようなうつろなまなこでうろうろしている。焼け焦《こ》げの死体もころがっていた。

手鎖をつけていた庄助は、逃げおくれて家屋の下敷きになって圧死したか、火《か》焔《えん》にまかれて焼け死んだか……。すぐにも駈けつけて、手鎖をはずしてやるべきだった。

見当をつけて、西仲町の路地に入った。ここも焼け跡である。庄助の姿はなく、おなじ長屋の住人らしい男女の姿もなかった。

三右衛門は被災者がたむろしている広小路に出た。ここは火除地《ひよけち》で広いが、火が渡ったのであろう、地面が真黒にすすけていて、燃えかすなどが散らばるそこに、被災者のおびただしい老若男女がうずくまっていた。町奉行所から役人が出張っていて、なにやら叫んでいる。倒壊しなかった雷門《かみなりもん》のまえに高札が立ち、傍らに早くも御救小屋《おすくいごや》を建てている。傍らでは、町会所の者が炊《た》き出しをしていた。

そこにも庄助はいなかった。役人の一人に訊《たず》ねてみたが、知らないという。三右衛門は庄助を探して浅草寺の境内に入った。

（奥山にいるかもしれぬ）

そう思った。境内も被災者でごった返していた。また余震があった。うずくまっていた人びとが生きたここちもない表情で半ば腰をうかした。一昨夜から数えきれぬほどの余震がつづいていたのである。

本堂裏手の片隅に、地べたに坐り背をまるめて、なにやらのぞき込んでいる男がいた。髷《まげ》のくずれた髪が半ば焼けて首すじにへばりつき、着物も焼けこげている。が、そのまるまった痩《や》せぎすの背中に見覚えがある。

「庄助……庄助ではないか！」

「旦那《だんな》……」

庄助がにこりとした。

「無事であったか。探したぞ」

焼けこげの破れた着物からむき出た肌が、首から腕にかけて火傷《やけど》を負っている。

「大丈夫か」

「こんな傷ァ痛くも痒《かゆ》くもねえ」

手鎖の手に、庄助は何やら握っている。からくりの歯車である。膝まえに道具箱とからくりの機械が大事そうに置かれている。手鎖をした自由のきかぬ両腕にそれだけを抱きかかえて、渦まく火焰の中をころげながら脱出したのだろう。

「庄助、両手を出せ、手鎖をはずしてつかわす」

「……」

「俺の一存ではない。お上のご慈悲だ。牢屋敷の囚人は一人残らず〔切放〕となった。この大地震と大火だ。庄助、お前も当月七日の九ツまで、手鎖の要はないぞ」

まだ信じられぬ面もちでいる庄助のまえにしゃがみ込むと三右衛門は、解錠し、庄助の両手首から手鎖をとり払った。

「ひどい火傷だ。御救小屋で手当をせねばなるまい。俺についてまいれ」

「なァに、黒田の旦那、両手が使えるとなったからにゃ、焼け跡へ飛んでもどりたいね」

そういうと庄助は歯車などを道具箱におさめてかつぎ、持ち出したほかの機械類をかかえて歩き出していた。

長屋の焼け跡にもどると、庄助はそこらじゅうを這いまわって、焼けこげの歯車や芯棒《しんぼう》などを探しはじめた。三右衛門は焼け残りの柱や板きれ、瓦などを拾いあつめてきて、庄助が膝を折って入れるだけの、乞食《こじき》小屋のような掘立《ほったて》小屋をつくってやった。

「火傷の手当をするのだぞ。よいな。俺はまた来る」

探しあてたからくりの歯車を指先で撫《な》でていた庄助は、返事もしなかった。

四

大地震から五日後の十月七日、夕暮れになると、解放《ときはな》たれた囚人たちがもどりはじめた。かれらには大地震と大火後の巷《ちまた》で自由の身になれた、わずかな五日間であった。刻限ぎりぎりまでもどらぬ者が多く、三右衛門らはいらいらして門前で待ったが、刻限をすぎても三人の姿がなかった。二人は死罪の者、一人は永牢《えいろう》の者である。逃亡したか、それとも大火で焼死したか。

その探索もあって、三右衛門が庄助に手鎖をつけに行ったのは、翌八日の日暮れどきであった。

長屋の焼け跡にもどった者たちが、雨をどうにかしのげるだけのちっぽけな掘立小屋を建てて暮らしはじめていて、庄助も自分の小さな小屋に坐《すわ》っていた。

火傷《やけど》の手当をしなかったらしく、首筋から腕にかけて爛《ただ》れきってじくじくと膿《うみ》をもった傷口を折からの夕陽にさらして背をこごめ、小槌《こづち》を使ってなにか細工物をしている。焼けこげの蓬髪《ほうはつ》がかすかにゆれ、庄助は近づいた三右衛門にも気づかずに、ぶつぶつと独り言をつぶやいていた。

襤褸《ぼろ》をまとったその全身から、鬼気迫る殺気のようなものが感じられて、三右衛門は立ちすくんで、声がかけられない。

手鎖をさせられていた間、頭の中で考えに考えていた機巧を、両手が自由に使える一刻一瞬を惜しんで、大震災直後の焼け跡にいることも忘れて、形にしようとしているのだ。

(もし明日死ぬとわかっても、俺はこれほど物事に全身全霊を打ち込めるであろうか……)

庄助は火傷の痛みも飢えも渇きもまったく感じていない様子で、いっそう骨張った背中をまるめ、小槌を小刻みに使いながら、長さ五寸ほどの円筒形の金物に針の先ほどの微小なものを植え込んでいる。牢屋敷の都合とはいえ、一日遅く手鎖をつけにきたことが、三右衛門がこの男にしてやれたせめてものことであった。

「庄助……庄助さんよ」

声をかけると、ようやく気づいた庄助が首だけねじまげて三右衛門を見た。これまでに見たことのない怖い顔だ。両の目が物に憑《つ》かれたように異様に光っている。

「なにをしておる？」

「オルゲルの細工だ」

「オルゲル……？」

「自鳴琴《じめいきん》だよ」

にやりとして、庄助の目がなごんだ。

庄助は細工をしていた真鍮《しんちゅう》の円筒を三右衛門の顔のまえにさし出し、傍らから小布につつまれていた櫛歯《くしは》のような金物をとり出してそれも見せながら、

「この円筒には刺《とげ》が数多く植え込まれてるでしょう。円筒がぜんまい仕掛けで廻ると、この小さな突起がこっちの櫛歯を一つ一つ弾《はじ》いて音が出るんです。これが自鳴琴のからくりですよ」

「ふむう。水車が回転して杵《きね》をつく、米つきのごとき理屈だな。しかし、このような櫛歯で、よく音が出るものだな」

「鍛えた鋼鉄《はがね》でなくちゃ音はひびきません。あたしは、鍛冶師《かじし》に玉鋼《たまはがね》で打たせ

たんです」

円筒とほぼ同じ長さのその鋼鉄の櫛は、歯が長いものから短いものまで順に並んでいて、高音から低音までをひびかせるらしい。また、円筒の方は、刺の植え込みが混んでいるところもあれば、まばらになっているところもある。

「実際に鳴らしてみれば旦那にもわかるでしょうが、刺の植え込み具合で音と音との間《ま》がとれるんです」

針の先ほどの刺を一本一本、音曲にあわせて植え込み、松脂《まつやに》で固定するのだと庄助は説明し、一厘《りん》一毛でも位置が狂えば、音曲が狂ってしまうといった。

手にとって仔細《しさい》に見入った三右衛門は、刺の植え込みようの微細な細工に感嘆した。見事な職人芸である。

「なるほど、かように刺のある円筒が回転すれば、こちらの櫛歯を人が爪《つめ》で弾くごとくに弾けるわけじゃな。しかし一回転すれば、あとはその繰り返しではないか」

「よくわかりますね、旦那《だんな》。円筒の太さと刺の植え込みようで長い曲も入るが、それっきりだ。そこで、一回転したら刺が櫛歯に当たる箇所をずらすんだ。その分だけ隙間《すきま》をあけておきゃァいい。それだけじゃないですよ。別に太鼓を打ったり笛を吹いたりするからくりも仕込めば、お囃《はやし》もできる。あたしが今度考えてるのは、五人囃《ごにんばやし》だ」

「五人囃を、のう……」

感嘆した三右衛門は傍らに坐ると、ふところからにぎり飯と火傷の軟膏《なんこう》をとり出した。

「まあ、飯でも食え。それからこの薬をつけろ」

火傷の傷は乾いたところもあるが、赤むけてじくじくとくずれた箇所に膿がたまっている。三右衛門は膿をふきとり、貝に入った軟膏をつけ、手拭《てぬぐい》でしばってやった。

「すみませんねえ、旦那」

にぎり飯を食いながら庄助は、

「あたしがはじめてこのオルゲルのからくりに出会ったのは、長崎だったんです」

と、話しはじめた。

回向院のご開帳の見世物にあのチャルゴロが出た前年の春、からくり師仲間からそれを見た庄助は、長崎出島のオランダ人ならもっと精巧なオルゲルをもっているはずだと思い、長崎へ出かけて行った。そして、出島出入りの商人を通じて、オランダ商館員夫人がもつオルゲルを見ることができた。それがふいご式の手廻しチャルゴロではなく、円筒式ぜんまい仕掛けのオルゲルだったというのである。

呼び名がいささかややこしいので余談ながら触れておくと、オランダ語とドイツ語のオルゲル（Orgel）は、英語のオルガン（organ）のことである。おそらく嘉永《かえい》初年に手廻しオルガンの音をきいた長崎の商人が、オランダ人から耳にしたオルゲルという呼び名とその音色がチャルメラに似ていたところから、チャルゴロと名づけたのだろう。ちなみに管楽器のチャルメラ（charamela）はポルトガル語である。そしてオルガンの和名は風琴となった。

もっともそれ以前、寛延三年の『紅毛訳問答』にヲルゴルナの楽器名が出ており、文政十三年の『嬉遊《きゆう》笑覧』にはオルゴルとして紹介されているが、いずれもオルガンのことである。

今日、日本だけでオルゴールと呼ばれている円筒式あるいは円盤式の楽器は、英語ではミュージカル・ボックス（musical box）、ドイツ語ではムジークドウゼ（Musikdose）で、Dose は小箱のことだから、同じくミュージカル・ボックスである。別に円筒式オルゴールに機構の似たバーレル・オルガンという手廻しオルガンがあり、オランダでこのオルガンと混同してどちらもオルゲルと呼ぶようになったのか、日本でオランダ語のオルガンと混同して紹介されたのか、明らかではないが、日本では機巧のちがいがわかって和名を自鳴琴とし、横浜が開港されてから小型のシリンダー・オルゴールを「ヲルゴル」として紹介して、今日に至ったのである。

長崎出島のオランダ婦人のもつ円筒式ぜんまい仕掛けのオルゲル（自鳴琴）をはじめて見て仰天した庄助は、しかし自分ならさらに精巧な品がつくれるとの自信をもった。

「以前からあたしは島津様の江戸屋敷に出入りしておりましてね」

と庄助はいった。

「なんと、薩摩《さつま》藩の……」

「島津のお殿さまは、機巧がめっぽうお好きでございましてね。洋式軍艦などもお造りになっているそうではございませんか」

「そのようだな」

「江戸屋敷のご家老がまた機巧に目のないお方で、あたしに茶汲《く》み人形をお殿さまへ献上せよと申しておりましたが、あたしは自作のオルゲルを差し出そうと思いました。それで長崎からもどると作り出したのですが、これが思うようにはいきません」

嘉永六年五月に回向院のご開帳でチャルゴロが見世物になり、その翌月、ペリーの黒船が初来航して江戸中が天地がひっくり返るほどに騒然としたころ、庄助は自作の自鳴琴に寝食を忘れて熱中していたのである。

「どうしてもうまく出来ません。仕方ありませんので、茶汲み人形だけを島津様に持参したんですが、これが大しくじりで……」

にぎり飯を食いおわった庄助は、無精髯《ぶしょうひげ》についた飯つぶを口のなかにほうりこんで、苦笑した。

「どうしくじったのだ？」

「お手打ちにならなかったのが不思議なくらいで……」

「島津侯にか……」

このとき庄助は給仕小姓の見事なからくり人形をつくり、江戸屋敷の書院で薩摩藩主島津斉彬《なりあきら》に見せた。ぜんまい仕掛けの人形が茶盆を捧《ささ》げ膝行《しっこう》して藩主のまえにすすんだ。人形が可愛《かわい》げに一礼して、茶碗《ちゃわん》をさし出し、さらに一礼した。

その所作にいたく感嘆した斉彬は、にこやかに微笑《ほほえ》みつつたわむれに人形の頭を扇子で軽く打った。すると小姓人形は身をおこし、カッと両眼を見開き、つぎには腰の脇差《わきざし》の柄《つか》に手をかけ、いまにも斬《き》りかからんばかりの気勢をしめしたのである。

斉彬は驚いたが、大笑して庄助のからくりの妙を褒《ほ》めた。しかし、以来、出入りを差し止められてしまったと、庄助はいい、自嘲《じちょう》とも蔑《さげす》みともつかぬゆがんだ笑みを口もとに刻むと、黙ってしまった。

「左様なことがあったのか……」

島津侯出入りのたいしたからくり師だったのだと思う一方、庄助の胸の底にひそむ恐ろしいものを覗《のぞ》き見てしまったような、複雑な思いにかられて三右衛門は、そうつぶやいたきり黙らざるをえない。すると、庄助が両手を突き出したのだ。

「旦那、さっさとやっておくんなさい。今日は手鎖をつけにきたんじゃないんですかい」

視線をそらした三右衛門は、持参した手鎖をとり出すと、庄助の痩《や》せ細った手首にかけ、施錠《せじょう》した。

「あと十八日だ。この五日間は手鎖中の日数《ひかず》に入っておる。定め通り、十月二十六日には手鎖五十日の刑が終る」

「……」

手鎖のついた不自由な指先でオルゲルの円筒と櫛歯を小布につつみはじめた庄助を、立ちあがった三右衛門は黙って見おろしていたが、「またまいる」ともいわずに庄助の小屋をあとにした。

その後、三右衛門は封印改めに行ったが、庄助は口をへの字にひきむすんだままなにを考えているのか、ほとんど語ろうとはしなかった。しかし三右衛門は手鎖の解ける十月二十六日には、町奉行の許しの書きつけを持参したほかに、酒徳《さかどく》利《り》をさげて焼け跡の庄助の小屋を訪ねた。とうに木枯しが吹き、その日は冷い小雨が降っていた。

かなり火傷が治って、瘡蓋《かさぶた》のできた傷を小雨に濡《ぬ》らして坐り込んでいた庄助に、三右衛門は町奉行の書きつけを見せていった。

「庄助、よう辛抱した。手鎖を解いてやるぞ」

じろりと見たきり、庄助は黙っている。

「どうした？　気持ばかり酒も持参した。手鎖の解けた祝いに、お前と一献酌《く》みかわそうと思ってな」

よろこぶと思った庄助が、笑みも浮かべず、手鎖の両手をさし出しもせずに、つぶやくようにいった。

「五十日の手鎖なんぞでは、あたしの罪は軽すぎるんだ……」

「なにを申す……」

「あたしは手前《てめえ》が怖いんだよ、旦那。いっそ死ぬまで手鎖のままがいいんじゃねえかと……」

そういうと黙ってしまった庄助の手首から三右衛門は手鎖をはずしたが、庄助は自由になった手首を撫《な》でようともせず、飴色《あめいろ》に濁った目で宙を睨《にら》みすえていた。

五

御用繁多のうちにその年が暮れ、三右衛門がその後の庄助のことが気になって西仲町の焼け跡を訪ねたのは、安政三年の正月が半ばをすぎた日であった。

焼け跡の町には、本普請《ほんぶしん》の商家が建ちならびはじめていて、江戸の町の復興はめざましく、西仲町の焼け跡にも仮普請の長屋が建っていた。しかし、その長屋に庄助はいなかった。長屋の者も行く先を知らないという。

町奉行所で調べればわからぬこともないと三右衛門は思ったが、その後、震災後の物価の騰貴《とうき》で幕府の掟《おきて》をやぶって暴利をむさぼる連中がお縄にかかるなどして、牢《ろう》屋敷は囚人でふくれあがって多忙をきわめ、庄助のことどころではなかった。どうしているであろうとたまに思い出しはしたが、ほとんど忘れて歳月がすぎた。

その年七月にはアメリカ総領事のタウンゼント・ハリスが下田に着任、翌安政四年五月には下田条約が調印され、翌月、老中阿部正弘《あべまさひろ》が病死、十月になるとハリスが江戸にきて将軍家定と会見するという騒ぎである。十二月には日米通商条約の可否を諸大名が江戸城に登城して激論し、市中でも開国と攘夷《じょうい》をめぐって人びとはいっそう喧《かまびす》しかった。

こうして明けた安政五年正月、上野山下の見世物小屋でオルゲル異人人形が評判になったのである。

きらびやかに着かざった五人の男女の異人からくり人形が、自鳴琴《じめいきん》の楽《がく》の音にあわせて歌い踊り、笛太鼓まで囃《はや》すのだという。

話をきいて三右衛門は、

(あの庄助だ)

と思った。

「なんというからくり師の作だね？」

「頑民斎庄助というからくり師だそうだ」

間違いない。頑民斎とはいかにもあの男らしいではないか。大震災後二年余をついやして、ようやく五人囃自鳴琴からくり人形が完成したのだ。

「これは見にゆかねばなるまい」

女房の絹にも話した三右衛門は、つぎの非番の日に子どもたちも連れて出かけようと思った。

あの刺《とげ》のある円筒がぜんまい仕掛けで廻ると、鋼鉄《はがね》の櫛歯《くしは》が順に弾かれて、どのような妙《たえ》なる音曲を奏《かな》でるのであろう。その自鳴琴をおさめた美しく彩色された木箱の上で、五人の異人人形がまるで生きているかのように歌い踊り、笛や太鼓を囃すのであろう。先年のペリー来航の折の異国の軍楽隊や今度のハリス江戸入りの錦絵《にしきえ》などが市中で人気をえているが、庄助のからくりが江戸庶民の評判になるのは当然だと三右衛門は思った。早く見たいものだ。しかし、こんなご時世にまたも異人人形などを見世物に出して、性こりもなく危ういことをするとも思った。もっとも、異人の錦絵がお咎《とがめ》をうけないのだから、今度は手鎖にはなるまいが。

明日は非番というその日の朝、大川に死体が上がったと話している平当番の声を三右衛門は耳にした。両国の百本杭《ぐい》のあたりにはよく溺死体《できしたい》が上がる。そんなことだろうと思ったが、〔切放〕で逃亡したとみられる三人のうちいまだに一人の行方がわからぬので、もしやその男ではあるまいかと、三右衛門は近づいて、どんな男かと訊《たず》ねた。

「いま評判のからくり師だそうです」

と、話していた若い同心はいった。

「からくり師？」

「頑民斎ですよ。上野山下の見世物小屋も狼藉《ろうぜき》をうけたそうです。昨夜、四、五人の浪人者が乱入して、自鳴琴と異人からくり人形を叩《たた》き壊したという話です。おそらく頑民斎を殺《や》ったのもその連中じゃないですかね」

「……庄助は殺されたのか……」

「首すじを斬られていたとか。バッサリやられて、大川に投げ込まれたんでしょう」

（あの庄助が……）

同役にあとを頼んで、三右衛門は急ぎ町奉行所へ行ってみた。身寄りのない庄助だが、見世物小屋の者が確認したという死体は、まだ菰《こも》をかぶせてころがされていた。三右衛門は菰をはいで顔を見た。

（庄助……）

間違いなかった。火傷《やけど》の治ったあとのひきつれのある首すじが、刀傷でパックリと開いている。解けた髪も衣服もまだ濡《ぬ》れていて、血の気のうせた蒼白《あおじろ》く透きとおるほどの顔で庄助は両の目をとじ、硬直した躰《からだ》を仰《あお》向《む》けに地べたに横たえていた。その死顔は、無念の表情がなく、穏やかに目をとじている人形のようである。

（馬鹿《ばか》な奴《やつ》だ……いや、そうではない……）

合掌し瞑目《めいもく》しつつ、三右衛門は思った。

あれほど心血をそそいで作ろうとしていた自鳴琴からくり人形を完成し、評判をとって、理不尽に殺されたとはいえこの男は、からくり師として満足して死んでいったのだ。そうに違いなかった。

（しかし……）

と三右衛門は思った。瞑目する瞼《まぶた》の暗がりに、手鎖五十日が解けた日の、いっこうによろこぶ気配もなく、死ぬまで手鎖のままのほうがいいんだとつぶやいた庄助の姿が浮かんだからである。その後も時に考えぬではなかったが、あのときこの男はなにを思っていたのであろう。ひょっとして、こうなるだろう自分を怖《おそ》れていたのか……。

小雪が舞い落ちてきた。

無縁墓に葬《ほうむ》られる庄助の死骸《なきがら》に別れを告げて、同心長屋にもどった三右衛門は、五歳になった下の子を膝《ひざ》にのせ、降る雪を眺めながら、傍らで針仕事をしている絹へ話しかけるともなくいった。

「あの男、からくり人形やオルゲルなどつくらずに、このご時世に役立つからくりをつくっていればよかったのだ」

「ご時世に役立つからくりって、なにがあるんです？」

「いくらでもあるではないか。時計もそうだが、蒸気機関やエレキテル。機巧にかけてはたいした奴だった。黒船の機巧さえ知っていた。島津の殿さまに目をかけられてもいたんだ。妙な茶汲《く》み人形などお見せせずに、蒸気からくりでも献上していたら、お召しかかえになっていただろうさ。攘夷の急先鋒《せんぽう》の水戸様でさえ、石川島で洋式軍艦を建造なされているご時世だ。開国するにしろ夷狄《いてき》を討つにしろ、これからは機巧のご時世だ。庄助のように異国の機巧にもくわしい男が必要とされているんだよ」

「そういうものですか」

「お前にはわかるまい。錠前にしたところで変わってくる。異国には螺旋《らせん》式の錠前もあれば頭で覚えた符丁で鍵《かぎ》があく錠前まであるそうだ。いつまでも海老錠《えびじょう》じゃない」

庄助に錠前をつくらせたら、時がきたらおのずと開く時計仕掛けの錠をつくったかもしれない。

そんな夢のようなことまで三右衛門は想像しながら、機巧にあれほど精通していた庄助が、女子どものよろこぶからくり人形やオルゲルづくりになぜ命を賭《か》けたのかと思った。

(やはり馬鹿な奴だ、あんなことで命を落すなんて……)

庄助のオルゲル異人人形を叩き壊し、庄助を襲った浪人者は、おそらく攘夷の志士気取りの侍たちだったのだろう。

(それなのに、庄助の死顔はなんと満足しきった穏やかさだったたろう……。あの男は四十の半ばをすぎてもなお、心は童子のようだったのだ。童心を忘れず、からくり人形と異国のオルゲルに魅せられて、その不思議に心を奪われつづけていたのだ……)

「いい奴だったなァ、あの庄助という男は。子どもみたいに無垢《むく》な奴だった……」

半ば独り言につぶやきながら、三右衛門は膝の子を抱きしめて、目をうるませていた。

外の雪は牡丹《ぼたん》雪に変わり、もう五寸ほどもつもって、あたりはまるで浄土のように真白になっていた。

その夜、寝床に入ってからも、降りしきる雪のひそかな音をききとりながら寝つけなかった三右衛門は、ふと、庄助が手鎖のお咎をうけた異人女のからくり人形はどのような人形だったのだろうと思った。三右衛門は実物を見ていないし、話にきいただけである。町奉行所で吟味のとき証拠の品として白洲《しらす》にすえられたであろうその自鳴琴からくり異人人形は、いまでも町奉行所の蔵にほうり込まれているかもしれない。

(見たいものだ)

もし壊れずに残っていたなら、庄助の供養《くよう》のために、ねじを巻き、自鳴琴の音曲を鳴らし、人形を踊らせてやりたい。

　雪の消えた数日後、御用もあって町奉行所に出むいた三右衛門は、知友の同心に訊ねてみた。残っているはずだという。三右衛門は鍵を借り、勝手知った蔵へ一人で入った。高窓から光が射《さ》し込んでいたが、薄暗いので手燭《てしょく》をつけ、隅のほうに押し込まれていた品を探し当てた。黒船を描いた彩色された方一尺二、三寸ほどの木箱に「オルゲル異人人形」と書かれている。その木箱の細工も庄助がしたのだろう。漆《うるし》をほどこした凝《こ》った細工である。そっと引きずり出し、埃《ほこり》を吹き払い、別の木箱の上に置いた。手燭の明りでよく見ると、手前の下部にぜんまいのねじがとりつけたままになっている。

　三右衛門は手燭を傍らに置き、おそるおそるねじを巻いてみた。ぜんまいの締る音がした。上蓋《うわぶた》の手前半分が開くようになっているので、そこを開き、手燭の明りを近づけて中を覗《のぞ》く。長さ一尺ほどの円筒と手前の櫛歯が見えた。真鍮《しんちゅう》の円筒には刺が植え込まれている。鋼鉄の櫛歯がにぶく光っている。左に金物で覆《おお》のかかっているところにぜんまいがあるのだろう。

（なるほど、これがオルゲル、自鳴琴のからくりか……。見事なものだ）

　ぜんまいのあるところから一本の芯棒《しんぼう》でつながって、箱の外へ出ている小さな把手《とって》がある。それを片寄せると、円筒が回転して音曲が鳴り出す仕掛けのようだ。

三右衛門はまた手燭を傍らに置くと、戸口のほうを窺《うかが》った。重い扉はぴたりとしめてきたし、蔵の中には三右衛門一人である。高窓から音曲が外にもれるかもしれないが、仕方あるまいと思いながらも、犯してはならない罪に手をそめるようで、三右衛門は胸がしめつけられ、一つ大きく吐息をついた。それから、息をとめて、把手を横にずらした。

カチッと小さな音がして、円筒が廻りはじめた。その円筒の刺の一つに櫛歯の一本が弾かれた瞬間、音が鳴りひびいた。冴《さ》えた美しい音だ。つぎつぎと鳴っていく。異国の音曲である。あのチャルゴロとはちがって、可憐《かれん》で、穏やかで、冴えわたった、妙なる音曲。生まれてはじめて聴くオルゲルの西洋音楽に、三右衛門は魂を奪われたようにうっとりして聴き惚《ほ》れた。

心がなごんでいる。とうに忘れていた童心にかえったようである。オランダやアメリカやイギリスには、このような心をなごます音曲があったのか。庄助は少年の心でこうした音曲に魅せられ、このオルゲルを自作したのだ。

そう思ったとき、上蓋の奥が音もなく突然に開いた。そこに人形がせり上がってきた。侍のいでたちをした和人形であった。紋つきの黒羽織に袴《はかま》をつけ、腰に大小を差し、右手に扇子をもっている。役人にも見えるが、かなり身分の高い武士で、役者のような美しい顔立ちをしている。

「あッ」

と三右衛門は仰天した。

その人形が扇子をもつ手を上げ、片方の手も動き、足も上げ、オルゲルの西洋音曲にあわせて踊りはじめたのだ。異人女の人形が踊るとばかり思い込んでいたので、驚いただけではない。その侍人形がゆるやかに首をめぐらし、三右衛門を見て、口まで開いたのだ。高窓からの仄明《ほのあか》りと手燭の薄赤い灯明《ほあか》りに照らされて、にこりと微笑《ほほえ》むように口を開き、瞼までゆっくりと上下させたのである。生きているというより、人形自身に妖《あや》しい魂があるかのように。

(このような侍人形に夷狄の音曲で歌い踊らせては、お上のお咎は手鎖どころではない……)

あまりの不埒《ふらち》に、奉行所ではこのことを秘し、異国女の人形だと外へはもらしたのだと、三右衛門は一方で思いながら、そのようなことより、もっと恐ろしい奈落《ならく》の底に引きずり込まれたような思いにとらわれていた。木偶《でく》にすぎない人形に命をあたえ、魂まであたえてしまう魔物にとり憑《つ》かれてしまったような恐怖である。

（あの庄助は機巧のからくりにではなく、その魔物にとり憑かれていたのか……）

無邪気な童心にひそむ邪悪な魔物といっていいであろう。木偶である人形に命をあたえ、生きかえらせる自動人形……。オルゲルの妙なる音曲にあわせて妖しく微笑み、瞼をふるわすこの侍人形には、赤い血ではなく、透きとおった青白い血が流れている……。

庄助はからくり師としてそこまで踏み込んでしまったおのれを誇りに思いながら、その暗闇《くらやみ》を怖れて、手鎖のままでいたいと語ったにちがいなかった。

気がつくと、オルゲルの音曲が止《や》み、侍人形も動かなくなり、ただの木偶にもどっていたが、三右衛門はどのようにして蔵を出たのか、覚えてはいなかった。

黒羽織を着て、二本差しの三右衛門の歩き方は、まるで人の魂を奪われたからくり人形のようであった。

『続　江戸職人綺譚』（新潮文庫）所収

張形供養

南原幹雄

著者プロフィール　なんばら・みきお◎一九三八年、東京都生まれ。一九七三年に『女絵地獄』で第二一回小説現代新人賞を受賞してデビュー。時代小説を多数執筆している。一九八一年、『闇と影の百年戦争』で第二回吉川英治文学新人賞、一九九七年に『銭五の海』で第一七回日本文芸大賞、二〇一四年に第三回歴史時代作家クラブ賞（実績功労賞）受賞。

一

仙吉《せんきち》が自分の仕事場に足をふみいれたのは、およそ三年ぶりのことだった。

仕事部屋とはいっても、母屋からはなれた納屋に手をいれてつくりなおした四畳半に、一畳あまりの板の間がついたものである。木錠をはずし、上半分が油障子になっている戸をあけて入っていくと、鼻をつくにおいが部屋のなかにこもっていた。

仙吉は鼻孔をふくらませ、いっぱいにそのにおいを吸いこんだ。玳瑁《たいまい》という海《うみ》亀《がめ》の甲羅を熱したときのにおいで、それが床や壁、天井などにしみこんでいるのである。

部屋のなかは、うっすらと埃《ほこり》がつもっているが、道具類などはきちんとかたづけられている。嫁にいったきれい好きな娘のおえいが勝手にかたづけていったのだろうと思い、

（親のどちらにも似ねえ娘だ……）

肚《はら》のなかで撫然《ぶぜん》たるつぶやきをもらした。

そして母屋のほうに待たせている町内に住む大工をよび、

「この部屋の外側に、塀をこさえてもらいたいんだ」

と言った。仕事部屋は裏の家の庭に面している。何年かまえの二百十日の嵐《あらし》で塀がたおれて取りはらってしまってから、ずっとそのままになっていた。

「おれの仕事はにおいがひろまるんで、裏の家が迷惑するんでな。なまけてたあいだは一向かまわなかったが、いざ働こうってなると、塀ぐらいないことには気づまりだ」

言いながら仙吉は、こころが浮きたつのをおぼえていた。

仙吉が、もう一度仕事をやってみようか……、という気になったのは、数日まえにひょんなきっかけがあったからだ。

五六年まえまでの仙吉は、腕っこき、と言われた鼈甲《べっこう》の細工師だった。櫛《くし》、かんざし、笄《こうがい》などをこしらえる細工師は『けずり三年、みがき四年……』と言われ、一本だちするには、そのうえ十年かかると言われるほど年季のかかる職人である。南海でしかとれぬ高価な玳瑁の甲羅を材料にするため、江戸でもそう多くはいなかった。

ましで、腕っこき、といわれるほどの者になると、ほんの数人しかいない。細工のすみにちいさく、仙、と彫りこんだ仙吉のものは、

『仙吉の櫛』

『仙吉のかんざし』

と言われ、江戸の娘や内儀たちのあいだでかくべつ評判のいいものだった。田舎の金持ちも、よく土産にもとめていったりした。

ところが女房のお吉《きち》が死んだ翌々年、わけもなく仙吉は鼈甲づくりがいやになり、

「冗談じゃねえ、なんだっておれは死ぬまでこんな女の髪かざりなんぞ、夢中になってこさえてなきゃならねえんだ」

と言って仕事をやらなくなった。

町奉行所の下級役人にとついでいる娘のおえいに、さんざ叱言《こごと》をいわれたり、たまさかにはなが年の顧客《とくい》のものをよんどころなくてつくる以外は滅多に玳瑁をいじらなくなり、三年くらいまえからはそれもいやになって、ぷっつりと仕事場にもはいらなくなっていたのだった。子供のころから好きだった魚釣りに海、川

などへ出かけ半日はおろか一日中、釣糸をたれてかえってくるほかは、酒をのんではぶらぶらと日をすごす、怠惰な生活《くらし》になじんでしまった。

三月にはいった雨あがりの翌日、仙吉は早朝から下谷《したや》・黒門町《くろもんちょう》の家をでて、両国橋をわたり、鯉《こい》釣り場の名所になっている、本所側の百本杭《ひゃっぽんくい》の岸辺に腰をおろした。

珍事がおこったのは、仙吉がまだ一匹も釣りあげぬうちだった。

百本杭は大川が本所側にまたがる渡し場の下で、川中に張りでた懐のところである。そこは水除《みずよ》けのために大小たくさんの杭が水中にうちこまれている。先客の釣り人がもうかなり来ており、そのなかから奇声がおこった。

「やや！　あれはなんだ。男根が浮いているぞ」

その声に驚いた者たちのなかからも、

「こいつはすげえ。ひとつやふたつじゃあねえ！　まるで男根の大名行列だあ」

「まぎれもねえ、張形《はりがた》だ」

「女がひとりでたのしむ例のやつですな。それにしても、どいつもこいつもみんな生きのいいやつばかり、まるでおいらのものを嘲《わら》うみたいに、股倉《またぐら》のちかくへぷかぷかと流れてきやがった」

仙吉も声のしたほうを見ると、なんと、雄々しく隆起した得手物《えてもつ》ばかりがいくつもいくつも波間をただよい、岸辺ちかくを悠々と浮遊しているのだった。ざっとかぞえても、四五百はくだるまい。

みな頭《こうべ》を水面にあらわして、天にむかってそそりたつように浮きつ沈みつ、川波のまにまに揺られながらちかづいてくる。鼈甲や水牛の角《つの》などでつくった張形は、中がうつろになっており、水底に沈んでしまうことはないのである。みがきぬかれた鼈甲や角の表面が朝日のかがやきに照りはえて、あとからあとから切れめなく岸辺によせてくる光景は、奇観というよりは壮観であった。

「さては公儀《おかみ》じゃあ、また狩りあつめた張形や金勢《こんせい》やらを、昨夜《ゆうべ》のうちに大川にながしたんだな」

「海まで流れていかねえで、昨夜の潮で、このあたりまでもどってきたんだろう」

「性こりもなく公儀ってものは、つまらねえことをやるもんですな」

言いながら、仙吉のすぐとなりに腰をおろした五十年輩の釣り人は、ちかよってきた張形のひとつを釣《つ》り竿《ざお》でひきよせた。

「こりゃあ鼈甲でこしらえた高価なやつですよ。買うとなったら十両はくだりますまい」

ひろいあげてつくづくとながめると、

「ご禁制の張形《もの》だから、さわらぬ神にたたりなしですよ」

横手の釣り人から声がかかり、惜しそうにためつすがめつ手ざわりなどをたのしんでから、かなたの水中になげすてた。

公儀が張形や、水商売家などが縁起物として棚にかざる金勢《こんせい》まで禁制にして、町役人に命じて没収させたのは、昨年暮のことだった。ところが南北の奉行所におびただしくあつめられた大小の男根の始末にこまって、公儀は年が明けてから車で大川端まではこばせ、川に投げすてた。


このときも、赤、青、黄などに塗られた巨大な金勢や張形がぷかぷかと大群をなして大川のながれに浮かび、川端の道ゆく人々の目をうばったものだ。女たちは目のやり場にこまり、子供たちは竿でつついたり、石を投げつけたりしてはしゃぎまわった。


「こんなものを取締らなくたって、世の中に何の害もあるまいに……」

「ひとり寝の女は、これから何を抱いて寝ればいいんだね。水野さまも、罪なことをするもんだよ。これはきっと、女たちの恨みを買うぜ」

言いわめいているうちに見物人もあつまりだして、仙吉はその日の釣りを断念した。しばらくたってから仙吉は、道具類をしまって百本杭をひきあげた。

黒門町の家にもどる仙吉の懐のなかに、水中からひそかにひろいあげた鼈甲の張形がひとつだけしのばせてあった。道々、仙吉のこころのなかに不逞《ふてい》な料簡《りようけん》がむくむくと、雲のわくようにおこったのだった。


仕事場の塀は、たった一日で出来あがった。

仙吉はその日から部屋にこもって、昔さんざんつかいならした鼈甲細工の道具をとりだした。火桶《ひおけ》、釜《かま》、つっきり、しゃりめ、鏝《こて》、とくさ……これらの道具によって、玳瑁から鼈甲細工はつくられる。

玳瑁はかなり大きな海亀で、一匹の背に十三枚の甲羅があり、そのまわりをつめという二十五枚の小さな甲羅がとりまいている。この黄みがかった白いつめからつくられた細工がもっとも値うちがあった。

仙吉は、頭、手足、尾までついている海亀を押入れからとりだした。つかいのこしのもので、甲羅は半分以上はぎとられていた。

細工の工程というのは、甲羅をぐらぐらに煮たてた釜の湯気にあててよくあたため、やわらかくして平にのばすのが、まず手はじめである。平たくなった甲羅にかんざしや笄を形うちして、つっきりという両刃の鏨《たがね》でその形を切りぬいていく。それをけずり、さらに雁木《がんぎ》やしゃりめでみがきあげて装飾品にしあげていくのである。

ひさしくつかわなかった道具であるが、勘は一日でもどってきた。手練の手さばきで仙吉は数枚の甲羅をのばしていった。

が、櫛やかんざしなどの細工物をつくるのではないことは、切りだされた甲羅の形からもあきらかだった。他人《ひと》が見てもちょっと見当のつかぬ形をしていたが、湯気と熱した鏝とで円筒形にまるめられ、翌々日の夜ごろには、それがおよそ男根の形になっていった。

甲羅と甲羅のつぎ目は、とくさで双方の面をうすくけずり、甲羅のなかの膠《にかわ》質《しつ》に水分と熱をあて鶏卵の白味で接着させるのである。仙吉は張形をこしらえるのははじめてではなかったが、櫛やかんざしなどよりはるかにむつかしく、手間がかかった。

張形は中をうつろにし、亀頭の部分は中がすけて見えるくらい出来るだけうすく柔かくけずったものが上質とされた。何枚かの甲羅をつなぎ合わせてつくるので、一枚甲羅のようにつぎ目なく接着させる技術《わざ》と、亀頭をけずる技術がもっともむつかしいのだ。腕のよい張形師ならば、鏝《こて》ひとつで陰茎の襞《ひだ》から青筋たてた静脈まで表面につけていくくらい造作もなかった。蟇肌《ひきはだ》という張形になると、表面に数多くのいぼいぼまで彫りつける。

二

「いやですよ。いくらなんだって、こんなものを」

麻布《さらし》にくるんだものを仙吉からわたされ、手ざわりでその代物《しろもの》が何であるかわかると、おつまは、ぽっと顔をあからめて押しかえした。

「だって、おまえ。こいつがおれの仕事なんだぜ」

仙吉はそれを受けとろうとはしないで、おつまの手にかたくにぎらせた。おつまは手のもってき場にこまって、いっそう首筋のあたりまであかくした。

「仙さんといったら、あたしを馬鹿《ばか》にして、とんでもないことをさせようと……」

「馬鹿になんぞするわけがねえ。おまえだからこそ、こうしてたのんでるんだ。

それにおまえはいつもおれの顔さえ見れば、仕事しろ、仕事しろ、怠け者は大きらいだって、娘のおえいとおなじ口をきいていたじゃあねえか」

「だからって、こんなはずかしい真似《まね》を……」

拗《す》ねてはいたが、おつまはにぎっているものをはなさなかった。

「おまえだって、男を知らぬ娘ってわけじゃあるめえし、こんなことはほんのちょっとの辛抱ですむこった」

おつまは、下谷広小路の裏通りにある居酒屋のおかみだった。七八年まえに亭主をなくし、亭主がやっていた店を自分がかわってつづけていた。もう三十になる年齢《とし》だというのに、みずみずしい色気があり、娘っぽい仕種《しぐさ》などものこっていた。仙吉は数年来、そこの客になっているのだった。めずらしくここ数日店に来なかった仙吉が、昨夜やってきて、

「おつま、おれの仕事をちょっと手だすけしてくれねえか」

殊勝な顔で言った。

「へえ、仙さんがようやく仕事をはじめたんなら、ことわるわけにもいかないねえ」

おつまは気やすくうけ合って昼ごろ、仙吉の仕事部屋をたずねてきたのだった。

「こんなことなら、来るんじゃなかったよ。うまいことを言うものだから、ついだまされちまって」

おつまはぶつくさ言いながらも仙吉の執拗《しつよう》さに負けて、観念しかかった。麻布《さらし》から仙吉がとりだしたものを、つくづくとながめ、

「でも、ずいぶん立派なものだこと……」

「こんなていどのもので驚くようじゃあ、たよりねえな。このうえの弓削形《ゆげがた》、頼《より》朝形《ともがた》となると、太さも擂粉木《すりこぎ》くらいの大きさになるし、亀の頭だって、ぐっと反《そ》りかえりがひろくなるんだ」

「あたしなんぞじゃ、こわされちまう……」

おつまが手でなでまわしたりしているあいだ、

「ちょっと仕度がいるんでな」

仙吉は、釜のなかの湯をとりだして、なにやら準備にかかった。

おつまはうらめし気な顔をして、仙吉の様子を見まもった。仙吉は温湯にしめした綿を張形のうつろのところにつめ、さらにその張形を温湯であたためて、

「さあ、そっちも仕度をしてくれ」

思いのほかきびしい表情でうながした。

「でも……」

「さっさと着物をまくってくれ。そんな姿《なり》じゃあ、張形だめしなんぞ、出来るもんじゃねえ」

まだ思いきりわるく、もぞもぞしているおつまをせきたてた。

「こんなことは、張形師の内儀《おかみ》さんがやるもんだ、と聞いていたけど」

「無理を言うなよ、おれには嬶《かかあ》なんぞ……」

おつまはやっと覚悟をきめて、ちょっとすわりなおしたが、

「仙さん、そこで見ているんですか」

べそをかいたような顔をあげた。

「おれがいちゃあまずいなら、出ていこう」

仙吉はあっさり腰をあげた。

なにせ、張形は、女のもっともやわらかく、感じやすいところに入れこんでもちいるものだ。たとえ名人といわれる張形師のつくったものでも、目に見えぬ疵《きず》や手でさわってもわからぬちいさな欠陥はあるものだった。それに、ふとさ、亀頭の張りぐあい、襞や、握った感じ、つかいごこちを目利きするには、女の体でためしてみるにしくはないのだ。

仙吉は仕事部屋を出ようとして、そのとき母屋の気配をうかがった。誰もいないはずの母屋のほうでなにやら物音を聞いたのだった。おつまをふりかえり、

「じゃあ、しばらくしたら、もどってくるから」

言いおいて、出ていった。

ところが、しばらくはもどらぬはずの仙吉が、一時《いっとき》もたたぬ間に、不意に顔をのぞかせた。

部屋の戸をあけた瞬間、おつまは悲鳴をあげた。とても他人《ひと》には見せられぬあられもない恰好《かっこう》で足をひろげていたところだった。真っ白な両足をくの字に立て、その中央をのぞきこむようにして、鼈甲細工を体のなかに入れていた。

「意地悪っ、嘘《うそ》つき……」

さけんでおつまは足をつぼめ、あわててあらわな腰から下を着物で覆おうとした。

「おつま、すまねえ、おえいのやつが来てやがった。こんなときに、まったくいまいましいやつだ」

仙吉もあわてていた。

「いやよう、そんな、ひどいじゃないの」

おつまは子供のような泣き声をだしたが、そのとき母屋からちかづいてくる駒《こま》下駄のひびきがきこえた。

「おえいがこっちに来る。はやくしまえ」

おつまははねおき、あたりを見まわしたが、とっさには体の中のものをかくす場所がなかった。手ばやく身づくろいするのがせいいっぱいだった。

「おとっつぁん……」

おえいがすぐに姿をあらわした。いつもの口癖でとがめだてるように言いかけ、

「あらあ」

おつまの顔を見て声をあげた。そしてすぐに笑顔をつくった。

「いらしていたんですか。おとっつぁんたら、何も言わないものだから」

如才なくあいさつをした。

おえいはまえに二三度おつまに会っているのだ。仙吉がためた飲み代を、盆と暮の節季《せっき》におえいがはらいに来たことがある。

「なにか、用事か」

「いつまで待っていても、おとっつぁんが返事をしにこないものだから、あたしが出かけてきたんです。このまえの話はどうするつもりなんですか」

おえいは用件をきりだした。仙吉は思いだせずにしばらく思案をめぐらしてから、

「ああ、あの話だったらやめにするよ。わるいが、山根さんにことわっておいてくれないか」

さしてわるそうな顔でもないのだった。

「わたしは、結構な話だと思っていたんだけれど。本人が気がすすまないんなら仕方がないでしょう。山根にはそうつたえておきますよ」

おえいはいったんはそう言ったものの、

「本当につむじのまがったおとっつぁんね。働きざかりの年齢《とし》になにが不服か仕事をやめちまって、仕事がめっきりやりにくい時世になったら、とたんにやりはじめるんだから、気が知れない」

山根は名を新之助《しんのすけ》という。おえいの亭主で北町奉行所で人別調掛《にんべつしらべがかり》という地味な仕事をつとめている同心である。人柄も真面目《まじめ》でめだたぬ男である。奉行所でも律儀につとめているわりには、うだつがあがらぬのだろうと仙吉は思っていた。

おえいは半月ちかくまえ、その山根の口ききだと言って仙吉の仕事の話をもってきていたのである。そのとき仙吉は黙ってきいて、

「考えておくよ。そのうちおれのほうから返事をしに行こう」

と言ったきり、そのままになっていたのだ。が、肚《はら》のなかは話をきいたときからきまっていた。そんな仕事をやろうとは爪《つめ》の垢《あか》ほども思ってはいなかった。

(てやんでえ、そんな下種《げす》な仕事がやれるもんか。こんな話をもってくるなんざ、おえいのやつも大馬鹿だ)

肚のなかで、自分の娘に毒づいていたのである。

昨年の秋ごろからはじまった御政道の改革にともなって、今年になってから、町奉行所のなかに市中取締掛《しちゆうとりしまりがかり》、諸色《しよしき》取締掛、市中風俗取締掛という役がもうけられていた。水野越前守忠邦《ただくに》の政道改革は、ぜいたくの禁止、物価の値下げ、風俗の粛正、の三つの政策からおしすすめられ、江戸市中を震撼《しんかん》させるほどのきびしい取締りがおこなわれているのである。ぜいたくな菓子、料理、衣類、家屋、装飾品、玩具《がんぐ》などの禁止。諸色の値段切り下げ。私娼《ししよう》、女義太夫、女髪結《かみゆい》、矢場女、富札、錦絵《にしきえ》、絵草紙、人情本……の禁止。江戸市中に町触れの雨あられが降り、町の生活《くらし》は恐慌をきたしていた。

その取締りに奉行所の役人のほか町方からも、市中取締掛名主《なぬし》十七名、諸色取締掛名主二十六名が任命されていた。その名主たちをたすけ、手足となって市中を見張ったり探索にはたらく人数が必要だった。そのために、目明しなどのほかに、江戸の市井に通じた者たちを採用していた。

おえいが、仙吉にもってきた話がこれであった。

「まったく娘なんてもんは、よく出来てるようでも、親のこころはわからねえもんだ。親に目明しもどきの働きをさせようなんて料簡でいるなんざ、情ねえ。それとも、やっぱり嫁入りさきを間違えたんだろうかね」

おえいが用件だけをすまして立ち去ると、仙吉は腹だちまぎれの言葉をおつまにむけた。

おえいは、仙吉の女房がなくなるまえの年、山根新之助に見初められて、身分ちがいの武家にとついだ。武家とはいっても、奉行所の同心は一代抱席、三十俵二人扶持《ぶち》のひくい身分で、それ以上の出世はのぞめなかった。しかし町方から武家へとついだとなると、夫の朋輩《ほうばい》や親戚《しんせき》などと交際《つきあい》やら日常の生活のことで気をつかうことが多く、当座おえいの気苦労は並大抵ではなかったようだ。が、数年がたち、子供も一人もうけている今頃《いまごろ》となると、おえいは百坪の木戸門つきの八丁堀組屋敷にどっしりと根をおろし、面倒な交際などもてきぱきとやってのけているようだった。

立っているおつまの様子がどことなくぎこちないことに、仙吉はそのとき気づいた。

「おつま、なんてえ顔をしているんだ」

おつまの顔は、それ以上におちつかぬ表情だった。

「あっそうか、おまえ、まだ……」

言いかけて仙吉は笑いだした。

おつまは部屋の隅へいき、仙吉に背をむけた。そしてやや中腰にかがんで、中のものを気持わるそうにとりだしたのだった。

三

小間物屋の竹次郎がこっそりとおとずれてきて、

「仙吉さんがやっとその気になってくれたんで、これで商いの見通しがつきましたよ」

と言ったのは、数日後のことである。

「一年もかかって口説いた甲斐《かい》があったというもんです。仙吉さんが味方についいてくれたとなりゃあ、百人力だ。こいつは、いい稼ぎになりますよ……」

竹次郎は、ちょっと見には女好きのするやさ男だが、一筋縄ではいかぬ根性をかくした細面に笑いをにじませて言った。小間物屋は櫛、かんざし、笄、もとゆい、紅、白粉《おしろい》など女のものを売る店だが、水野忠邦のお触れがでるまでは、張形、せせり、くじりなどの秘具も陰で売っていた。水牛や鼈甲などの高価な張形と、紅、白粉などでは、もうけはくらべものにならない。

竹次郎は仙吉からわたされた出来あがったばかりの張形を手にしたとたん、

「ううん……」

とうなったものである。

「こいつは絶品だ……。今これだけの張形《もの》をこさえる職人は、江戸でも滅多にいるもんじゃない。大昔、高麗《こま》、百済《くだら》からわたってきた職人たちがつくったものにくらべても、見おとりがしないねえ」

「だが、この手のものとなると、もう二三本しかつくれねえ。材料の鼈甲が手にはいらなくなっちまっているんでな」

「そいつなんですよ、仙吉さん」

竹次郎の肚のなかには、なにか料簡があるようだった。

「これを見てくださいよ……」

竹次郎が懐からとりだしたのは、つかいふるしの張形だった。

「ずいぶんつかいこんだ代物《しろもの》だね、何年も女の手ににぎられて、いい艶《つや》がでているじゃねえか。てえしたもんだ」

言いつつ仙吉は、

「だけど、おまえさん、これを川の中からひろったね」

と図星をさした。十両をこえるほどの張形となると、大事につかえば一生ものだ。

「よくご存知で」

「なあに、おれも大川で鯉のかわりに、こいつを釣りあげたのさ」

仙吉は立ちあがって簞笥《たんす》のなかから、中古の張形をとりだして竹次郎に見せた。

「ふうん、やっぱり……」

「せんだって、張形の大群が大川の岸辺に泳いできたとき、おれは決心したんだよ。これから張形師になろうってな」

「見あげた根性ですね。ご禁制でないときは、いくらわたしに口説かれても、うんと言わなかった仙吉さんが、御法度になったとたん、張形をつくろうって言うんですから。ぞくぞくするほどうれしくなりますよ」

「なに、それほどのことでもねえさ。おれだって公儀《おかみ》の目をかすめるのは、びくびくもんだ」

「大丈夫でしょうかね……。仙吉さんの婿《むこ》は八丁堀の同心《だんな》じゃありませんか」

「あんな、南瓜《とうなす》なんざ、屁《へ》でもねえ。けれども、これから江戸市中はますます取締りがきびしくなる。公儀じゃあ、町に密偵をはなって、町の生活《くらし》に目をひからすまでになっているそうだ。まったくの気狂いざただね」

「そのきびしい取締りのために、江戸市中、近在はおろか、張形の宝庫といわれた大奥にも代物《しろもん》は一本もなくなっちまった。張形でもうけるには、今ほど時にかなった折はないでしょう。こいつがなければ一晩だって眠れないって女が、江戸にはうようよおりますからね」

「こんなご時世だからこそ、一本の張形をつくるにも、こころがこもる。これも職人冥利《みょうり》というもんだ。ところで、竹次郎さんの料簡をきかせてもらおうじゃないか」

竹次郎は、つかいふるしの張形を二本ならべ、

「じつは……」

やや小声になった。

「公儀《おかみ》が川にながした張形を、大量にひろいあつめたやつがいるんですよ。夜のうちに船で川へでて網ですくってきたという目さきのきいたやつでして」

「うん」

「真っさら同様のものもありますが、つかい古しや、こわれてつかえないやつが大半ですよ。けれども、そいつを捨てちまう法はないでしょう」

「うむ」

「腕のいい細工師ならば、みがきたてて新品同様にもこさえられましょうし、こわれたところはつぎはぐことも出来るでしょう」

「おれも、そこのところは考えたよ。蛇の道はなんとやら……、というやつだな」

仙吉は苦笑をうかべた。

「だから材料にはこと欠きません。けれども、公儀にはよほど慎重にこころくばりしなければなりませんが……」

竹次郎の笑いは、商いの見通しが思惑どおり大きくひろがってきたためのものだった。

ひとり住いの家は、うしろぐらい仕事をするのに好都合だった。

女房のお吉が死んでからというもの、仙吉は近所づきあいも好んではやらなかった。客も滅多にはこなかったし、おえいもちかごろではかくべつの用がないかぎり、姿を見せることもない。

仙吉はけれども、用心のために、仕事部屋に内側から錠前をとりつけ、障子窓の外側に簾《すだれ》をかけた。これからやってくる炎暑の夏に、障子をたてきって仕事をするわけにはいかなかった。炭火をがんがん焚《た》いて湯をわかし、熱した鏝もつねにそばへおいておかねばならない。

仙吉はほとんど、一日中仕事部屋にとじこもってすごしていた。竹次郎がとりあえずもちこんだ数十個のふるい張形を、錠のかかる箪笥にしまっておいた。

張形のちいさい疵《きず》くらいは、小刀でうすくけずり、丹波産のもくの葉を乾燥させ束にしたものでみがきあげて、跡かたをなくすことができる。さらに、鹿《しか》の皮に骨粉をつけて艶《つや》だしすれば、新品と見まごうばかりのものになる。

昨年までは張形はご禁制ではなかったから、物によっては、それをつくった張形師がおのれの精魂をこめたあかしに、隅のほうにわからぬくらいにちいさく、自分の名の一字をきざみつけている場合がある。仙吉は注意ぶかくそれを見つけて、けずりおとした。

かなり大きな破損のあるものは、つぎはぎをする。鼈甲にはまだらの色模様が底にしずんでおり、そのまだらをもぴったりと寸分のくるいなくつないでしまうのが、仙吉の腕のふるいどころだった。

甲羅の場所によっては光沢や透明度もちがうため、つぎ目をかくすには、そうしたところへの配慮もおこたれない。たった一本の張形を修理するのに、数日はおろか、十日もかかることがあった。

それだけに、一本十両だの二十両だのという、とほうもない値段がつけられる。こうして新品同様になった張形は、竹次郎の手にわたり『鼈甲細工物』とかいた桐《きり》箱におさめられるのだ。

竹次郎の小間物屋は、湯島天神下にあったが、店ではこの品を売らなかった。

当時の小間物屋の商いといえば、店舗をかまえるものと、大風呂敷《おおぶろしき》につつんだ葛籠《つづら》などに品をつめて顧客さきを売りあるくものとが、およそ半々だった。

竹次郎は、使用人をつかわず自分で葛籠を背負い、長局《ながつぼね》や武家屋敷、町方屋敷、大店の寮などをまわって売りあるいた。そうしたやりかたは貸本屋の商売とおなじである。

髪飾り、紅、白粉などを売りながら、女相手にながっちりの馬鹿話をしたりして、おりを見つけて、『鼈甲細工物』をとりだすのである。このやりかたが、まことにむつかしい。馬鹿でなくてはやれぬ商売だし、本物の馬鹿ではつとまらぬ商売だった。

売りつけるにもこつがあった。竹次郎のやり方は、まずはじめに弓削形、頼朝形といったもっとも太くて大きいやつをとりだして相手のど肝をぬくか、興味をかきたてる。はじめに太いやつを見せてしまうと、女は、

「もっと細いのを……」

と見栄《みえ》で言うことになり、あらかじめ思っていたとおりのものが売れることになるのである。

仙吉はこうして、闇《やみ》の稼業に手をそめていった。

闇の底でうごめくように、せまい仕事部屋にとじこもって、汗をしたたりおとしながら根のいる仕事に没頭した。一度やりだしたら、飯をぬくくらいは平気だった。なにもかも忘れていちずにうちこんだ。

公儀に見つかれば、処罰はまぬがれぬ。公儀への警戒だけはおこたらなかった。

おえいにも用心した。

うしろぐらい生活にはいってからというもの、仙吉はなにかにつけて疑いぶかくなり、他人を見ると目明しや、取締りの手先のように見え、毎日がびくびくだった。が、びくびくのなかには、言いしれぬ、身うちがぞくぞくするような緊張感もひそんでいた。

だから仙吉にとっては、充実した毎日でもあった。

公儀に楯《たて》をつく、といったほどの気概やひらきなおった豪胆さはもっていなかったが、それでも、とことん公儀の目をくらまし鼻をあかしてやろう、というくらいのずぶ太さは持っていた。役人たちの目のとどかぬ暗闇のなかでぞんぶんのはたらきをし、彼等を嘲笑《あざわら》う快感に酔いしれたかった。

四

夏をすぎ、秋をむかえて、江戸の町はかつてない暗さにしずんでいった。幕府の不景気策がこのころになると、すっかり市中にいきわたり、町にめっきり活気がなくなった。

すでに江戸三座は芝居町をおわれ、浅草に移転していたが、かつては五百余軒もあった寄席がほとんどとりつぶしにあい、旅役者などが府内で芝居をかけることも禁止され、水茶屋、料理茶屋もとりはらわれ、江戸の町はすっかりさびれていた。禁制の品をあつかっていた商家は軒なみ、休業を余儀なくされ、こうした店に出入りしていた職人たちも仕事をうしなった。

享保《きょうほう》、寛政《かんせい》の時期にも似たような弾圧策がとられたが、今度のご改革は寸毫《すんごう》の仮借《かしゃく》もないやり方で徹底的におこなわれた。水野忠邦や南町奉行・鳥居甲斐守は、

『積年の宿弊《しゅくへい》をあらいざらいにするためには、市中が衰退をきわめ、町人たちが江戸を離散してしまってもかまわぬ』

非情きわまりない宣言をした。

江戸の町のどこかで、毎日かならず縄つきがでて、たたき、入牢《じゅろう》、手鎖《てぐさり》、財産没収、江戸払い……などの刑罰が課せられていった。禁制の本繻子《ほんじゅす》の帯をしめ、大丸呉服店から買った紅の本絹をもってあるいていた町娘が、廻方《まわりかた》同心に見つけられ、衆人環視のなかで着物をはぎとられ、下着まであらためられたといったことは、日常茶飯の出来事になった。

さらにこの夏、下情につうじた町奉行ということで人気のあった北の遠山景元《かげもと》の上申によって、

『役者、遊女、芸者などの一枚絵の厳禁。彩色ゆたかな絵草紙類の売買を停止し、忠孝貞節や勧善懲悪のものだけにする』

といったお触れまででた。

「あの遠山さまのなさりようとも思えませんよ。いかに南の鳥居さまとのかね合いがあったにしろ……」

「どれほど苦労人だとか、名奉行とか言われていても、こうなりゃ遠山さまも、ただのお役人さ。自分の首のほうが可愛いからね。今水野さまににらまれたら、遠山さまの出世もこれどまり。おれたちのことなんざ、言っちゃあおれないわけさ。鬼の鳥居だって、苦労人の遠山さまだって、さしてちがいはないさ」

小間物売りのあい間をみて、黒門町にたちよった竹次郎は、遠山奉行への失望で愚痴をこぼしたが、仙吉のこころはむしろさばさばとしたものだった。

公儀の目をぬすみ役人をごまかす稼業にはいったときから、いやおうなく仙吉はすべての役人を敵にまわしたも同然となった。いい役人も悪い役人も、所詮《しょせん》おなじ尾をした蛇であった。

「けれども、これだけ処罰がきびしいとなると、ご禁制の品を売るのも、なかなか気骨がおれますよ」

「そりゃあそうだろう。買ったほうでも、見つかればきびしいお咎《とが》めとあれば、喉《のど》から手がでるほどのものだって、かんたんには買わねえだろう」

「ところがそれが、不思議なもんです。品をすすめていくうちには、これはと思うほどの局《つぼね》や後家がつい手をだして買ってしまうもんでして、いやはや女の色欲というものはおそろしいもんですよ。尼寺の尼さんなんぞも、結構いい客になってくれます。女の色欲を業《ごう》だっていうのも、うなずけますねえ」

「辛抱してる女たちに見せつけて、罪をおそれず買わせるなんて、おまえの商売も罪がふかいな」

「とんでもない。女の色欲は死ぬまでなくならぬとか言うじゃありませんか。ひとりぐらしの女から鼈甲細工ぐらいのものを取りあげちまうご政道のほうが罪ぶかいんです。わたしなんぞは、かわききった女の体に慈雨をもたらす商人《あきんど》なんで、感謝こそされ、うらまれる筋はありませんよ」

「それも理屈だ」

もう仙吉から竹次郎の手に渡って売りさばかれた張形の数は二十本をくだらな

かった。

竹次郎がかえっていった翌日の昼さがり……、仙吉はおつまの見てはならない姿を見てしまった。

おつまは月に二三度、店をあけるまえの暇をみては、仙吉の仕事部屋にたちよっていた。

仙吉はおつまと入れかわりに母屋へたちのいていたが、その日は他用を思いだして、母屋を出ていった。仕事部屋の横をとおりかかったとき、ふと中からうめき声をきいたような気がした。

(はて……?)

はじめは不審をいだいたが、もしや……、といったこころがめばえて、仙吉は足をとめた。うしろめたさをおぼえながらも、その衝動をおさえることが出来なかった。

足音をしのばせて仕事部屋にちかづいてゆき、戸口にたって、建てつけのわるい戸のほそいすき間に耳をあてた。しのび泣くような鼻にかかったあえぎ声がきこえた。とぎれとぎれに、おつまは感にたえぬようなちいさな叫びを発しているのだった。

　仙吉は戸障子に手をかけ、そっと持ちあげるようにしてすき間をひろげた。おつまは頭をこちらにむけて体を横たえ、大胆に足を立てていた。腰から下をおおうものはなにもないのだ。両足のつけ根の黒い翳《かげ》の部分に、仙吉がみがきあげたばかりの頼朝形の大きなやつが突きたてられ、おつまの片手がその根元にそえられていた。

　仙吉は思わず息をのむ思いだった。ひときわ図体の大きな張形《やつ》が、おつまの手で見る見るうちに体の中に吸いこまれてゆき、深々と根元の握りのところまで見えなくなった。自分でつくっていながら仙吉は、青大将のかま首のような道具が女の中に入っていくのを見たのははじめてだった。

　やがて、おつまのゆたかにみのった腰がゆっくりともちあがり、そのうごきとともに、張形が姿をあらわしてきた。黄みをおびた表面の、やや黒っぽいまだらの模様がぬめぬめとひかり、生きもののように出てきたかと思うと、また体の中に没していく。

　出たり、入ったり、張形がうごくたびにおつまの腰がもちあがり、それとともに真っ白なむきだしの腹が、波のうねりのようにせりあがったり、しずんだりした。そのたびに喉のあたりがひくひくとうごき、ちいさな叫びが発せられる。叫びのあい間は、しのび泣きから、しだいにすすり泣きにうつっていた。

仙吉はその場に釘《くぎ》づけになって、おつまの姿態に見入った。ためしぎきというよりは、むさぼりつくしているといった光景だった。

おつまの顔は、髪の陰になってよくは見えなかった。が、なかばひらいた唇のあいだから、たえ間なく声がもれつづけた。片手づかいというやりかたで、おつまはとめどもなく自分の体を責め、正体をなくしているのだった。

ずっと見入っていることに罪ぶかさをおぼえ、立ち去ろうとしたけれど、仙吉の足は動かなかった。身をよじり体を横むきにして感度をふかめ、さらに体を一転して反対をむき、背を震わせながら、おつまは没入をつづけていった。

ひとときの間がたち、仙吉はころあいをみはからって、仕事部屋へ入っていった。

おつまは身づくろいをおわっていたが、まだ眸《ひとみ》がうるんでおり、いくらか焦点のさだまらぬ目をしていた。

「おつま」

呼びかけると、

「はい……」

こたえた声もいくぶんうわずっていた。

「おまえに今までずいぶん無理なたのみをきいてもらってきたが、何も礼をしなかったな」

「いいんですよ、どうせ仙さんのことなんだから。それにこんなことじゃあ、お礼をもらうのも気がひけるから」

「礼ってほどのもんじゃあねえが、こいつを一本進呈してえ。受けてくれるかい」

仙吉がさしだしたものは、このつぎ竹次郎にわたすつもりの張形だった。

そのときにわかに、おつまの表情がかわっていった。言葉に窮して、言葉をさがし、恥ずかしさで紅潮しかけたおつまの顔が一瞬泣きそうにこわばった。

「仙さん、それは一体、なんのつもりなんですか。馬鹿にしないでくださいよ。いくらあたしがひとりで暮しているからって……」

仙吉はこのとき、とっさに後悔したが、馬鹿にしたつもりはないのだった。

「すまねえ、おれも軽はずみなことを言っちまったもんだ。だったら、おまえはまた怒るかもしれねえが、おれのものをためしぎきしてみてくれないか」

言いつつ仙吉は、おつまのちかくへよっていった。おつまは、すぐにはこの言葉の意味がわからぬようだった。

「な、いいだろう。おれのやつをためしてくれよ」

にわかに男の体がちかづいてきたとき、やっとおつまは仙吉の意中がわかった。

「なにをするの、仙さん。やめて……」

言ったが、仙吉の手がおつまの肩にかかっていた。その手をはらおうとしたが、空いているほうの手がおつまの体を抱きすくめてきた。

「仙さん、あんたらしくないじゃないですか。どうしたっていうのよ……」

「今日のおれはおかしいんだ」

言いながら仙吉はおつまの体を畳のうえに押したおした。まさか、おまえの恥ずかしい姿を見てしまった、とは言えなかった。

言いわけをするかわりに、仙吉はおつまのうえにのしかかり、裾《すそ》をはだけていくと、今度はおつまはその手をはらおうとしなかった。あきらめてされるがままになり、だまって目をとじた。

仙吉は膝《ひざ》から女の体をひらいてゆき、今さっき鼈甲の得手物を吸いこんだばかりのところに触れた。まだいくらか充血しあたたかみをおびたおつまのそこは、ふたたび押しひろげられ、仙吉のものを難なく吸いこんでいった。

五

竹次郎がここしばらく姿を見せなくなった。今までは、月に二度くらいはかならずやってきて修理した張形をうけとりがてら、世間話をしてかえっていったものだが、北風が江戸の町なかを吹きはじめたころから、ぱったりとこなくなった。竹次郎の世間話をきくのは、仙吉の退屈しのぎのたのしみだったので、このところ彼のおとずれをこころ待ちにしていた。

(風邪《かぜ》でもひいて、寝てるんだろうか……)

はじめは、さほどには心配もしていなかったが、まる一月《ひとつき》も姿を見せぬとなると、こころおだやかでなくなった。竹次郎からあずかったふるい張形ももう底をついていた。

(もしや……？)

竹次郎の身のうえに不吉な出来事を予想したりして、おちつかぬ日々をすごしていた。冬にはいってから、取締りの勢はいっこうにおとろえず、いよいよ暴逆の風が江戸を荒れくるっていた。

せんだって、『江戸繁昌記《えどはんじようき》』をかいた寺門静軒《てらかどせいけん》が所がまいに処せられたのにつづいて、『偐紫田舎源氏《にせむらさきいなかげんじ》』の柳亭種彦《りゆうていたねひこ》と、『春色梅児誉美《しゆんしよくうめごよみ》』の為永春水《ためながしゆんすい》が処罰されたという噂《うわさ》を、仙吉は背筋のうそ寒くなるような思いできいた。とどまることを知らぬ弾圧の勢を思うと、竹次郎の身も気がかりでならなかった。一蓮托生《いちれんたくしよう》の運命にある自分も安閑とはしていられぬ不安にかられるのだった。

(湯島天神下の住居《すまい》を、いちどたずねてみよう……)

そう考えて、仙吉は師走にちかいある朝、家をでた。木綿縞《じま》の袷《あわせ》に平ぐけの帯をしめ、そのうえから襟つきの半纏《はんてん》をひっかけて寒々とした黒門町の通りに出て、下谷広小路をつっきろうとした。

表通りに軒をならべた『蓬萊屋《ほうらい》』『あけぼの』などの著名な料理茶屋、水茶屋などは大戸をおろしており、『金沢丹後』『翁屋《おきな》』などの店はのれんを出してはいるが、店さきによる客の姿もないさびれようだった。

(江戸の町は、すっかりかわっちまった……)

下谷でうまれ、広小路でそだった仙吉だけに、子供のころからなじんでいる下谷を代表する商家が逼塞《ひつそく》している光景には、たまらぬほどの寂しさとたよりなさをおぼえるのだった。

「義父《おとう》さん」

仙吉がそう呼びかけられたのは、広小路を通りすぎようとしたときだった。声のほうをむくと、往来のむこうから着流しの若侍がせかせかとちかよってくるのが見えた。

「おお」

仙吉は、八丁堀風の姿をした山根新之助に声をあげた。

「町なかで出会うとはめずらしいな。どうだい、みんなは元気かね」

「ええ、じつは今、おとうさんのところへうかがうところだったんです」

まだ三十まえの侍にしては覇気のない冴《さ》えぬ顔色で新之助は言った。

「話があるんなら、あつい蕎麦《そば》でもすすりながら聞こうか」

かくべつ新之助が仙吉に話をもってくるのはめずらしいことだった。多少の胸さわぎをおぼえながら、一筋裏の通りにある蕎麦屋へ新之助をさそった。

あつく燗《かん》をした銚子《ちょうし》がだされるのを待って、

「じつは、ついせんだって、小間物屋の竹次郎という者が、町内の密訴からとらえられて吟味をうけているんです」

新之助はあたりをはばかるような小声できりだした。

つめたいものが胸のあたりから下腹へおちていくのを、仙吉はおぼえた。

「そうか、竹次郎のやつはつかまっちまったのか」

「ご禁制の鼈甲張形を売りあるいたかどでとらわれたんですが、おえいが、竹次郎とおとうさんは以前から交際《つきあい》があったっていうもんだから……」

新之助は気弱そうな視線をむけてきた。女房の父親がもし罪に問われるようなことがあれば、八丁堀役人として新之助の面目は丸つぶれになってしまう。ばかりでなく、新之助自身まで吟味をうけることにもなりかねぬ。それが心配でわざわざたずねてきた様子だった。

「竹次郎とおれが交際があるのはたしかだよ。小間物屋と鼈甲細工職人だから、あっても不思議はないやね。それで、竹次郎はなにか白状したのかね」

「かなりしたたかな男で、今のところかかわりのある者の名を白状にはおよんでいません。何から何まで自分でやったと言いはっているんです。しかし町奉行所《ばんしょ》では、とてもひとりだけの仕事じゃないとにらんで、詮議《せんぎ》をつづけている最中です。遠島とか死罪になるような罪じゃあないんで、竹次郎はひとりでしょっかぶるつもりのようですが、奉行所内の様子では詮議をうちきるようにも見えませんね」

「そうか、おれも何度か、竹次郎に張形をつくってくれとたのまれていたけれど、そのまま うっちゃらかしておいたんだ。あんたが気がかりにしているようなことはないから、安心してくれ」

「そうですか、おえいのやつも心配して、一度たしかめておいてくれって言うもんだから……」

「あいつは、生まれつきの苦労性だから、心配ごとがたえねえんだよ。おれは櫛、かんざしはつくっちゃいるが、おなじ女の毛に差しこむものでも、張形はつくらねえから安心しろ、とつたえてくれ」

「竹次郎はたぶん三十日か五十日の手鎖か、江戸払いの咎《とが》めを受けることになりそうですよ。よりによってこれだけ取締りがきびしい時に、張形なんぞを売りあるくとは、馬鹿なやつです」

　新之助はいちおう安堵《あんど》した様子だったが、この何日か、自分にも累がおよびそうな不安にかりたてられたため、竹次郎に憎しみをいだいているようだった。

「まあこんなご時世だから、なにかと他人さまに疑われねえように気をくばらなきゃあならねえが、ともかくとんだ世の中になっちまったもんだ」

そのうえのことを言えばおだやかではなくなるし、新之助への嫌味にもきこえるので、喉までかかった言葉を仙吉はのみこんだ。

(こんなやつでも、公儀の役人だ……)

役人なんぞに、町の人間のこころはわかるめえ……、肚《はら》のうちでそうつぶやきながら、仙吉はあつい酒を喉の奥にながしこんだ。

いっとき、毒にも薬にもならぬ世間話をかわしてから蕎麦屋をでて、新之助とわかれた。

仙吉は、万一自分に罪がおよんで、おえいや新之助に迷惑をかけることよりも、奉行所できびしい詮議をうけている竹次郎の身を気づかった。竹次郎のような公儀の目をかすめて生きる稼業の者は、かえって口がかたいものだ。白状して自分の罪がかるくなるわけではないから、滅多に口を割ることはあるまいと考えたが、公儀の目が仙吉にむけられるおそれも十分あった。

(尻《しり》に火がつきかかった)

仙吉は、竹次郎を湯島天神にたずねる目的をうしなってしまい、腹のなかにたまった気鬱《きうつ》をはらすため、町のなかをしばらくぶらついてから、家へむかった。

黒門町の裏通りまで来ると、仙吉の家のまえでなにやら大勢の人だかりがして

いた。近所に住む顔見知りの者たちが、たむろして家の中の様子をうかがってい
るような気配だった。
（おや……？）
不審と、いささか思いあたるふしがあるのとで、にわかに胸さわぎにおそわれ
たが、ひきかえすわけにもいかず、仙吉は不安をしずめながら人群れをわって、
家へ入っていった。
仕事部屋には錠をかけてあるが、母屋には戸締りがしていなかった。その母屋
のなかに何人か入りこんでいるようだった。
（公儀のお手入れだな……）
仙吉はその時、自分の家で何がおこっているかを察していた。朝出がけに、仕
事部屋にのこっていたいくつかの張形をまとめて、油紙で厳重につつみ、家の床
下にうつしておいた。
（よもや、見つけられはすまい）
といった気持で、他人の家へあがるような錯覚にとらわれながら部屋へあがっ
た。
案の定、町役人の老人に案内をうけた目明しふうの者が二人、無人の家の中を

ひととおりあらためて、仙吉のかえりを待っているところだった。

「仙吉、おうたがいの筋があって、今家の中をしらべさせてもらった。お前の仕事場もあらためたいので、案内してくれ」

半纏、股引《ももひ》きのやや年のいった目明しがおっかぶせるように言った。さすがに仙吉の面から血の気がひいていった。

六

年もおしつまった一日、竹次郎は『入牢三日、手鎖五十日』の刑にきまった。

手鎖の刑は、ひさご形をした鉄具を両手首にかさねてはめられ、端の鉄錠前をおろし、まんなかのくびれたところに封印をつけられるのである。そして五日目ごとに封印をしらべられる。自宅にいてはめられることもあったが、竹次郎はかなり罪がおもく、町あずけにされたうえの手鎖だった。だから、仙吉は竹次郎を見舞うこともできなかった。

仙吉は、暮、正月のあいだ、張りをうしない、腑《ふ》ぬけのようになってすごした。公儀の手入れで仙吉の住居《すまい》から張形のたぐいが一本も見つけられなかったため、疑いはいちおう晴れたかたちだった。が、竹次郎がひとり処罰をうけたことで、仙吉もこころに大きな痛手をこうむっていた。

　正月の松飾りなど、とてもつける気にはなれなかった。新年の祝いもやらなかった。目明しに家のなかをあらためられたということをきいて、おえいがやってきて、さんざん言いなじっていったが、仙吉は言いわけもせず、だまってきいていた。

　彼岸のすぎた翌日、仙吉は徳利に酒を買いいれ、肴《さかな》などをととのえて、湯島天神下の竹次郎の住居をおとずれた。刑をおえた祝いの酒をくみかわそうと思ったのだが、竹次郎は店の奥の部屋で床にふせっていた。

「仙吉さん、あんたにも迷惑をかけちまったな。早いところ顔をだして詫《わ》びを言いたかったんだが、体が言うことをきかないものだから」

　仙吉が言うまえに、竹次郎は床のうえにおきなおって力のない声をだした。

「冗談じゃねえ、それはおれのほうで言うことだ。それにしても……」

　竹次郎のおとろえようは無残なほどだった。もともと体はほそかったが、顔貌《かお》が別人のようになっていた。肉がそげおち、頰骨《ほおぼね》がとびだし、目だけがくぼんだ眼窩《がんか》の奥でひかっていた。鉄鎖をはめていた両手首はなえたようになり、腕も女のようにやせ細っていた。

「五十日くらいの手鎖なんぞ……とはじめはたかをくっていたんだが、あのひさご形した鉄の鎖というやつは、なかなかの難物でしたよ。体が元どおりになるには、幾日もかかりそうですよ」

「ほんとうに気の毒なことをしちまった。あんたが鎖をはめていたあいだは、おれも生きているような心地はしなかったよ。あの手鎖ってやつで寛政のころ歌麿《うたまろ》や蔦重《つたじゅう》は命とりになったんだ。見くびればとんだことになる。養生だけは十分にしてくれよ」

「こんなことじゃあ、くたばりませんよ。今度ぁ、ばれないようにうまくやりますよ。しくじりはもうごめんです」

おとろえた声ながら、竹次郎の言葉にはすごみがあった。公儀の咎めをうけ、その苦しみをくぐりぬけてきたために、かえってふてぶてしい自信がついたようだった。

「今はまだ、そんなことは考えねえほうがいい。体をなおすのがいちばんだ」

と言う仙吉に、竹次郎はにやっと笑いをおくってきた。

「わたしの体がもとにもどるまで、仙吉さん、張形をたくさんこさえておいてくださいよ。ふるい張形なら、まだたくさん隠してありますからね」

不敵な言葉をもらした。一度のお咎めでこりた様子は微塵《みじん》もないのだ。

そして、仙吉のかえりがけに、竹次郎はかくしておいた張形を三十個ばかり風呂敷につつんでよこしたのだった。そんなつもりで来たのではなかったのに、仙吉はふたたびふるい張形をあずかってかえる羽目になった。

仙吉は性こりもなく、その翌日からまた張形修理《なおし》をはじめたのだった。公儀の目はこわかったが、仙吉としてもひくにひけない気持だった。意地を張りとおして罪をひとりでひっかぶった竹次郎の俠気《おとこぎ》と友誼《ゆうぎ》のためにも、仙吉は今、尻をからげて逃げだすわけにはいかなかった。

(こうなったら乗りかかった船だ。行くところまで、行くしかねえ)

ぼやきながらも、仙吉はまんざらでもなかった。喉もとすぎれば熱さをわすれる、の喩《たと》えどおり、一月《ひとつき》もたつと、仙吉自身のなかにも不逞なこころがよみがえってきた。役人の目をくらまし、法をくぐりぬける不敵な快感さえもどってきたのだ。

(公儀とのいたちごっこだ。やるしかねえ)

おえいを用心し、以前よりいっそう世間をはばかりながら、男根づくりに精をだした。

竹次郎の体がもとにもどるまでに、ほんとうに四月《よつき》あまりがかかった。

そのながい四月余のあいだに、世界はしだいにかわっていった。仙吉の目の見えるところ、見えないところで政道にも微妙な変化がおこってきたのだ。

「水野さまの権勢がくずれたら、江戸の町に明るさがもどってくる……」

気狂いじみた弾圧策のなかで気息《きそく》えんえんとなりながらも、江戸の庶民は水野忠邦の失脚に一縷《いちる》の望みをたくしていた。ところが改革がはじまって二年をすぎたころから、権勢をおのれひとりで壟断《ろうだん》してきた水野忠邦の勢威ににわかにかげりがでてきたのだ。

水野打倒の声は、まず大奥からあがったという。水野は老中首座になったとき、はじめに大奥の力をおさえつけた。大奥の風儀をみだしたというかどによって、年寄や女中たちをつぎつぎ追放したばかりでなく、大奥の帰依信仰のふかい中山法華経寺や雑司《ぞうし》ヶ谷《や》の感応寺などの罪を問い、寺領を召しあげてしまった。それ以後も、水野はたびたび大奥の奢侈《しゃし》や風儀についてやかましく言い、女中たちの反感を買っていた。

（江戸がもとの世にもどったら、そのときは……）

そんな願いもこめて、仙吉は竹次郎が回復するまでのあいだ、張形をあまたつくりなおしていった。

夏がすぎたころ、竹次郎はほぼもとの体をとりもどした。三十個ちかい張形が、そのころには出来ていた。

「仙吉さん、わたしが床にいたあいだに、江戸はかわってきたようですね」

「うむ……」

「取締りがだいぶゆるんだとみえて、町の活気がもどってきたのはいいんだが……」

「ちかごろ、町なかにも、だいぶ張形のたぐいがでまわってきた様子だな」

意気さかんに張形を売りにでかけた竹次郎は、売れゆきがいいわりには、どことなくかつての潑剌《はつらつ》さをうしなっていた。改革がはじまってからずっと休業をつづけていた性具、春薬の大問屋・四つ目屋などもちかごろようやく店をあけた模様で、竹次郎も張形を売りあるくのにさほど公儀の目を気にしなくてもすむようになっていた。

「めでたいことだが、何だか張りあいもうすれてきましたよ。公儀のきびしい目をくぐる緊張した感じがなくなっちまいました」

そう言われてみると、仙吉がちかごろどことなく仕事に身がはいらぬのも、おなじような理由《わけ》だった。

「おかしなもんだな」

「昨年《きよねん》の今ごろは、あれほど公儀をにくんだもんですが、取締りがゆるんでくると、なにやら気ぬけがしちまったようですよ」

閏《うるう》九月、水野忠邦は御役御免となり、忠邦がこの二年余のあいだに出した新令は、ことごとく撤廃となった。

「まるで、三月《みつき》おくれの精霊《しようりよう》ながしだな」

「いや、張形ながしでございましょ」

ここは大川端、百本杭の岸辺である。仙吉と竹次郎は言い合いながら木箱に張形をたくさんつめて、それに蠟燭《ろうそく》の火をともした。

この年は閏年で九月が二度あり、精霊ながしの宵から丁度三月めの夜になる。

「さんざ男の精の身がわりをつとめてきた張形だ。念入りに供養してやるには、川から海にながすのがいちばんんだ」

「今どきなら、海の潮でもどってくることもないでしょう」

二人は小船にのり、張形をつめた木箱をのせて、ゆっくりと岸辺をはなれていった。

夜釣りをたのしむ船があちこちに明りをかかげながら、おぼろな影をにじませている。

はるか対岸の浅草瓦町《かわらちょう》や両国の灯が点々と闇のなかに浮いている。改革中は今時分になると、灯を消して商家は早々に戸をたてて寝てしまったものである。

竹次郎が櫓《ろ》をこいで、船は水面をすべるように川中へ出ていった。

「どれをとっても、十両を越える見事な張形ばかりだが……」

「ご改革がおわったとたんに、お前たちの身がわりの安値《やすね》い張形がわんさと出まわってきた。四つ目屋からも、まっさらな値のはる張形があらわれた。もうおまえたちのお役目はおわったんだ」

「成仏するには今がいい時機《しお》だ。おれたちがねんごろに供養してやるぞ」

まるで生きているものにかたりかけるように言いながら、仙吉は張形をつんだ木箱を水面にはなした。二三度川波で大きく揺れてから、木箱は流れにのって川下へすすんでいった。

「途中でひっかかったりしねえで、無事に海までながれていきな」

木箱は両国橋のほうへ一途《いちず》にながれた。なん度か波間にしずみかけては遠ざかってゆき、やがて蠟燭《ろうそく》の灯も闇のなかへ消えていった。

『江戸妻お紺』（徳間文庫）所収

鞘師《さやし》

五味康祐

著者プロフィール　ごみ・やすすけ◎一九二一年、大阪府生まれ。早稲田大学英文科中退。様々な職業を転々とした後、文芸評論家保田與重郎に師事する。一九五二年「喪神」が第二六回芥川賞を受賞して注目された。以後、時代小説家として活躍し、剣豪ブームをまきおこす。『秘剣』『柳生連也斎』『柳生天狗党』など時代小説の他、音楽の造詣を生かした『西方の音』など、著書多数。

一

「お武家さまは、いつ当地へお着きでございますか」

「わしか。なぜじゃ」

「お見受け申したところ――」

茶店の爺《じい》の、ひとの好《よ》さそうな顔が目をほそめ、

「明後日の武術試合に、おでましなされますようで」

「ちがう」

武士は色褪《いろあ》せた羽織の肩を聳《そびや》かせ、何か、言いかけたが、思いとまって、

「試合に参観のお許しは得たが、立合いはせん。わしの見たいはお歴々衆の鞘《さや》じゃ」

「――さや？」

「茶代を、これへ置くぞ」

老爺を相手に明かすべき事でもないと気づいたのであろう、そそくさと身づくろいをして、鳥目《ちようもく》を置くと北《にげ》るように立去った。

――美濃大垣十万石、ここは戸田采女正《うねめのしよう》の城下。

東惣門《そうもん》（名古屋口）櫓下《やぐらした》の広場に、次のような高札の建てられたのは半月ほど前である。

『此《こ》の度《たび》、柏《かしわ》ノ御茶屋造営を嘉《よみ》せられ、城内松の丸御馬場に於《おい》て武術稽古《けいこ》ご覧あらせらる。

領民は申すに不及《およばず》、近国一円にて腕に覚えのもの出場は意の儘也《ままなり》。

主筋あきらかなれば他藩の士とて挑戦不苦《くるしからず》。

寛文丁未《ひのとひつじ》五月』

城下の人々のあいだでは、誰《だれ》が立向うても「ぐひんさんの森小平太様にかないはすまいぞ」ともっぱらの評判である。「ぐひんさん」とは大垣の方言で、天狗《てんぐ》のことなりという。

他方、この高札の噂《うわさ》を聞いて、

「いかにも戸田殿らしい致されよう哉《かな》」

と隣藩の家士たちは私語した。挑戦クルシカラズと堂々と書き立てるのは、滅多に負けぬ誇りがあればこそで、体《てい》のいい武辺自慢――吹聴《ふいちよう》ととれる。

――といって、事実、大垣藩では異様なまでに家中に武芸を奨励し、この泰平の世に、学問は知らんがオメッポン（剣術）ならと鼻をうごめかす若侍がごろごろいる。君子《くんし》あやうきに近寄らず、主筋あきらかな歴々の士が挑戦する手はあるまいと、隣藩ではうわさし、大垣藩士らも大方あきらめていた。

ところで茶店の爺に「試合に出られますか」と問われた武士――

名を花村新兵衛という。城下竹島町の刀剣商清貞甚五郎方に投宿している。羊羹《ようかん》色の貧相な羽織に、萎《な》えた袴《はかま》を穿《は》いているので試合に出場の他藩士かと見られたが、じつは浪人である。それも大小を捨てるつもりでいる。

花村新兵衛が国許《くにもと》明石を出立《しゆったつ》のとき、師の大前《おおまえ》庄左衛門はこう言った。

「世間では但馬《たじま》どのを武威に傲《おご》ると申しておるが、世の噂ほどあてにならぬものはない。我らの見るところ、但馬どのこそは当代まれにみる器《うつわ》。大垣へ罷《まか》り越せば、其許《そこもと》が生業に役立つ歴々衆も多かろう」

又こういうことも言った。

「代々、戸田氏は名君である。わけて常閑どのは営中にても頭巾《ずきん》を用い、江戸城にて杖《つえ》つくことを恩許ありしほどである。その常閑どのが、眼に入れて痛うないと鍾愛《しょうあい》なされたが但馬どのと聞き及ぶ。尋常の若殿ではあるまい。叶《かの》うなら、この身が目《ま》のあたり致したいほどじゃ」

大前庄左衛門は明石藩で並ぶものない源流居合抜きの達者である。大垣藩兵法師範役古藤田弥兵衛とは旧知の間柄で、花村新兵衛の乞《こ》いを容《い》れて此の度の添状を書いてくれた。

但馬というのは大垣藩主戸田采女正の嫡男新二郎氏包《うじかね》のことで、廿五《にじゅうご》歳のとき従《じゅ》五位下に叙せられ、但馬守に任ぜられた。今はもう四十歳。しかし父采女正が壮健なので未《いま》だに家臣らには若殿と呼ばれている。すでに二子の父でもある。

次のような但馬守の逸事も新兵衛は師に聞かされて大垣に来た。

但馬守は、叙爵ののち左門と改名したが、とくに父と隔年に参覲《さんきん》交代をゆるされ、しばしば大垣城に暮らした。大名の子息は、もともと人質の意味で江戸邸に置かれるのが普通だから、襲封《しゅうほう》を見ることなしに帰国の暇を賜わるとは異数である。

そんな国もとでの一日、遠出の帰途、但馬守は乗馬で太鼓御門を通過の節に、馬を両股《りょうまた》にはさんで御門の鴨居《かもい》に手をかけ、一両度懸垂《けんすい》して、「人には言うな」と御供《おとも》に囁《ささや》かれたそうな。底知れぬ怪力であるが、風貌《ふうぼう》温厚、近習の小姓といえども未だ喜怒の色を見ず、至って、物言いは低声だという。

大垣城下の西一里ばかりに、荒尾という広野がある。但馬守は時折、この広野で戦陣の調練を行なった。まだ箇略ということの無い時代だから、三百石以上は馬を持ち、知行高《ちぎょう》の多いものは三疋五疋《びき》と持ち寄るので、家中の馬数二百五六十頭、それに馬を所持せぬ近習の者は御城の厩《うまや》のを牽《ひ》き出すから、騎馬あわせて三百余頭にのぼる。これを二分して、一方は但馬守、一方は年寄某が采配《さいはい》して、先手の足軽は言うに及ばず、持筒、持弓、手明組の諸士ら町方の者まで家人の半数が出陣する。

その様子は、馬上いずれも陣羽織小袴で、家士は大小を差し、竹刀《しない》一本ずつを手綱に持ち添えて上下ともに袖印《そでじるし》を付ける。但馬守は赤九曜の星、年寄方は黒九曜の星である。足軽にはイタメ革の塗笠《ぬりがさ》、さらし木綿の袖無羽織を着せ、但馬守自身は綾島《あやしま》の袷《あわせ》に黄羅紗《らしゃ》の陣羽織、朱の采配を持って、荒尾の広野に東西にわかれて、どっと鯨波《ときのこえ》をあげる。この鯨波は大垣城下までも聞こえたそうな。

やがて物頭《ものがしら》が下知して双方、馬を乗出して竹刀を打ち合う。互いに入り混り、追いかけ追い廻《まわ》し、声々に名乗りかけて叩《たた》き合うのである。

乗馬の未熟者は落馬するもあり、木の根蔦《づた》につまずいて倒れ落ちるのもあり、又は敲《たた》き落とされるもあり、汗馬の馳《は》せ違う有様はまさに戦場も斯《か》くやと思えた。

但馬守も年寄も諸士と同じく竹刀打ちだが、さすがに若君に対《むか》って勝負すべき様《よう》もないので、出逢《であ》えば乗り抜け、いそいで駈《か》け去る。中には併《しか》し、あえて若殿に挑みゆく剛気の士もある。石孕《いしはらみ》十左衛門がその一人である。（十左衛門のことは別に書く）

やがて半刻ばかりで、金鼓を合図にうち合いをやめ、一同、腰兵糧《ひようろう》で、但馬守も芝原に泥障《どろよけ》を敷いて腰兵糧を召すそうな。茶弁当もなく、馬の柄杓《ひしやく》で野中の水を汲《く》んで参るなりという。そして晩景に及んで機嫌よく帰り給うと。

「人には少、壮、老の三節あり。少は血気熾《さか》んなれば宜《よろ》しく武術を嗜《たしな》み、身を衛《まも》るを勤めとすべし。壮は血気すでに定まる身なれば宜しく兵法を学び、万人に敵するをつとめとせよ。老に及ばば文を学ぶがよし」

常々そう訓告する但馬守であってみれば、右の野陣同様、武芸試合もつまりは家中の士気を鼓舞するためで、けっして他藩の士が言うような武に傲《おご》る心からではあるまいぞと、新兵衛は明石を出るとき師に諭《さと》された。

二

御前試合の前日になった。

「今日は見物にはおいでなされませんのか」

午《ひる》まえに、出かける気配のないのを家人に聞いて、あるじ甚五郎が娘に茶菓を運ばせ機嫌伺いに来た。「よいお天気でござりまするのになあ」

「さよう」

大小は捨てるつもりでも、物腰に士《さむらい》の固苦《かたぐる》しさは抜けない。とりわけこの家の娘トクが同席すると、新兵衛の応対はぎごちなくなる。花村新兵衛いまだ独身である。

「惜しいもので……明石の大前様ほどの御方がご推奨なさるお腕前なら、明日出場なされば随分と……」

「いやいや。われらなど、ご家中の歴々には到底……いや、か、かたじけのう存ずる」

娘のトクが、父の背《うしろ》からいざり出てしずかに、茶碗《ちゃわん》を差し出すのへ慌てて新兵衛、肩肘《かたひじ》張って挨拶《あいさつ》した。色が抜けるほど白く、黒眸《くろめ》の大きな撫《な》で肩の淑《しと》やかな娘である。十七になるという。お盆を膝前《ひざまえ》へ引くと、父の背後で結《ゆ》いたての髪を黙って下げ、会釈《えしやく》をして娘は去っていった。

「惜しいもので……」

また甚五郎が言った。真実そう思うらしい証拠には、已《や》んぬるかなとばかり首をふっている。

新兵衛は、

「頂戴《ちようだい》いたす」

几帳面《きちようめん》にことわって茶碗を手にした。庭に目をやれば中庭をへだてた向う屋根に吹流しと鯉幟《こいのぼり》が翻《ひるがえ》り、大きな影を土蔵の白壁に揺らしている。

今年は空梅雨《からつゆ》で、とんと雨を見ず空はまるで夏の青さである。

「大前様といえば、そうそう」甚五郎は柔和な目になると、

「あなた様もお聞き及びでござりましょうが、さき程、森様が鐔《つば》を購《もと》めにお出でなされましてな」

「？……」

「信家の鐔で。いこう信家がお気に入りで……その砌《みぎり》、明石よりの客人は変り

ないかと、おたずねでござりましたわ。ご面識がおありとか」

「いや、わしは存じ上げてはおらん」

森様とは、あの天狗《ぐひんさん》の森小平太のことであろう。たしかに一刀流古藤田門下の俊英として、且つは大垣の名物男ではあり、名は聞いているが新兵衛、面識はない。

「明日の参観に古藤田どのがお力添えを願うよう、明石よりの書状を持参はいたしたが、森小平太どのには未だ対面はして居り申さん」

「オヤさようでございますか」

意外そうに眉根《まゆね》を寄せ、「妙じゃな」ふと独語したがこの時、手代が顧客の用事を告げに来たので、

「ではごゆるりと――」

もとの笑顔になって会釈すると、若白髪の鬢《びん》を陽差《ひざし》に映えさせながら足早に、出ていった。

手に、茶碗をもち、猶《なお》もぼんやり新兵衛は屋外を見遣《みや》る。今後の身のふり方を懐《おも》うと心底、やはり穏かならぬものがある。ましてや、余人の知らぬ工夫を凝《こ》らさねばならぬ。武士を捨てる覚悟でのうては、それはかなわぬものであろうか？

当家のあるじにさえ、明石藩を浪人の身であることを明かせなんだ。甚五郎はだから、あくまで脇坂《わきさか》淡路守の家中として遇してくれる。その厚意に甘えたいのは、未練がある証拠ではあるまいか。

（わしはかような愉悦《ゆえつ》に安閑としてよいのか？……）

廊下に、衣摺《きぬず》れのひめやかな音を曳《ひ》いて、トクが捥《も》ぎ立ての俵茱萸《たわらぐみ》と、李《すもも》を盆に盛って縁側に姿を見せた。

他出せぬならと、無聊《ぶりょう》をなぐさめるよう甚五郎が吩《い》いつけたに違いない。

町家の娘ながら、武士相手の稼業ゆえ作法ひと通りは身につけ、至ってトクの所作は物静かである。一たん、敷居ぎわにひざまずいてから、静かに膝行《しっこう》して座敷に入り、

「お口に合いますかどうか……」裏庭のを穫《と》って来たものだと言った。

「かたじけない」

新兵衛は容を改め、頤《あご》を引き気味に睨《にら》んで、

「至って好物です」

酸《す》っぱそうだが、真実美味であろうとおもう。

トクは直《す》ぐ座を起《た》とうとした。

「あ、卒爾《そつじ》なことを尋ね申すが」

ひとつ、空唾《からつば》をのんでから、

「森小平太どのはよう当家へお越しなされるか」

「ハイ。……以前、父とおもやけであったじゃげにござりますゆえ」

「おもやけ？」

「お仲間でございます」

方言を糺《ただ》されてポッとトクは赧《あか》くなり、
それでも、落着いて言いなおす。

「さようか。――なるほど」

よく実はわからないが、新兵衛ふかくは追求し得ない。

「明日の試合に、そもじもやはり森どのが勝たれると？」

「ハイ。……」

トクは、俯目《ふしめ》に、微《かす》かにコックリをする。

「拙者――」

また言った。目は眩《まぶ》しそうに庭に注いでいる。

「昨今われらは、鐔より鞘に興をおぼえ申す。森どの、いや、当藩のお歴々は刀拵《かたなごしら》えにどのような鞘を好まれておろうかな？」

いかに刀剣商の娘でも、これは問う方が無理であったろう。

トクは、怪訝《けげん》そうに目をあげ、瞬《まばた》きながら頭《かぶり》をふる。透きとおるほど白い頤《おとがい》に黒子《ほくろ》が一つ。あわてて再庭《また》へ視線をそらし、新兵衛はいらざることを問うたと詫《わ》びた。

トクは一礼して、静かに敷居ぎわを出て行きかけたがふっと、庭の灌木《かんぼく》の下にうずくまる仔犬《こいぬ》を目にとめ、

「まあ狐臭《きつね》い……早う行きやぁせ」

優しい声で叱《しか》った。

狐臭いとは「淋《さび》しそうな」という意味だそうである。敷居ぎわに坐《すわ》りなおって、そんな方言の説明を聞かされたお蔭《かげ》で、その間望外の一時《とき》を新兵衛はトクとすごすことが出来た。

三

森小平太は三ノ丸御土戸番である。御土戸は藩主御妾の部屋である。戸田家の

藩祖一西が、膳所《ぜぜ》の城主だった慶長八年、居城の櫓《やぐら》に登り、転落して頓死《とんし》した時に、近侍の森弥兵衛というのが突き押したのではないかと怪《あやし》まれた。弥兵衛は即日、自刃した。もと弥兵衛は武田の家臣だったからである。

併し一西の跡を継いだ采女正氏鉄《うじかね》は、弥兵衛は冤《えん》を雪《そそ》ぎたるなりと、かまわずにその遺児を登用した。氏鉄は仍《すなわ》ち但馬守の祖父常閑である。その頃《ころ》の大垣は、木曾《きそ》、揖斐《いび》、長良の美濃三川がよく洪水して、市街で人家の天井まで浸水することが多かった。常閑はこの惨状を見てあらん限りの救恤《きゅうじゅつ》をほどこし、川の流れを変え、堤防を修築するかたわら、耕法を改善して収穫の増加をはかったので、遂には、年々、実収二十五万俵を穫るようになった。今日まで世に美濃米と賞美されるのはこんな常閑の功績というが、そんな彼が幼い孫を寵愛《ちょうあい》して、御湯へも自身で入れてやり、戦場の手疵《てきず》を小さな手になずらせながら、

「そちも大きゅうなったら祖父のような侍大将になるのじゃぞ」といつくしんだのが幼い日の但馬守であった。

たしかに、常閑は武将としても勇名をはせ、後藤又兵衛が流浪中に、常閑のもとに身を寄せたことがあるほどで、その又兵衛が或《あ》る日、

「当家にて胆《きも》の太きは小忰《こせがれ》ながら勘介ひとりよ」

と言った。すなわち森弥兵衛の悴である。天狗の小平太はこの勘介の末孫にあたる。

大垣では禄米《ろくまい》を給するのに、あらかじめ禄高に応じた米手形を配付し、これと引換えに蔵奉行が現米を給するが、手形には期限があって、後《おく》れると米を渡さない。

或る年、天狗小平太は手形を失念して期日に至っても提出しなかったら、蔵役人が日暮に小平太の宅に来て、「手形を出されよ」と促した。小平太は、

「奉行どのはまだ出座なされておるのか」

「いや、奉行は既に退去なされしが某《それがし》まかり在れば米を出すべし」

聞いて小平太は、

「親切かたじけなし、されど御諚《ごじよう》もあることゆえ手形は出すまじ」

何としても肯《がえん》じない。その廉潔《れんけつ》と頑固さに、役吏はあきれて、翌日これを蔵奉行に告げた。

「食禄を頂戴せぬと？」

蔵奉行はももかいい（化物）と言われた石孕十左衛門である。彼はがんち（隻眼）で、頑固なことでは人後におちなんだ。

「よいわ。折角の禄を頂戴せんとは殿の御恩にそむくも同然じゃ。森ほどの丈夫を不忠者にはできん。まかせておけ」

そう言って、みずから仕置家老のゆるしを得、禄米三十五俵を車で森宅の塀ぎわに運ばせ、大音にこう挨拶した。

「いやさ森小平太、お慈悲米じゃ、粗相なきようお受けをせい」

そう言いながら剛力を揮《ふる》って三間柄の槍《やり》の穂先で、高塀越しに米三十五俵を投げ入れた。

「心得たり」

と、小平太が米俵を空中でヒョイヒョイ、弾《はじ》くように手槍で捌《さば》いたら忽《たちま》ち、納戸わきに、堆《うずたか》く積みあげられていたという。天狗と化物の腕競《うでくら》べである。

元来、石孕十左衛門と森小平太は『子供仲間』であった。

藩では家士の屋敷に、貴賤《きせん》上下の区別があって、同禄の人は同所に住む。その子弟が集会して『子供仲間』というのをつくる。一種の少年団である。子弟は強制的に『仲間入り』をし、『仲間外れ』（除名）となる者は家督相続もむつかしかった。

仲間入りには、九歳になると遊んでもらいいと称《とな》えて仮りに加入し、十歳から真の仲間となるが（十五、六歳になれば元服するから、子供仲間を退き、『大人仲間』に入る）仲間の古参・上席は親玉と呼ばれる。

仲間はどんなことをするかといえば、おもに殿様まね（殿様、初のお目見《めみえ》の儀の予行演習）、遠足、水泳、我慢くらべなど、他愛《たわい》のない、よく子供のすることである。だが、もし仲間に礼を欠き、不徳の行ないをするか武術修業をなまければ制裁が加えられる。子供ながらこの制裁は峻烈《しゅんれつ》で、親玉が子弟の父兄・後見人を呼びつけ、

「誰某は金使い荒し。不心得なり」

「誰某は女のしりについて歩いたり」

などと叱責する。また畳しきといって、不心得者を畳の下に敷き、五六人が上に乗って圧する私刑《リンチ》もある。

面白いことに、もし学問ばかりを勉強する者があると、

「孔子」

「聖人！」

と呼び捨てて軽蔑《けいべつ》された。大垣藩士の子弟で、だから勉学する者はすこぶる秘密にしたという。

大垣城下に遊女屋は一軒もない。惣《そう》ジテ遊女・かげまノ類一切置クベカラズ、一夜ノ宿モ致ス間敷と掟《おきて》に定められている。武士階級ばかりでなく、これは町民においても同様の禁だから、藩風の質朴なのは蓋《けだ》し当然である。往来で婦女子と行き逢っても、顔を真赤《まっか》いにはするが、傲然《ごうぜん》、肩をそびやかせてすれ違う。

——あとで、

「何某の娘は大通《だいつう》(別嬪《べっぴん》)じゃのう」

私《ひそか》におもう、その程度である。

士の女房娘らも亦《また》、琴三味線を弾くことなく、内証をつめて人馬を持ち、家も表向きは美麗に畳替えなどするが、勝手向きは猫太莚《むしろ》を敷く様な風俗だった。

さて天狗小平太はお仲間の頃に、鉄火箸《ひばし》を苦もなく縄撚《なわよ》りにして朋輩《ほうばい》を仰天させた。二十を過ぎたころ、家中に膂力《りょりょく》すぐれた馬の口取りがいて、乱暴を働く。藩公は小平太を召して一刀を授け、「これにて馬丁を斬《き》れ。ただし、人目に立たぬように致せよ」

小平太は仰せをうけたまわって、馬丁を伴い郊外に出た。竜神と名づける但馬守自慢の荒馬を馬丁は牽《ひ》いていたが、小平太は折を見て馬丁に話しかけながら、ヒラリと鬣《たてがみ》の上を躍《おど》り越え口取りの側《そば》に立つと、馬丁の首は既に飛んでいたという。

一方、石孕十左衛門はお子供仲間の頃、畳敷きの私刑をうけて、「何だらことをしくさる。おのれ……おぼえておれよ。おぼえておれよ」反抗しつづけ、降参とは言わなかったので除名をまぬがれた。（畳の上へ乗った一人に少年小平太がいた）

十左衛門は詰目付のころに、夜中、堤町辺を見廻っていて、或屋敷の内に柿《かき》の熟しているのを捕《と》って喰《く》ったことがある。これがお上《かみ》に聞こえて、侍たる者が盗みを致すは不埒《ふらち》なりと、御前（庭さき）に召出された。

「そちはがんちであるに夜目がきくか」

若殿但馬守が言った。

「何と仰せられます」

「さればさ、もし渋柿であったら何といたす」

「お情無きお詞《ことば》かな」十左衛門は隻眼を白眼に剝《む》いて、言った。

「渋柿とても熟さば甘露にござり申す」

「じゃから申しておる。熟していたがどうして見えたの」

「お情無きお詞かな。それがし詰目付仰せ出されし身なれば何町何某宅が塀の毀《こわ》れよう、樹《き》の繁《しげ》りよう存知つかまつらずして、何条《なん》、夜廻り役かない申すべき。柿はおろか、竹藪《たけやぶ》の手槍に代うべき本数とてそらんじ居り申す」

言ってから、とても弁じ候とて御ゆるしはかなうまじ、先刻、御手討ちは覚悟なり。さりながら、がんちがんちと我らをおからかい召さること、末代《まつだい》お恨みに存じまするぞ、と言った。

但馬守はじっと庭前《にわさき》のそんな十左衛門を見おろして、

「十左、きついの」

言い捨てると、それきり、黙って奥に消えた。

——あとで、

「あやつ、わしを慍《おこ》らせおった」

苦笑したという。

四

試合の当日になった。

梅雨抜きで、一挙に夏が来たような晴日で、早朝から、町家の者も手弁当を用意して、京口御門より、遠くは赤坂道あたりからも続々お城へつめかける。

見物の中には婦女子も混っている。

試合の行なわれる松の丸は坪数およそ四千五百坪。馬場のほかに、鷹《たか》の飼育所や、松林、土橋の懸かった御泉水などがあり、見物衆のために、馬場の片側に荒莚が敷きのべられてある。若殿は新築成った柏ノ御茶屋に出座なさる。

柏ノ御茶屋には、何でも欄間に左甚五郎の彫刻があるそうなのだが、見物席からは若殿のお貌《かお》さえ遠くて定かには見えない。

それでも、町民ながらあの野陣には家族をあげて勢子《せこ》に加わり、腰兵糧を共に頂戴し、同じ柄杓で水を汲みかわす間柄ゆえ、常のお大名と領民とは異ったおのずからな親しみがある。

但馬守の出座のあったとき、一斉に、皆は土下座をして側用人の口上をもれうけたまわったが、中には頭《こうべ》を擡《もた》げ、頼もしげに遥《はる》かな若殿を仰ぎ見る老人もいた。

「始めよ」

の御声で、ほどなく試合は開始された。

審判は剣術御師範役古藤田弥兵衛と槍術師範の月岡主馬。ほかに両三人の副審が附く。立合いの士は、御茶屋の片脇に張り繞《めぐ》らされた定紋附きの幔幕《まんまく》の袖から、並《なら》んで姿を現わし、御前に一礼ののち対合《むきあ》って武器を交える。

「思うたよりも浪人衆の出場は、多い由にござりまするな」

清貞甚五郎が新兵衛の耳もとに囁いた。森小平太と子供仲間であったのだから甚五郎も元は士分の悴である。ただ三男だったので、刀剣商に入婿した。けっして除名のためではなかったと言っている。石孕十左衛門とも無論、旧知の間柄で、

「さようでございますなあ、十左衛門様は鐔《つば》は三蓋松《さんがいまつ》の模様を金象眼に、下緒《さげお》は紫で、霞《かすみ》塗りの鞘の大小を常用されておったように覚えます」

それとなく新兵衛が小平太らの刀の拵えを問うたら、スラスラと答えた。そんなだから、町人衆の席ではあっても座は試合経過の見よい最前列である。

勝負は、軽輩の者同士から開始された。なるほど次々名乗りをあげる姓名には、見物の耳に馴染《なじ》まぬ名が多い。軽輩ほど、或る意味で町方衆とは野陣で昵懇《じっこん》なわけだから、耳に馴染まぬのは他国の郷士や浪人である。

ご城下の面々は眼が肥《こ》えている。

「あの腰構えでは、ありゃ、西方の敗けじゃな」

「なんだら事を言っちょくりやーす。（何ということを言ってくれる）あの仁は

おらが女房《つれあい》の伯父《おっさ》じゃ。負けられるもんか」

口々に、試合の者が登場する度《たび》、私語し、予想を言い合い、声援を送って賑々《にぎにぎ》しい。意外にあざやかな一本がきまったりすると、どっと手を拍《う》って称揚する。

ところで次第に試合がすすみ、少憩ののち家中同士の立合いになった時だった。

「そろそろ御用意なさいませんと――」

甚五郎が隣りの新兵衛を促した。

「そうじゃな。其許も来られるか」

「おそばで拝見いたします」

試合に出る者は、たんぽ槍もしくは木刀を使うので、刀は出場の前に控え所で係り役人へあずける。勝負がおわれば再び腰に差す。

ほぼ二組に分かれて立合いはすすんでいるので、都合四人の差料が一時、控え所の牀几《しょうぎ》に並べられるわけである。花村新兵衛はその差料の拵《こしら》え――おもに鞘や外観を視《み》て、人物を見届けようというわけだ。彼がこの日参観した意図はじつに茲《ここ》にあった。

面白いことが起った。

控え所は幔幕の蔭で、柏ノ茶屋の但馬守の座所からは見えない。むろん勝負の推移も幕に遮《さえぎ》られて見得ない。だからこそ他藩の新兵衛が係り役人のそばに来て、出場者の差料を瞥見《べっけん》するのを許されたのだが（師範古藤田の口添えで）新兵衛は、出場者の差料――その鞘具合を熟視しただけで、

「西方《かた》より東が勝った」

「西方が負け申そう」

と密《ひそか》に甚五郎にささやいた。甚五郎が目立たぬよう幔幕の袖に潜んで勝負を見たら、これが悉《ことごと》く的中する。御詰組・高岡三郎兵衛と川合瀬左衛門の立合いの了《おわ》った時には、甚五郎も呆《あ》っ気《け》にとられ、

「ご自分さまは易《えき》もなされますか」

穴のあくほど新兵衛の紅潮した顔《かんばせ》をみあげた。家中の誰もが、高岡と川合では力倆《りきりょう》がちがいすぎ、川合が勝つとは思いも寄らなかったのである。

かえって新兵衛は狼狽《ろうばい》して、

「い、いや……偶然でござろう」

あいまいにわらう顔が、いよいよ昂奮《こうふん》に火照《ほて》って奇妙に美丈夫に見えた。

大方の予想通り、最後は森小平太の圧勝でこの日の試合は了った。目ぼしい剣術者の登場はやはり見られ無かったが、大方が予想し、その通りの結果であれば

人は満足である。領民が満足すれば、この日の催しの目的は達せられた。

「一同、大儀であった」

誰よりも満足げに但馬守は言って、座を起《た》ちしなにチラと勘定奉行を見遣った。じつは近々、二条城修補のため失費の補塡《ほてん》をはからねばならない。内証は他の大名同様、大垣藩でも苦しいのである。名君と慕えば領民は窮乏に耐えても税をおさめる。この辺の人心の掌握ぶり、まことに但馬守氏包は次代の英主と称されるにふさわしい。先《ま》ず喜びを与え、得心させてのち税を追徴せよ。――民を治めるこれは要諦《ようてい》かも知れない――

武芸試合があって五日後、

『先般来、御公儀様より二条城御普請御用仰せ付けられ候につき』

不時の山年貢として、西北山村々よりは真綿八貫目（代米なし）、百姓よりは欠口米《かんくち》（正租一石に対し五升）、町方には牛馬冥加金《みようがきん》、船税、炭竈《すみかまど》、屋根瓦《やねがわら》の枚数に応じた特別運上金などの徴収される触《ふれ》が出された。

百姓町民ばかりではない。片手落ちのないよう、藩士にも、負担が課せられた。

但し、若殿は聡明《そうめい》である。

過日の試合に勝った者に、褒美をとらせる代りに、

「換宅《かん》をさし許すぞ。希望があれば申せ」

と沙汰《さた》した。家士の屋敷は藩公より拝領するもので、家老・番頭など重役の屋敷のほかは、前に述べたように身分のひとしい者が同所に住む。その家屋は自己に普請するので金のある者は破れ家を修繕している。それへ移りたければ、かわらせてつかわすぞと言うのである。

負けた方へは、何らかの仕置を示さねばならぬ。これ又、武辺に精励させる手段《てだて》である。つまり破れ家に換宅を命じ、自己負担で修繕せしめて藩の益になさんという深慮であった。

勝った方も負けた方も、これなら不満はいだかない。

――そんな触《ふれ》が出た同じ頃に突如として新兵衛が若殿但馬守に召された。

五

新兵衛が、鞘の拵えで士の優劣を判じ分けたと聞いて、但馬守の示した興味は異様である。試合当日、誰が勝った時よりもこの若君の面には好奇心と、不思議な期待の色が溢《あふ》れていた。

「苦しゅうない、おもてをあげよ。よくぞ当地に滞《とど》まっておってくれたぞ」

城内三の丸小書院に、親しく新兵衛を引見して但馬は言った。近侍にも喜怒の色を見せぬこの人にしては、珍しく、その眼は輝いている。

新兵衛は、突然のお召しとて何事かと、まだ夢心地でいる。御前の左右に控える重臣とは少し離れて、末席に古藤田弥兵衛が附添ってくれてはいたが、藩主にあらずとはいえ美濃大垣十万石の若殿、それが、一介の名もなき新兵衛をお直《じき》に召されたのである。

「そちは鞘の具合にて伎倆《ぎりよう》を判じ得たそうな。怪体《けたい》じゃの。鞘のどこに目をつけた。遠慮なく申してみよ」

「勿体《もったい》のう存じまする。それがし、少々、居合を修業つかまつってござりまする。居合は、抜く迄《まで》の鞘のうちが勝負、されば」

「鞘を見れば抜かずとも分るか」

「いえ。……」

新兵衛は一瞬、躊躇《ちゆうちよ》してから、

「迚《とて》ものことにご当家がかような武術奨励のお国ぶりでは、御理解は参られぬかと推察つかまつりまするが、拙者、刀を抜いて、人を斬る時代はもはや終ったと鞘に存念いたし……」

「何？」

「は、つまり、刀はもはや抜くべきものに非《あら》ず、さりとて飾りにもあらず。鞘に斂《おさ》まりたる儘、自ら武士の魂を具現いたす時代が到来いたしたかと……愚かなる軽輩が見込みには相違ございませぬが」

「いや、愚かではないぞ」

遮るように但馬守は言った。肝胆あい照らす……誇張で言えばそんな会心の笑《えみ》が、不惑をこえて若君と猶《なお》呼ばれる人の口もとに泛《うか》んでいた。

「そちは、当家は武辺奨励の国ぶりと申した。いかさま、他にことなって武技は旺《さか》んであろう……が、この但馬、時勢にそむいてまで無骨者を養うつもりはない。――まあそれはよい、今の話じゃ、鞘の、どこで見分けるかを申してみよ」

「姿にござりまする」

フォームという言葉を今なら新兵衛はつかったかも知れぬ。こう言った。

「過ぐる宝永正保の比《ころ》までは、銘は、刀の拵えに趣向あり、老弱の差違これ有り、されば当人を見ずして拵えにて何某が差料かなと、判じ得ましたる由にござる。これ、刀が体《たい》をあらわすにて、刀そのものが人たるに異らず……さりながら、当今、いずれも様も細身に金銀などあしらい給えば、各自が器量のほど外見にては判じ難し。なれど、ひっきょう、武士の魂には相違これなく、日常手入れの行き届きたるは抜かずともおのずから、鞘の光沢《つや》などにあらわれ申す。これが一つ。更に重視つかまつるは姿にござる。加えて、鞘が有《も》ち居《お》るいのちにござる」

「鞘のいのちじゃと」

「御意《ぎょい》」新兵衛は終始、平伏して言上している。

「いのちとやらの仔細は？」

問われて、こう答えた——

人を斬らぬ時代となっても、当然、斬るべき威厳を刀はそなえていなければならぬ。威厳をうむのはそれを腰に帯びた者の器量であろうが、いかに達人とて塗りの剝《は》げた貧相な刀は、抜き合わせた上でなくばその威厳を示し得ない。相手《あいて》を慴伏《しょうふく》せしめ得ない。と言って、抜いてはならぬ世の中である。ならば威厳は刀自体の姿にそなわっておらねばならぬ。しかも『抜くこと罷《まか》りならぬ』刀であれば、刀の姿は仍ち鞘の姿である。威厳は、鞘が示す。居合で曰《い》う「勝負は鞘のうちにあり」の奥旨にもこれは適《かな》う。

ところで更に一歩をすすめて、たとえば村正の妖刀《ようとう》であれ、それを鞘に斂《おさ》めれば妖気の鎮《しず》まる、さような鞘を作れぬものであろうか。鬼気迫る人物とてもその鞘の刀を差せば、人を斬る気になれぬ、そんな霊力の秘められた鞘は造れぬものであろうか。

恥を申すようながら、自分はいささか居合の秘妙を会得し、ただ、かなしむべし居合は、抜く業前《わざまえ》の捷《はや》さを誇る。抜かねば術をあらわし得ない。為《ため》に過《あやま》って人を斬り、主家を逐《お》われる身となった。以来非を悔いて、何とぞして過去の愚かさをつぐない度《た》いと思い立ったのが、こうした鞘の作製であった。

泰平の世に懦弱《だじゃく》に流れず、武威をうしなわず、しかも人を殺《あや》めることのない一生をもたらす——そんな鞘を一振でも造ってみたい、そう発心した次第にござると、つつまずに新兵衛は明かしたのである。

「花村、と申したな」

いよいよ但馬守の面には会心の笑が溢れている。

「よい話を聞かせてくれたぞ。そちは、幾つに相成る？」

「当年、二十六にござりまする」

「そちの今申したこと、われらとて想《おも》うところは同じであった。まだ人を手討ちにも致さぬがの、武辺は奨励致せばとて人を斬れとはすすめたことはない。もう左様な時代に非ざることも熟知いたしおる。——新兵衛、どうであろう、武士を捨てる覚悟と申すなら、いっそ、当城下にとどまり鞘師として奉公せぬか」

「勿、勿体《もったい》のうござりまする……」

新兵衛は望外のお詞《ことば》に感激し、ただ、まだ自分は実際の鞘をつくる工程に何程の修業も知らぬ身であるので、と断ったら、

「よいではないか。いっそ知らず初心に打ち込むが良策かとも思うぞ。早速《さそく》に、先きと言わず、今日からでもかかってはどうじゃ」

「ハッ、さ、さりながら……」

つくれと申されても、いったい誰の差料の鞘か、その刀の在銘の有無、刃の長さなど了知せねば、鞘ばかりはつくりようがないと言った。

「なるほど、そらそうじゃな」

但馬守は失笑して、ふと思案ののち、

「では、天狗の刀にしてはどうかの？　あれなら人物も存じておろう」

言って直ぐ言い換えた。

「いや、化物《ももか》のほうがそちの悲願にはふさわしいかも知れん。……そうじゃ、石孕十左がよい。あれの鞘をつくってみよ。たしか備前康光の刀であったとおもう

……。詳細は追って聴き取らせよう。是非、つくってみよ。わしからも、あらためて頼み入れる」

「恐れ入りまする……」

ガバと平伏して新兵衛、しばし言葉もなかった。そんな新兵衛の感動する様を、意外に冷静に光る眼でじっと但馬守は見まもっていた。新兵衛はお受けをした。

かくて石孕十左のために鞘を作ることになった。

六

石孕十左衛門は当時四十二歳、知行《ちぎよう》八十石である。蔵奉行は一年更代なので秋の収穫が済めば非番になる筈《はず》であった。

新兵衛は刀剣商清貞宅にその後も逗留《とうりゆう》しつづけた。若殿お直《じき》のお声がかりとあって、もてなしは前《さき》にまして鄭重《ていちよう》である。ただ悲しむべし、娘のトクは実は既に嫁ぎ先の定まった身であることが分った。かすかな狼狽《ろうばい》と落胆を新兵衛おぼえたが、口にすべきことではない。相手が大井荘時代より系図のつたわる旧家(養蚕家《ようざんか》)と聞いて、心からの祝辞を述べた。それに今は、為《な》すべきことがある。

清貞家は、後に芭蕉《ばしよう》の投宿した記録が俳史にあり、大石内蔵助《くらのすけ》も山科閑居時代、大垣に来て城主氏定公（但馬守の子）に秘策の相談をした時に、この清貞家へ逗留している。浅野内匠頭《たくみのかみ》の生母と但馬守夫人とは姉妹だった、つまり内蔵助の亡君長矩《ながのり》と氏定公は従兄弟《いとこ》だったからである。奇《く》しくもそうした大石の滞在時代に、よく凭《もた》れて沈思した床柱が誰言うとなく、『大石の思案柱』とて後に世に知られるようになったが、そんな大石の思いあぐねた座敷で、赤穂義挙の三十年前、新兵衛は鞘の工夫を凝らしたわけであった。

庭に面した障子が蔵《しま》われ、代りに簾《すだれ》が涼風に揺らぎはじめた夏の一日、突然、前触れなしに石孕十左衛門がやって来た。下城の途次なのは裃《かみしも》姿で瞭《あきら》かである。

「花村新兵衛とは、お手前かい」

店の番頭が取次ごうと先きに立つのを押しのけるように、自身、縁側にやって来て棘《とげ》のある目を、光らせた。十左衛門は背が低い。さいづち頭で、隻眼の不自由さからであろう、顔を横向け、眇視気味に人を睨む癖がある。こめかみに玉の汗が浮んでいる。右手《めて》には扇子を引っ摑《つか》んでいる。

「いかにも花村でござる」

悪びれず新兵衛は坐り直って、

「いちど、御意を得たいと兼《か》ねて存じおり申した――」

「ふン」

十左衛門は座敷には入らず、縁《えん》がわに尚《なお》も突居《ついい》て、こわい眼付《めつき》で新兵衛をにらみつづけたが、

「なさけなや」

独り言《ごと》のように呟《つぶや》いた。「若《わか》はこの十左めをお厭《いと》いなされてか……」

それから急に、思いついた表情でジロジロ座敷内や、新兵衛の身辺を眺め渡し、

「鞘は、どこで作っておる」

「まだ仕事にかかりは致しており申さん」

「何と？」

「思案がきまり申さんので」

新兵衛の視線はおのずと十左衛門の腰へゆく。

気づいて、片目がうろたえた。まだ背後に番頭が不安顔で立っているのへ、

「よいわ、無体《むたい》はせん。それより家来へ、暫時待つよう言うてくれい」

番頭が後《あと》じさりに去って行くと、口をへの字に噤《つぐ》み十左衛門はようやく部屋に

入った。

対合《むきあ》いに坐って、観念はしてきたのか腰から刀をはずすと片手に差し出し、

「康光、在銘じゃ」

「拝見つかまつる」

「いや待て」

引っ込めた。「若殿の御諚ゆえ我らとて拒みはせん。いかにも鞘を作って貰《もら》うわ。が、その前に念のため聞いておきたい。お手前が鞘を作製の 暁《あかつき》 はこの十左、犬侍に相成るのかい」

「犬侍？」

「さようではないか。おぬしは我らに刀を使わせぬため鞘をつくるのじゃそうな。武士たるものが、抜けもせん刀を差して何に相成る。さような鞘が見事つくれるなら、この十左に犬侍になれと申すも同然であろう。よいか、若殿の仰せゆえ如《い》何《か》にも鞘は作ってもらう。なれど、暗《あん》に犬侍になれとまで若《わか》に言われて、何の生《いき》甲《が》斐《い》があろう。鞘の出来た暁には、その鞘に斂《おさ》めたこれなる康光でかならずおぬしを斬ってくれる。その上で我らも死ぬる。よいな。必ず斬るぞ。——それでも鞘をこしらえるかい？」

新兵衛の面《かお》が引緊《ひきしま》った。良《やや》あって、

「いかにも。作り申す」

と言った。

「ふン。……」

十左衛門の突出していた肱《ひじ》が、萎《な》え、恨めしそうにかおを外向《そむ》け気味にして、
ジロリと独眼で新兵衛をにらんだが、

「まあよいわ。死ぬる覚悟を致してでなら、作るがよい。――但しじゃ、今ひとつ――」

「？」

「お手前、きけば居合抜きを修得いたしたと？」

「さよう」

「我らは一刀流じゃぞ。流派が異るに、おぬしに一刀流の鞘が作れるかい」

新兵衛これにはもう答えなかった。黙って十左衛門を見返していた。年歯に似ぬ取り澄ましたというより、一途《いちず》に物を思いつめる青年のひたむきさ、若さ特有の、利害を無視しておのれの信ずる所を為さんとする熱情が、その面上に溢《あふ》れているのに十左衛門は居堪《いたたま》らなくなってか、或いは狼狽してか、不意に、小さく

何やら独り言《ごと》を吐《は》くと、差料を敲《たた》きつけるように新兵衛の方へ遣《や》り、

「とくと見い。まだ血のりは附いておらんわい」

新兵衛は無言に一礼して、静かにその鞘を払った。修練はあらそえず、この時の柄《つか》の握りよう、居合の構えになっていたという。

窺《うかが》うふうにそんな新兵衛の所作を見戍《みまも》っていて、十左衛門かすかにニヤリとし、

「錵《にえ》といい焼刃の映《うつ》りといい……見事なもので」

感嘆して鞘におさめるのを、取戻すと、

「長サ二尺三寸五分、中心《なかご》は雉子股《きじまた》、鑢《やすり》目は勝手上りじゃ、これで充分であろう」

言い捨てて忽ちに立ち去った。

甚五郎が他出先きから帰宅したのは一足ちがいである。

番頭に、十左衛門の只《ただ》ならぬ剣幕を聞かされたのか、

「いったい何があったのでござります？」

案じ顔に入って来た。

ありの儘を新兵衛は告げた。

「やむを得まい」

「たはっ」

甚五郎は面色を変え、「あの一徹の気性にござる、本気でそりゃ申したに相違ございませんぞ。きっと、あなた様を斬りますわい」

「やむを得まい」

新兵衛は失笑した。「斬られるなら身共の鞘が無能であった証拠……誰を恨みも致さん――」

七

半歳余が過ぎ、翌年春になった。

ようやく屋敷町はあわただしくなった。参覲交代で、父采女正にかわり但馬守の江戸入りする日が迫ったからである。

「まことに左様な鞘が出来ようか？」

と、当座は好奇の耳目をそばだてた若侍も、いつとはなく鞘はおろか新兵衛の名さえ口にしなくなった。これは一つには、新兵衛が秋ぐちにトクの嫁《とつ》ぎゆくのを見送ったあと、大垣を立去ったからである。

十左衛門の襲撃を怖れたからではない。鞘作りを歇《や》めたのでも無論ない。それどころか、いよいよ鞘作りに新兵衛はかかった。

鞘は、朴《ほお》の木で作られる。木質に脂《あぶら》気なく、ことに鉄の磁気の通路を隔てる妙がある為という。古来、邦国《わがくに》のように雷鳴稲妻の多い土地柄では、鉄製の大小を腰に帯びることは、雨中、雷にうたれる危険があり、それで朴の木を用いたという。その削り様は、刀身の寸にあわせて先ず荒削りして、縦《たて》に二つに割り、刀のむね、鎬《しのぎ》の形を両方へ彫り込んで、幾度も合せてみて鞘形につくる。その上で、二、三カ所に滕《ちきり》を入れ、鯉口を削り、鐺《こじり》の体裁をなしてもち糊《のり》で密着する。あとは黒呂や朱鞘に塗り上げれば一応、鞘が出来あがる。これなら新兵衛とて作れるわけである。

ただ、鞘鳴りといって、反《そり》が合わなんだり彫り込みがわるいと鞘の中で刀の鳴ることがある。『鞘詰《づま》る』とて、刃が鞘に錆《さ》びつくこともある。錆びを防ぐには鞘の内側に金箔《きんぱく》を張ることのあるのは、新兵衛とて知っていたが、知るのと箔を張る職人的技術とは、おのずから別であろう。それに鞘師と、鞘塗師とは別箇の職である。つまり塗上げるには朴を削るのと別の技術を要する。

新兵衛の念願する鞘は、単に刀身を包めば足るものではない。塗上げも余人にまかすわけには参らない。

そんなことで、京の蒔絵《まきえ》師のもとに工程の伝授を乞う必要もあったのである。

今ひとつは、鞘鳴りなど無きよう、備前康光を数日手許におく必要があった。

といって、あの十左衛門が銘刀を手放すことなど承諾するわけがない。こればかりは若殿のお力に俟《ま》たねばならない。

そうした事情からだろう、新兵衛は大垣を去る前に、両三度、但馬守に拝謁《はいえつ》している。その模様が『夜中の登城者』として記録に残っている。

大垣旧城七口の門番へ、時々、但馬守より御沙汰があり、「今夜四ツ刻《どき》前後、浪人態の者只一人登城いたすが、怪しい者に非ず、姓名を問うにも及ばず、直《じき》に通せよ」と。その刻限になると、案の如くさかいき（月代）伸びた軽輩の者一人登城し、深更に至って下城するのを例とした。しかもその男の姿はかならず刀剣商清貞の門前にて消え失せたり――と。

お声がかりとは言え、新兵衛は藩士ではない。鞘師は士分ではない。つまり公けには拝謁はおろか、登城さえかなわない。それで夜中に登ったものであろうという。両三度というのは、一度は備前康光を預り、後で返しに行ったのだろう。

この拝謁の折に、明石での同輩を斬った経緯《いきさつ》、生い立ちなどを多分新兵衛は申し上げたろうが、「お人払いコレ有り相《あい》知れず」という。ただ姑《しばら》く京師へとどまる許可を、この拝謁で得たことは間違いない。

十左衛門は、新兵衛の姿が甚五郎宅に見当らなくなってからも、その理由を頑《かたくな》に知ることさえ拒んだ。家来が新兵衛の名を口にしようものなら、

「下司《げす》、黙れ」

大喝したという。若殿にその後拝謁の機会も間々あったが、どちらも鞘のことは噯《おくび》にも出さなかったそうだ。

但馬守の入府が近づいた時、十左衛門は御供衆からは除外されていた。

八

——二年が経過した。

寛文十一年になった。この年七月、但馬守は父の譲を受けて正式に大垣十万石の城主となる。為にかえって帰国が延び、就封の暇を賜わったのは翌十二年六月で、ちょうど三年目である。

恰《あたか》も好し、このころ新兵衛は遂に悲願の鞘をつくり上げて、清貞宅で但馬守

のお召しを待っていた。

但馬守は、七月三日に大垣城に入った。今や、殿様である。領民は晴れの帰国を慶《よろこ》んで餅《もち》を搗《つ》いたそうだが、従前とちがい、藩主ともなれば公務多忙でもあったろう、暫くは何の御沙汰もなかった。

「本当に、左様な鞘がお出来になれましたのか」

いちど、甚五郎が、錦《にしき》の袋に納《い》れて床の間に置かれてあるのを横眼に、なかば怪《あやし》み、なかば完成を悦《よろこ》んでたずねたことがある。

新兵衛は答えて、こういうことを言ったという。

人に聞いた咄《はなし》ゆえ真偽のほどはわきまえかねるが、昔、或る神社の宝蔵に不思議の刀あり、此の刀は鞘もなく棟木の上に括《くく》りつけてあったそうな。何でもさる刀鍛冶が、神社に悲願をこめ、三七・二十一日間神社に籠《こも》り丹精こめて鍛えた刀であるという。それを、鞘無しに奉納したものゆえ年代を経《ふ》るにつれて錆びて鉄の色もなかった。

或る夜、賊が盗みを働きこの社殿に逃げこんだ。すると、縄腐《くさ》って棟木より落ちた刀が夜盗の肩に当る間もなく、賊の片腕は切り落とされていたそうである。

一説に賊は甕《かめ》に潜んでいて、刀は甕に落ちたが甕もろとも中の賊は真二つになったとも曰《い》う。一刀流につたわる甕割刀は仍《すなわ》ちこれなりとも。

真偽のほどは、重ねて言うが我らには分らない。しかしありそうな話である。もし宝刀に左迄《さまで》の霊験《れいげん》があるものなら、鞘とて不可能事ではあるまい、と。

――これを語るときの新兵衛は、三年前に比して随分と老け込み、身扮《みな》りも質素で、大小はもはや差さず宛《さなが》ら鞘師の風態であった。

甚五郎とて、もとは武士を捨てた身で、そんな新兵衛に一そうの親近感をおぼえたのであろう、別の或る日、茶呑《ちゃの》み咄《ばなし》に微笑を含みながら、

「ところで花村さま。ご自分の鞘はどうなされますのじゃ」

「鞘？　見られる通り今のわしは最早《もはや》――」

「いえ、その鞘ではございません、お躰《からだ》のことで……」

「？……」

「ご自分の逸物にも、そろそろ、よい鞘をあてがいなされてはどうでございます？」

何なら適当な婦人を、自分が世話しようかと言った。心当る相手もあるから、と言ったのである。

さすがに、新兵衛は赤面し、「無用々々」周章《あわ》て手をふった。この時ばかりは

以前のままの初心《うぶ》で健気な男であった。

九

城中から出格《しゅっかく》の御召があったのは蚊遣りも不用となった九月である。

但馬守は忘れてはいなかった。

「久しぶりじゃのう。よう約を違えず出精《しゅっせい》いたしてくれた。そちが京にての模様は側役より聞き及んでおったぞ。——鞘が、出来たそうじゃの、苦しゅうない、直《じき》に見せい」

場所は『夜中登城』の折とは違って、二の丸御殿の、南庭に臨む表御居間であった。人払いはない。四十畳のはるか上座に但馬守が御刀持ちの近習を随《したが》えて坐し、御前の脇に老臣二、三名が控えている。新兵衛は御入側といって、庭のきわに近い、御居間の障子の外の廊下に控えていた。殿中は通行できず庭のほうから来たのである。

「殿がああ仰せじゃ。おそばに参れ」

老臣がうながしたので、「ハッ」と応《いら》え、はじめて低腰に新兵衛はスルスルと錦の袋の鞘を小脇に進み入った。それから平伏した。新兵衛は丸腰であった。

但馬守はどちらかといえばのっぺりと色の白い、目の小さな、頤の長い顔立で、柄《がら》もそう大きくない。とても馬を股にはさんで懸垂するお人とは見えない。が、小さなその目はよく動いた。

少時、新兵衛の低頭の様子を見据《みす》えていて、

「見せんのか」

おだやかに問いかけた。その語声には笑《えみ》すら含まれていた。

新兵衛は手早く袋の紐《ひも》を解いて、

「畏《おそ》れながら」両手に捧《ささ》げ奉るのを見れば、鞘は、二本である。

「む？」但馬守は訝《いぶか》しみ、チラと老臣と目を見交《みかわ》してから、

「二本とは、どういうわけじゃの？――」

一本は常のとかわらぬ黒呂鞘、他は白木と見紛《みまご》う蠟色《ろいろ》はな塗りであった。

「仔細を申してみよ。新兵衛、まさか今一人のためのを用意したのでもあるまい？」

「二本ながら、石孕十左衛門どのが為に作りし鞘にござりまする」

「何故二本も要《い》る？」

「おそれながら――」

新兵衛はここで、はじめて、おもむろに面をあげじっと但馬守を仰いで、

「石孕どのに刀を使わせ申さぬが主旨にござりますれば」

「？……」

「おことわり申上ぐる迄もなく、この二本のうち、いずれをつかいなされようと」

「十左は二度と刀は抜けんと申すか」

黙って新兵衛はお顔を見上げていた。

「おもしろい。果して二本のいずれを取るかは十左が選択にまかせる。それでもよいな？」

「は」

「よし分った。当座、二本は予があずかり置く。追って沙汰をいたす。大儀であった」

数日後。十左衛門は但馬守に召された。

じつは新兵衛が鞘を作製して大垣に立戻っているとは、此の時まで十左衛門は知らなかった。

「な、何と仰せられます？」

寝耳に水で、愕然《がくぜん》と面をあげる。その膝前に袋に納めた鞘を側小姓が置いた。

「そちの好む方をえらんでみよ」

但馬守が言った。「三年の丹精をこめ、新兵衛はそちの為に拵《こしら》えたと申すぞ」

なかば怨《うら》めしげに、幾分は好奇の眼でしげしげ、十左衛門は手にして見入る。

黒呂には紫の下緒《さげお》、蠟色塗りのは萌黄《もえぎ》の下緒が附けてある。いかさま、艶《つや》といい塗りの仕上げといい、手応えといい、惚《ほ》れ惚れする見事な出来栄えである。

「との」

十左衛門は左右に首をうごかし、片眼で暫時見較《みくら》べて、ごくんと一つ空唾《からつば》を嚥《の》んだ。

「これをそれがし差料の鞘にいたさば、殿への御奉公を」

「何もそう大仰に考えずともよい。ただの鞘じゃ。試《ため》しに使うてみるがよい」

「ためしてよいのでござりまするか」

「！」

「との」

「――よい。どちらを選ぶな？」

言下に問われて、又、目を俯《ふ》せる。殿中なので十左衛門は裃に脇差しか差していない。二本のいずれを採《と》るにもせよ、いちど、康光を斂《おさ》めてみなければえらびようがない、と申上げた。

「道理じゃ」

但馬守は言った。「ならば帰宅して差し較べてみよ。持ち帰ってよいぞ」

＊

十左衛門は早速、袋に納めたのを自身に抱えて下城した。十左衛門には一男二女がある。季《すえ》が男で、まだお子供仲間である。

帰宅を迎えた妻女が、

「オヤ何でございます」

袋に入れた長い物を、曰《いわ》くあり気に抱えているのを訝《いぶか》しむのへ、

「そもじの関知することでない。殿よりの預り物じゃ」言いながら着替えもせず、ツト居室に入って、

「よいか、声をかけるまで誰も入れてはならん。そもじとて同様じゃ。用があれば、呼ぶ。退《さが》っておれ」

独りになると更《あらた》めて静坐し、腰の大小をはずし、おもむろに康光を抜き放って袋より取出した鞘に、夫々《それぞれ》、斂めくらべた。

十左衛門の独眼が底光ったのはこの時である。次第に憤《いきどお》りに満面紅潮していた。

「おのれ。痴呆《たわけ》が」

黒呂鞘はこころもち鞘の開口部（鯉口）を大き目に削ってあり、出し入れのしやすい、全体にゆとりのある出来であったが、蠟色のほうは鞘口至ってせまく、刀身に鞘が吸いつき気味で、無理に差し込めば今度は何と、力を入れて引っぱらねば抜けない。満足に鯉口すら切れない。何のことはない、イザという時これなら刀もろとも鞘が附いて出るであろう。たしかに抜けぬ道理であるが、こんな仕掛けで刀を使わさぬとは人を愚弄《ぐろう》するか！　そう思って十左衛門は激怒したのである。

「何が鞘師じゃ」吐き出すように喚《おめ》き、

「今に目にものみせてくれる……」

翌日登城すると、蠟色の鞘を元の錦の袋におさめて十左衛門は返上した。但馬守は念をおした。

「黒呂の方は、気に入ったのじゃな」

「御意にござりまする」

何事も御奉公ゆえ、本日より、早や、康光に差替え、使用つかまつっておりまする。そう答えてから、

「との」

昨日のお詞にては試《ため》せとのことなれば、あの鞘にて果して刀が抜けぬものかどうか、新兵衛相手に試《こころ》み申してようござりましょうや、と問うたのである。

「好きにせい」

但馬守は少時思案をして、言った。「ただし、あれで新兵衛は居合を極《きわ》めておるそうな。要慎《ようじん》をせぬと、そちが抜く前に斬られるぞ」

何条然様《さよう》なことのあるべきや、内心に自負し、十左衛門はむしろ意気揚々と、御前をさがった。

ところが、さて清貞方へ出向いてみれば、かんじんの新兵衛は今朝がた出立したという。じつは十左衛門の意のあるところを慮《おもんぱか》って、敢《あえ》て身を潜《ひそ》めたのである。但馬守が予《あらかじ》めそうさせた。新兵衛は清貞家の宮村の別宅に実はいた。めざす相手に逃げられては為《せん》様がない。十左衛門は「はかられたかい」舌打ち

して屋敷に帰《かえ》ったが、殿様との約束であってみれば、その後も、日常に新兵衛の鞘を帯びる。ところが、このことがいつとはなく家中に知れ渡っている。化け物十左は抜けぬ刀を差して居るげな、若侍は言うに及ばず、町方の者までが、路上で十左衛門に行き逢えば、おのずと視線を腰へ注ぐ。人情である。当人はそうでなくても腰のあたりを見られたように十左衛門自身が想う。これ亦、人情である。

次第に、そうした視線が十左衛門の肚《はら》には据えかねた。昂然、わざと胸を張り、反《そ》り身になって相手を無視して通過するが、一種の屈辱感——負《お》い目を感じる。不愉快千万である。

そうした不快が胸にわだかまった為か、或る日、日頃主君におもねるのを慊《あきた》らず思っていた重役の一人と路上で出会ったとき、十左衛門は悪態をついてしまった。重役は面色《かおいろ》を変えた。それを見て一そう面罵《めんば》したから堪らない。武家社会で、上司に楯《たて》を突くのは上《かみ》への反逆も同然である。

重役は早速にこれを家老に愬《うった》えた。家老から但馬守の耳に達した。

「さようか。……狂うたか」

但馬守は沈痛な溜《た》め息をもらしたそうな。

「石孕乱心」と、家老は申上げたのである。

乱心者は処断されねばならない。上意討ちが十左衛門宅へ差し向けられることになった。討手の一人に天狗小平太がえらばれた。

「そちでなくては十左は討てまいが」但馬守は小平太にこう言った。「十左の差料には、新兵衛の作った鞘がついておる。もし抜合せて参るようなら、容赦なく斬れ。抜かねば斬るなよ」

森小平太は十左衛門とは、いわば竹馬の友である。手にかけたくはない。君恩の忝《かたじけな》さに小平太は感動して、御前をさがった。今一人の討手と、その足で十左衛門の屋敷に向った。

十左衛門はすでに覚悟をきめていた。乱心者なら然《そう》あるべきことだからである。いずれ知行もお召上げになろう、併しまさかその方らに迄《まで》制裁はお加えなさるまい、そう言って、妻子を居間に呼寄せ、

「わしは殿様への忠節を枉《ま》げはせなんだ。滅私奉公で死ぬるのじゃ。じゃが犬死はせん。武士の一分は通してみせるぞ」言って、不忠者ではないゆえ、父の死を先々《さきざき》恥ずることはないぞ、と子等に諭《さと》し、即刻、屋敷から落ちのびさせた。十左衛門の妻は彦根《ひこね》藩士杉原氏の女《むすめ》で、その実家へ子等をば遣《つかわ》したのである。

一人になると、身辺を整理し、私《わたくし》の書状など家来に吩《い》いつけて庭で焼かせた

後、

「その方らまで、いらざる命を捨てることないわ。とっとと失《う》せろ」

僕婢《ぼくひ》をも屋敷より追い出した。それから居室に端坐して、一つおぼえの謡曲『竹生島《ちくぶしま》』を朗々とうたった。

六つ半すぎに森小平太が来た。颯《さつ》と唐紙を開け、

「石孕十左衛門、上意じゃ」と言った。

「ようわせた」

十左衛門は不敵の笑を湛《たた》え、

「とのはこの十左を以前よりお悪《にく》みなされておった。それは相分っておったが、御奉公専一と心掛けたゆえ、討《う》つ手段《てだて》なく、あまつさえ我が武辺を怖れ、切先を封ぜんものと鞘などあてがいなされたは笑止。その手には、だが、乗らんぞ。今こそ武技のほど見せてくれるわ、来い」

言ってパッと後《あと》しざりに、うしろへ跳んで刀架へ手をかけた。気が逸《はや》ってか片眼の所為《せい》でか刀を摑む勢いで刀架が倒れた。奇跡が起ったのはこの時であった。鷲摑《わしづか》みにした備前康光が、柄へ手をかけた途端に、鞘が割れた。弾《はじ》けるような音を発して鞘は二つに裂《さ》けていたのである。

「これは」

十左衛門は愕《おどろ》いて手をはなした。鞘がコロリと畳へ落ち、左右に割れた。抜く迄もない。康光は冷たく白刃《しらは》で光っているのである。

さすがの小平太も瞠目《どうもく》し、凝視し、十左衛門の面を見た。

それから相役を振り向き、又、鞘を見た。少時沈黙が流れた……。

「負けたわ」

肺腑《はいふ》をえぐる口調で言い、十左衛門は其の場に尻居《しりい》た。「殿の才覚に負けた。もう手向いはせん。いさぎよくこの首打ってくれい」

十

「そちは新兵衛、存外に武略家じゃな」

「何のことでございますか」

「聞いたぞ。蠟色の鞘はわざときつい目に作ってあったと申すではないか。誰だとてそれなら黒呂を選び取ろう。合せ目の糊が薄くとも、気がつきはせん。わざわざ二本出して選ばせるあたり、大した武略よ」

「さようではございませぬ」

屹乎《きっ》と坐り直って新兵衛は言った。

「あれはまこと霊験あって割れ申した――」

「まだぬかす。まあよいがの」

「いえ、よくはござりませぬ」

「よいと言うに――」

十左衛門はいさぎよく死を待った、その心情、乱心ならずと看做《みな》され、刑一等を減じられて領外追放になった。じつは初めから、十左衛門を罷免したくてわざと鞘など、それがしに作らせなされたのでござりましょうと、新兵衛が皮肉を言ったことがある。

「そう思うか」

但馬守は淋しそうに苦笑し、あえて強弁はしなかったが、こんな言葉をふと洩《も》らした。

「家中に物の用に立つ侍多勢を抱えるも、時と時世。世が世なら非のうち所なき者とても時勢にはさからえぬ……人をつかうは、むつかしいものよ」

新兵衛がこの述懐の真意をさとったのは延宝八年正月、大垣藩で家中簡略のため、藩士の大淘汰《とうた》のあった時だった。世にこれを『延宝の大暇』とよぶ。

勝手もと不如意で、公儀へ願い出て「よき時節の参り候迄」藩中諸士の人員整理をしたのである。解雇されたもの歴々の士をふくめて二百八余、知行高にして五千石以上が減縮された。但し、これらの士に暇を出すとき但馬守は言った。

「これは老朽もしくは無能の士とて暇をつかわすに非ず。却《かえ》って一技一能を有し、他藩の奉公容易にて生活に困却する虞《おそれ》なき者をえらんだのじゃ。別れるはつらいが、その方らを手放さねばならぬ予の心中も察してくれよ」

と。

この大暇のある以前から、但馬守は常に格別の倹約を自身励行し、平日表へ出る時も裾《すそ》の切れた小袖を着用していた。

「十万石の太守にわたらせ給う御身が、斯程《かほど》迄に遊ばさずとも」

と家老大高金右衛門が進言して、

「ひっきょう、吝嗇《りんしょく》の様に人は申すべし」

と、いさめたら、

「そちらが言うところ尤《もっと》もじゃが、予にも思う仔細がある。かかる難渋の時節至りては夫々に少しでも多く遣わしたく思う故よ」

と言ったので、これを洩れ聞いた家士一同、感涙雨のごとく、肘を眼にあてて君の御慈悲にむせんだ。そんなあとで、大暇を断行し、

「有能なれば惜しみて暇をつかわすのじゃ」

と言ったのである。

その実、何某、何某と指を屈するほどの人物は誰ひとり解雇はされていない。今日にいたるまで、猶更、但馬守氏西（氏包あらため）は名君の誉が高い。

花村新兵衛は二度と鞘はつくらなかった。どういう理由にもせよ、剝《は》がれ割れるような鞘をつくって、鞘師の面目はないからである。

しかし終生、彼は大垣にとどまり鞘師としての影扶持《ぶち》を頂戴した。延宝大暇の後も――。

『剣法秘伝』（徳間文庫）所収

かけあわせ

梶　よう子

著者プロフィール　かじ・ようこ◎東京都生まれ。二〇〇五年、『い草の花』で第一二回九州さが大衆文学賞大賞を受賞。二〇〇八年、『一朝の夢』で第一五回松本清張賞を受賞し、同作で単行本デビュー。二〇一六年、『ヨイ豊』で直木賞候補、同年、同作で第五回歴史時代作家クラブ賞作品賞、二〇二三年『広重ぶるう』で第四二回新田次郎文学賞受賞。著書に、「摺師安次郎人情暦」「みとや・お瑛仕入帖」シリーズ諸作の他、『空を駆ける』『我、鉄路を拓かん』『紺碧の海』などがある。

一

安次郎《やすじろう》は、大きく息を吐いて寝返りを打った。

井戸端からは女たちのとりとめのないおしゃべりが聞こえてくる。ひときわ大声で話しているのは、五郎蔵店《ごろぞうだな》で一番古株のおたきというひとり暮らしの婆さんだ。

隣町の魚屋は業突《ごうつ》く張りだとか、柳原土手に身投げした女の幽霊が出るだとか、そんな話ばかりをもう半刻《はんとき》（約一時間）あまり続けている。

神田明神《かんだみょうじん》下にある五郎蔵店は、四軒続きの棟割《むねわり》が向かいあい、都合八世帯が暮らす裏長屋だ。突き当たりは、五郎蔵店の家主《いえぬし》である蠟燭《ろうそく》問屋、山本屋の板塀があり、女たちが集《つど》う井戸はその手前にあった。

早起きも一番のおたきは、小太りの身体《からだ》に似合わないてきぱきとした動きで、まずは長屋中を掃き清め、それから厠《かわや》と、ごみ溜《だ》めの掃除をする。

よくしたもので、おたきの朝のお勤めがあらかた済むと、長屋の女房連中が起き出してくる。雀《すずめ》のさえずりならばまだ可愛《かわい》げもあるが、烏《からす》の餌《えさ》の奪い合いのようなかまびすしさに耐え切れず、寝ぼけ顔に手拭《てぬぐ》いを首から下げた亭主どもや、子どもらがわらわら湧《わ》いて出る。

亭主が働きに出て、子どもがどこへともなく遊びに出ると、井戸端でのおしゃべりが始まる。炊事に洗濯と、刻限をずらして欲しいと思うのだが、まるで申し合わせたように同じ時刻に集まって来ては、話に花を咲かせている。

安次郎は、ここが我慢のしどころとばかりに真《ま》っ直《す》ぐ伸びた眉《まゆ》をひそませ、薄っぺらな夜具《やぐ》をひっかぶった。

昨夜は安次郎が通う仕事場の親方である長五郎《ちようごろう》の家で、したたかに呑《の》んで帰宅した。

版元の紹介で、これから売り出そうとしている若い絵師が挨拶《あいさつ》がてら遊びに来ていたせいもあるが、ちょうど急ぎの仕事の片も付き、今日は休みをもらっていたのもいけなかった。少しばかり気も緩んでいたのだろう。家中が酒の匂《にお》いに満ちているようで、胸が悪かった。

安次郎の脳裏に、昨日会ったばかりの絵師の顔がぼんやりと浮かんできた。

整った顔立ちをしていたが、生っ白い、線のぼやけた墨摺りみたいな顔をした男だったと、いまだすっきりしない頭で思った。

「ちょいと安さん。もたもたしてたら、お天道さまが真上に上がっちまうよ。仕事に行かなくていいのかい。ほら安さんの好きな浅蜊《あさり》の剝《む》き身を炊いたからさぁ」

長屋で寝ている者がついに安次郎ひとりになったのだろう。とうとうしびれを切らしたおたきが安次郎の家の腰高障子の前で、甲高い声を上げ始めた。

おたきの声が破《わ》れ鐘のように響く。

「具合でも悪いのかい。もう五ツ（午前八時頃）はとっくに回っちまったよ」

それを聞いて安次郎は、しまった寝過ごしたと夜具からあわてて抜け出た。心《しん》張《ば》り棒をはずし、障子を開く。障子の右下の隅には遠慮がちに『摺り安次郎』と墨で記されている。

安次郎は摺りを生業《なりわい》として暮らしていた。

「おはようございます」

「なんだ元気じゃないか。おはようじゃないよ、安さん」

おたきが、まだ湯気の立ち上るどんぶりを手に立っていた。味噌《みそ》と生姜《しょうが》で味付けした浅蜊の香りが安次郎の鼻をくすぐる。さすがに五ツ過ぎまで眠っていたせいか、腹の虫が遠慮なく鳴った。安次郎は思わず、胃の腑《ふ》のあたりを手で押さえた。

「ほれみな。お腹《なか》は正直もんだよ」

おたきがふくよかな頬《ほお》を揺らしながら、どんぶりを差し出した。

昨日の残りの冷や飯に浅蜊をたっぷりかけて、かき込む。おたきは眼《め》を細め、安次郎のそんなようすを眺めながら、湯を沸かしてくれている。

「なんだそうかい、今日は休みだったんだね。悪かったね、起こしちまってさぁ」

安次郎は、飯を頬張ったままで首を振った。

「けどさ、休みをもらったってことは、どこかへ出掛けるつもりだったんじゃないのかい？」

飯椀《めしわん》を置き、いくぶん大きな二重の眼を伏せると安次郎は、

「……墓参りに」

ぼそりといった。おたきが、そういや今日は十日だったねと、男ひとりの暮らしには不似合いな小さな鏡台の上にひっそり置かれた位牌《いはい》に眼を向けた。

安次郎の女房お初《はつ》の命日だ。

摺師としてひとり立ちし、通いを許されて三年。ようやく暮らしの目途《めど》も立ち、親方の長五郎の媒酌で祝言《しゅうげん》をあげたのが八年前だった。お初はもともと身体が丈夫なほうではなく、夫婦で半分あきらめかけたころ、子を授かったが、代わりに女房をとられてしまった。産後の肥立《ひだ》ちが悪く、三月《みつき》寝込んで逝《い》った。もう四年前のことだ。

おたきは、鏡台の前にかしこまったが、

「やだよ、線香をきらしてるじゃないか。これじゃ、お初さんがかわいそうだ。うちのを分けてあげるよ」

お初の位牌に軽く手を合わせ、ちょっと待ってなよと、お初に語りかけるようにして、向かいの自分の家へと戻った。

安次郎は空になった飯椀に白湯《さゆ》を注ぎ、茄子《なす》の漬物で内側を拭った。漬物を食べ、白湯を飲み干すと、箱膳《はこぜん》にしまい入れる。

ふうっとひと息ついて、安次郎はお初の位牌に手を伸ばした。

お初と出逢《であ》ったのは、十八のときだった。長五郎から紙問屋へ使いに出されたとき、お初の姿を見かけた。お初は紙問屋の娘と仲が良く、たまたま遊びに来ていたのだ。

丸顔で、眼も鼻も口もちまちまとして、美人の部類ではなかったが、ほっこりした温かさを感じた。

安次郎は十二のとき、親兄妹を火事で失っている。安次郎の一家が暮らしていた周辺は一面焼け野原となり、父や母、兄、妹の行方《ゆくえ》も生死すらもわからなかった。それは、二十年以上経《た》ったいまも変わっていない。

だからお初と夫婦《めおと》となったときには、嬉《うれ》しかった。むろん長五郎や、その家族、仕事場の者たちも皆、大切な人たちではある。

けれど、お初は家族だった。

そのお初が逝ってしまったときは、神も仏もあるものかと心底、天を恨んだ。信太《しんた》と名づけた乳呑《ちの》み児《ご》を抱えた安次郎は、ただただ途方に暮れた。

安次郎は、位牌を手にしたまま鏡台の上の埃《ほこり》を払った。

夫婦になるとき、お初が唯一、望んだ品だった。お初が世話になっていた親戚の家からほど近い、小網町《こあみちょう》の小さな店で売られていた物だ。多少、値は張ったが構わなかった。お初が申し訳なさそうに、だがそれでいて輝くような笑顔を浮かべたことはいまも忘れられない。小引き出しの中には、櫛《くし》や紅が入ったままになっている。亡くなった者をいつまでもこの世に引きとめてはいけないといわれたが、これがなくなったら、お初との暮らしもなかったように思え、手放さずにいる。

出掛ける支度を整えると、おたきがようやく戻ってきた。

「遅くなってごめんよ。蠟燭探してたもんだからさ」

「すみません」

「頭なんか下げないでおくれよ。けど、山本屋さんもしわいよねぇ。自分のとこの店子《たなこ》だっていうのにさ、びた一文《いちもん》まけやしないんだから。蠟燭屋なんだから、売るほどあるくせにさ。だいたい差配も雇わず、家主の隠居が家賃を取り立てに来るなんて長屋は江戸中捜したってありゃしない」

銭勘定は、おつむが老けないようにっていうんだったらさぁ、掃除ぐらいしてほしいもんだよと、おたきは早口でまくしたてながら、火を灯《とも》し、お初に線香をあげた。

「そういや、信坊も大きくなったろうねぇ」

「ええ、ずいぶん口も達者になりましたし、手先も器用になりました」

今日は、土産《みやげ》に独楽《こま》を買っていくつもりだといった。おたきは、うんうん頷《うなず》いて、袖口《そでぐち》で目尻《めじり》を押さえた。

信太はお初の実家に預けている。押上《おしあげ》村でそこそこ裕福な百姓だったこともあり、信太をまかせて欲しいと舅《しゅうと》にいわれた。はじめのうちは、自分が育てると突っぱねたが、意地だけではどうにもならなかった。

毎月というわけにはいかないが、ふた月に一度は、命日が近づくと休みをもらい、墓参りをし、信太にも会いに行く。女房の死んだ年の数と、信太の歳の数が同じだけ増えていくのが、ひどく辛《つら》くもあった。それでも会うたびに覚えたての言葉が聞けるようになり、出来ることも増している。ひとつひとつの成長を傍《そば》で見守ることが出来ない歯がゆさはあるが、信太と過ごすのは、わずかな時間でも楽しみだった。

丸い眼と小さな口にお初の面影を宿す信太を、まるで息子のように大事に育ててくれている舅姑《きゅうこ》には感謝していた。

「そろそろ行かないとね。信坊といる時間が少なくなっちまう。留守はまかせておくれ」

安次郎はおたきに軽く頭を下げると、長屋を出た。

葉月に入った陽《ひ》はしっかりと照ってはいても、ずいぶん柔らかくなった。だが、このところとんと雨が降らないせいか、明神下通りの砂埃もひどい。

しかも今日はやけに風が強かった。針稽古《げいこ》に向かう若い娘の裾《すそ》が巻き上げられ、ちらとうす紅の蹴出《けだ》しが覗《のぞ》く。あわてて手で押さえた娘と眼が合い、睨《にら》まれたが安次郎のせいではない。

安次郎は、指で眼をこすりあげた。再び顔を上げたとき、昌平坂《しょうへいざか》学問所に通う武家の子弟たちがぞろぞろ坂を下って来るのが見えた。

まだ前髪立ちの、十二、三歳ほどの少年だ。安次郎は眼を細めた。早めに終業したのか、坂を下って来る皆の顔が、心なし浮き立っているふうにも見える。

安次郎は、十五人ほどのその集団から、ひとり遅れて坂を下って来る少年に気づいた。いくつもの風呂敷包みを抱えている。ときおり一団の中のだれかが振り向いて、早くしろとか、落とすんじゃないぞとか声をかけている。そのたびに荷をかつぎ直し、足許《あしもと》をよろけさせる。そのようすがおかしいのか、わっと笑い声が上がる。

まだ元服したての年長の者らも、苦笑を洩《も》らしながら、少年の傍《かたわ》らを足早に通り過ぎるだけで、だれも手を貸すことはなかった。

安次郎は相貌《そうぼう》をかすかに緩めて、足を速めた。

　昌平橋の手前を左手に折れると、視界が大きく開ける。筋違御門《すじかいごもん》から東の和泉《いずみ》橋までが火除地《ひよけち》となっていて、床店《とこみせ》や担ぎ屋台などがずらりと並ぶ。安次郎が玩具《おもちゃ》を扱っている床店で独楽を選んでいると、数人の少年たちがあちらこちらの店の前で立ち止まり、騒ぎながら通り過ぎて行った。安次郎が見かけた一団とはべつの少年たちだ。店の親爺《おやじ》があからさまに口許を歪《ゆが》め、呟《つぶや》くようにいった。

「近頃のちいせえお武家は油断ならねえ」

　安次郎は小振りの赤い独楽を手にしながら、痩《や》せた親爺の顔をちらと窺《うかが》う。

「坂の上の学問所じゃ、悪さも教えるんですかね、兄さん」

「……さあ、どうだか」

「大勢で押しかけて来て、さぁーっと潮が引くように去るんですがね、店の品物をめちゃくちゃに並べて行くんでさ。ったく始末におえねぇ」

　親爺が、小さな侍たちを眼で追いながら、忌々《いまいま》しげにいい放つ。

「そいつは難儀なことだな」

　安次郎は、当たり障りのない返答をすると銭を払って店を離れた。

　皆の荷をひとりに持たせたり、店先を荒らしたり、タチの悪いいたずらだが、武家の子も町人の子もやることはたいして変わらねえなと、安次郎が微笑《ほほえ》んだとき、不意に坂道を登る幼いころの自分の姿が浮かんで来た。

三歳年長の兄が、坂の上から手を振っているのが見えると、嬉しくて駆け出した。

だらだらしたその長い坂道は、幼い安次郎が懸命に走ってもなかなか先へ進まなかった。

安次郎は、はっとした。脳裏に浮かんだ兄は十五のときの顔だった。記憶の中の人は歳《とし》を取らない、当たり前のことだ。

猛火の中を逃げ惑う人々に蹴倒され、気を失った安次郎を助けてくれたのは、いまも世話になっている工房の親方長五郎だった。

背と左腕にひどい火傷《やけど》を負った安次郎は昏々《こんこん》と眠り続けた。もう医者にも見離されていたという。十日ほどして、意識がはっきりとしたとき、長五郎の女房のお里《さと》は涙を流して喜び、長五郎も眼をうるませながら、

「ここに好きなだけ居ればいいやな」

といった。

それがどのような意味なのか、はじめはよくわからなかった。

家の者がだれひとり迎えに来ないことも不思議だった。

安次郎の家族は焼死とみなされていた。長五郎がようやく見つけ出した親戚は、安次郎の引取りを拒んだという。そのことを聞かされたのは、数ヵ月経ってからのことだった。

「おめぇの叔父《おじ》だって奴がな、四の五の煮え切らねぇ返答をしてやがったんで、おれが面倒を見るっていっちまった」

長五郎は、すまねえと安次郎に頭《こうべ》を垂れた。父親の摺り場を継ぎ、摺長《すりちょう》として披露目をしたばかりで、まだ二十七だった若さがいわせた一言だったのかも知れない。

長五郎の家には、年季のあけない職人や、見習いもいて常に賑《にぎ》やかだった。さらに彫師や版元、絵師や長五郎の顔見知りの戯作者《げさくしゃ》、役者なども訪れた。その中には、御家人《ごけにん》や旗本《はたもと》の部屋住みもいれば、商家の次男もいた。

長五郎は安次郎になにもいわなかった。摺り場へも自由に出入りをさせてくれたが、手伝えとは一言もいわれたことがなかった。

安次郎は、薄ぼんやりだが、ここで生きていくしかないのだと感じた。家族を失い、親戚にも見捨てられた。けれど、長五郎もお里も、職人たちも皆、温かい。なにより、ここなら飯も寝床も与えてもらえる。

いま、自分が居る場所で生きていけばいい、そう思ったのだ。

そのことを告げると、長五郎は黙って摺り台の脇に安次郎を座らせた。摺り台は、手前が高く、前方に向けて低くなるよう傾斜がつけられている。摺りには力がいる。まんべんなく強く、それでいて均等に力が込められるよう工夫されたものだ。

向島《むこうじま》の景色が彫られた版木を摺り台に載せた長五郎は、ちょんちょんと黄を置き、刷毛《はけ》で絵具を広げた。紙を版木に印された見当に合わせて載せると、馬連《ばれん》で強く色をきめ込む。そしてべつの版木を手にすると、今度は薄紅を置いた。黄に薄い紅がほどこされた一部だけが、桃に近い色になる。黄昏時《たそがれどき》の、人を惑わすような空が紙の上に現れた。

「すごい」

安次郎は思わず息を洩らし、長五郎の顔を見た。

「面白《おもしれ》えだろう。あらかじめ絵具を混ぜて作ろうったって出せる色じゃねえんだよ。かけ合わせっていってな、色の上にべつ色を重ね摺りするんだ」

おめえがこれからどんな色を出してくれるか、楽しみだぜ、と長五郎は安次郎の頭をごしごしと撫《な》で、

「ここに居ると決めたんなら、仕事をしてもらわなくちゃならねぇ。いままでみてぇなお客扱いはもうしねぇから、そのつもりでな」

にっと笑った。

だが、もしもあの火事がなかったら、安次郎はまったくべつの道を歩んでいただろう。むしろそのほうが安次郎にとっては当然の暮らしだったはずだ。そう思ったとき、不意に懐中の独楽が動いたような気がした。信太の人懐《ひとなつ》こい笑顔と、お初の顔が浮かんだ。

安次郎は首を横に振った。

すまなかったと、ふたりに向かって呟く。

もしもなど、やはりあり得ない。摺師となり、お初に出逢い、いまは信太がいる。人との別れや出逢いはすべて繋《つな》がっているのだ。安次郎はそれをたしかめるように、懐の独楽を強く握り締め、足を速めた。

神田川に設けられた船着場まであとわずかな処《ところ》まで来て、

「すまぬ」

突然、背に声をかけられた。振り向くと旅姿の武家の母娘と、小柄な中年の武家が天水桶《てんすいおけ》の陰にいた。娘のほうは顔を伏せ、地面に座り込んでいる。その傍らで、母親が心配げに娘の背をさすっていた。中年の武家は旅姿ではない。難儀していた母娘に声をかけたか、助けを求められたのだろう。

「いきなり呼び止めてすまなかった。このあたりの者なら医者を知らぬかと思うてな」

安次郎は一町（約百九メートル）先の医者を教えた。身体の弱いお初がよく世話になっていた医者だった。武家は安次郎に礼をいうと、娘の前へ背を向けて膝《ひざ》をついた。母親があわててそれには及ばないと固辞するが、武家は乗りなさいと優しい声音でいう。娘は少し恥じらいながら、軽く腰を上げた。座り込んでいたので気づかなかったが、かなり大柄な娘だ。身の丈も武家より三寸ぐらいは高そうだった。

む、う、などと唸《うな》りながら娘を背負った武家が立ち上がる。おそらく重みも相当なのだろう。母親が眉を寄せ、申し訳なさげに武家を覗き込む。

「あの……私も」

安次郎は見かねて声をかけた。

「いや、なんの……足を止めさせて……すまなかった」

娘の重みで半分ほども腰をかがめた武家は、さらに安次郎に向け、深々と頭を下げた。

「お武家さまが往来で頭など下げては」

「礼をいうのは当たり前ではないか」

低く穏やかな声でいった。

ふらりふらりと足取りがおぼつかないまま、通りを左に折れて行く武家を見送りながら安次郎は笑みを浮かべた。

ふと通りから下を見ると、船頭がいましも乗合船の舫《もや》いを解こうとしていた。

「待ってくれ」

船着場に向かって、安次郎はあわてて斜面を駆け下りた。

二

親方の長五郎が、摺り場と続きの座敷から安次郎を呼んだ。

彫師から回ってきた版木に記された色名を見ながら、絵具の調合をしていた安次郎は、とき棒を置いて立ち上がる。

仕事場は板敷きで、六坪ほどだ。摺り台は二尺三寸（約七十センチ）ほどの幅に、一尺五寸の奥行きの板だが、大きさも、置き方も各々《おのおの》で若干、違う。さらに周りに道具箱を並べるので、畳にするとひとりがおおよそ一畳強使うことになる。摺り場にはいま、八人の職人がいる。職人の数だけ摺り台を並べると、少々窮屈な感じもある。

職人のうち、ひとりは先代の頃からいた摺師だが、受け持っている仕事が終わればまたべつの仕事場に移って行く渡りの職人だ。摺師は、極端な物言いをすれば、仕事道具は馬連ひとつである。彫師は道具類も多く、いく枚もの版木をひとりで仕上げるには、時間も手間もかかるが、摺師は自分で工夫した馬連を数枚、懐に入れておけば、どの摺り場でも仕事ができた。

そのため、渡りの職人も少なくない。

安次郎と同じ通いは四人。あとは長五郎の家で飯を喰《く》っている半人前が三人。その他にまだまだ職人とはいえない使いっ走りの小僧がふたりいる。

摺師として、ひと通り錦絵《にしきえ》が摺れるようになるまでには七年ほどかかる。どこの奉公先も一緒だが、初めのうちは道具ひとつ、紙一枚ふれさせてもらえない。摺りでいえば、肝心要《かなめ》は馬連だ。馬連など逆立ちしたって握れない。

初めのうちは親方の子どものお守りだとか、拭《ふ》き掃除、掃き掃除、あるいは職人たちの使いっ走りがせいぜいだ。数ヵ月して、ようやく紙に触れられる。とはいっても、版木に合わせ、裁断をするだけだ。

そしていよいよ刷毛を握る。摺面への礬水《どうさ》（膠《にかわ》に明礬《みようばん》を溶いたもの）引きをまかせられる。礬水を紙の表面に塗ることで、絵具の滲《にじ》みを防ぎ、馬連の摺りに耐えられる強さを作る。錦絵の錦の鮮やかさを出すためには欠かせない仕事だ。

安次郎が長五郎の許にいると決めたときから、長五郎は仕事場ではすっかり親方の顔になった。よく怒鳴られもしたし、堅いげんこつもよく落とされた。こぶができると、女房のお里が冷えた手拭いを頭に載せてくれたものだった。ときどき裏庭の井戸に手拭いが掛けたままになっているのを見かける。いまでもお里は小僧たちに同じことをしてやっているのだろう。

安次郎が初めて摺らされたのは、のし袋で、黒か赤の一色だけしか扱えない。それから商家の引き札《ひふだ》（広告）や千代紙だ。それを毎日毎日、飽きるほど摺った。飽きが頂点に達したころ、ようやく、年長の摺師から声がかかり、色摺りをやらせてもらえたときは、もういっぱしになった気分だった。

それだとて、手取り足取りというわけではない。親方や他の職人を見て学ぶ。色の置きかた、刷毛の扱い。力の入れ具合。だが他人と同じにしてもできない。

自分なりの摺りを見つけていくしかなかった。辛いと感じたことがまったくなかったといえば嘘《うそ》になるが、それ以上に、いく枚もの版木に紙を載せ、次第に一枚の版画が出来上がっていくそのさまには胸が躍った。

半人前のひとりが小僧たちに礬水引きを教えていた。刷毛で薄く均等に塗るのは、見た目よりも難しい。ったく不器用だなと半人前が片方の小僧の頭をこづく。

「お前が小僧の頃より、ましだろうぜ」

安次郎が後ろをすり抜けながらいうと、

「それはひでぇよ、安次郎さん」

半人前がにきびだらけの顔を拗《す》ねたように歪めた。

安次郎は座敷に入り、長火鉢を挟んで、長五郎と向かいあった。

「昨日はありがとうございました」

「なに、どうってこたぁねえ。信太は元気だったかい？」

「はい。独楽を土産に持って行ったのですが、すぐ回せるようになりまして」

「ほう、手先が器用なら彫りでもやらせるか」

長五郎が冗談めかしていいながら、煙管《キセル》を取り出した。

「急ですまねぇが、安。有英堂《ゆうえいどう》さんからの仕事、頼まれてくれねえか」

「構いませんが、西村屋《にしむらや》さんのほうはどうします」

「それは、おれがべつの奴に回すさ。有英堂さんところから若い絵師を売り出す」

若い絵師、と安次郎は呟いた。

「おとつい、うちに来た奴だ。『艶姿江都娘八剣士《あですがたこうとむすめはっけんし》』って久しぶりに美人画を仕掛けるそうでな」

ああ、と首肯はしてみたが、名はなんといったか。あまりに呑みすぎて忘れてしまった。たしか勝川《かつかわ》、春妙《しゅんみょう》とか、なんとかいっていたような気がする。

「わかりました」

「彫りは彫竹《ほりたけ》が請けてくれたが、どうしても有英堂さんが、摺師は安でと譲らないもんだからよ。恩に切るぜ」

長五郎が拝むようにしていった。

安次郎は摺師の間で、おまんまの安と呼ばれている。数年前、有英堂から頼まれた拭きぼかしがきっかけだった。拭きぼかしは彫りのない平板な部分に、色を段階的にぼかしていく摺りだ。版木に含ませる水の具合、色の具合で色調が変わるため、緊張を強いられる。

そのうえ、一枚の版木に三種類のぼかしという、かなり無茶な注文だった。三本の刷毛をほぼ同時に刷かなくてはならない。それを、同じ調子でひと息に二百枚摺る。その仕事を安次郎は納期までに見事に仕上げた。

「こういう仕事が出来りゃ、もうおまんまの喰いっぱぐれはねぇの、安」

その長五郎のひと言が、どういうわけか広まって、ふたつ名のようになってしまった。たしかに安次郎自身も満足の行く出来であったし、錦絵も評判をとった。通常二百枚が初摺として売られるが、都合八百枚になった。

そのときは絵師よりも摺師はだれかというのが版元らや同業の者の口の端に上ったほどだ。

絵師が凡庸でも、彫師と摺師の腕があれば錦絵は売れるといわれている。だが、それは違うと安次郎は思っていた。職人はあくまで職人だ。

ただ、それ以来、有英堂が安次郎の摺師としての腕を買ってくれているのは、ありがたいと思う。安次郎にまかせれば間違いがない、その信頼は素直に嬉しい。

「明日、有英堂さんが皆と顔合わせをしてぇと、おめぇも誘ってくれている。柳橋の辰屋《たつや》で八ツ（午後二時頃）だ」

仕事が一段落つきましたらと、安次郎は頭を下げた。

「相変わらず、真面目《まじめ》だの」

長五郎は笑いながら、白い煙を吐いた。

長五郎は馬連を握らなくなって久しい。先代に劣らぬ腕を持っていたという話だが、二年前、卒中で倒れ、右手にわずかだがしびれを残した。それでも、そこらの摺師では敵《かな》わない。だが、長五郎自身が、納得できなかった。馬連を握ることが出来ても、刷毛が扱えない。人物の眼の周りをほんのりと染める目ぼかしのような繊細なものになると、しくじってはと、腕が萎縮《いしゅく》してしまうのだ。職人が職人として仕事が出来ない。その苦悩は半端でなかったと思うが、長五郎はそのことを仕事場ではおくびにも出さなかった。

長五郎は左手に持った煙管の雁首《がんくび》を軽く打ちつけ、灰を落とした。

「安、それじゃ頼んだぜ」

安次郎は長五郎の許を離れ、次は美人画かと自分の摺り台に腰を下ろした。

ここ数年、世間はお改革だのと騒がしい。老中、水野忠邦《みずのただくに》の厳しい姿勢に、絵《え》双紙《ぞうし》屋、版元も戦々恐々としている。少しでも贅沢《ぜいたく》な錦絵版画を出そうものなら、すぐに手が後ろに回る。どうも水野という殿さまは、万事において清貧、質素、倹約がお好みらしい。

摺り台に向かって安次郎は再び、とき棒を手にした。

安次郎はいま、馬喰町《ばくろちょう》の西村屋という版元から受けた芝居絵に取り掛かっていた。版木は四枚だが、裏表の両面に彫られているので、八枚あるのと同じことになる。

十二色……か。

いや、役者の足許の岩場も入れると……十三、十四色かと呟いた。

淡い色を岩場全体にきめ込んだ上に、岩のおうとつを表現するための濃い色を重ねる。

つまり、淡い色と濃い色とが重なった部分は別の色になるという摺りだ。

かけ合わせかと、安次郎が呟く。長五郎が昔、眼の前で摺ってくれたのを思い出す。長五郎の馬連は繊細でいて、力強い。あのとき見せてくれた淡い透明感のある薄桃は美しい色だった。おそらく絵師が想像していた以上だったはずだ。自分はどれだけの色を重ねてきただろうか。どれだけの色を作ってきただろうと、ときどき思う。

漣《さざなみ》の立つ海と空を描いた背景の版木の空は一文字ぼかしと指示がある。

相変わらず、虫がのたくったような字だ。

ふっと安次郎は口の端を曲げる。

絵師から指定された摺りは、彫師が版木に書き込む。彫りは文句のつけようがないほどでも、指示のための字が下手くそだったりすることはままある。

一文字ぼかしは空の上部から下に向かって、色を薄くぼかすものだ。刷毛を横一直線に引くことがなかなか難しい。刷毛がぶれると、台無しだ。

直助《なおすけ》に一文字ぼかしをやらせてみるかと、安次郎は思っていた。

だが、肝心の直助の姿がまだ見えない。向かいに座る若い職人に訊《たず》ねると、安次郎が休んだ昨日も遅れて来たのだという。このところ、そういう日が増えている。

直助は鍛冶町《かじちょう》に間口《まぐち》五間《けん》の店を構える小間物屋の息子だ。ところが、以前、安次郎が有英堂で摺った画を見て摺師になると家を飛び出し、長五郎の許に押しかけて来たのだ。

長五郎は仕事場に入って来るなり、安次郎の隣の、まだ主のいない摺り台を見やって、舌打ちをした。

「あの野郎、まだ来てやがらねぇのか。まさかまた仙吉《せんきち》親分の手伝いじゃあるめえな」

さあと職人が皆、一斉に首を傾《かし》げる。仙吉は北町奉行所の定町廻《じょうまちまわ》りから手札を受けて、明神下を取り仕切っている岡っ引きだ。直助は通いになって一年になる。住み込みでなく自分の時間が持てるようになったせいか、仕事の合間をぬって三月ほどまえから、手下のような真似《まね》をしているようだ。むろん、長五郎の気に染むはずはない。

「安、こまんまの直さまが顔を出しやがったら、おれの処へまず来いといってくれ」

嫌味たっぷりにいった。安次郎はため息を吐いた。こまんまは、安のおまんまにあやかって、直助自らいい出したものだ。

色摺りが出来るようになったとき、

「兄ぃ、おれはこれから『こまんまの直』と名乗ります」

といって、仕事場中を呆《あき》れさせた。

そのようなお調子者であるから、叱《しか》り飛ばしても柳に風だ。だからといって長五郎の怒りの矛先がときどき安次郎に向けられるのは困りものだった。

するとそのたび、直助は、

「まったく親方は安の兄ぃを大事にしませんねぇ」

などともっともらしいことをいう。おめぇのせいだと、いくど口から出かかったか知れない。

それから半刻ほどして、気まずい顔をしながら直助が仕事場へとやって来た。

「直、ちょいとこっちへ来い」

さっそく、長五郎の怒鳴り声が響き、ひっと妙な悲鳴をあげた直助は、しおれた青菜のように長五郎の前にかしこまった。

「そこそこ繁盛してる店の惣領《そうりょう》息子のおめえが転がり込んで来たとき、伊達《だて》や酔狂で職人になりてえなら、おれはやめろといったのは忘れちゃいめぇな。だいたい、職人ってのは与えられた仕事をきちっとこなして一人前だ。いまのてめえはなんだ。ちゃらんぽらんとしやがって……」

などと、長五郎の説教は四半刻（約三十分）も続き、ようやく摺り場に入って来た直助は自分の摺り台に向かうと、

「すっかり耳が痛くなっちまいましたよぉ」

両耳を手で塞《ふさ》いだり、閉じたりしている。あまり身に堪《こた》えてないようだ。

安次郎は黙って西村屋の版木を直助に手渡した。彫りもそうだが、摺りも職人ひとりが仕上げるものではない。力量や各人の得意な技法によって版木を分ける

分業制だ。基本は色の淡い物から摺り始め、濃い色へと移っていく。

版木を渡された直助が、うへぇと声を上げた。

「兄ぃ、ここの一文字のぼかしやらせてくれるんですかい？」

「色差しは見てるな」

「あったりまえですよ」

直助の眼が気味の悪いほど、きらきら輝いている。

「けど、兄ぃ。このぼかし、おれはむら（紫）より、群青のほうがしまると思うんですがね」

「調子にのるな」

安次郎は直助を軽く睨んだ。

ちぇっと直助は舌を鳴らした。

安次郎は、心のうちで笑った。色を扱う摺師であれば、全体の色合いがどうなるか容易《たやす》く予想がつけられる。

たしかに直助のいうこともわかる。正直、なにを考えてやがるという色を差してくる絵師もいる。色や摺りについて絵師から、意見を求められれば応《こた》えるし、ときには、摺師の裁量にまかされることもなくはない。だが版元や絵師の要求をその通り、完璧《かんぺき》にこなすのが職人だと安次郎は思っている。

出来て当たり前。それ以上ならまだしも、それ以下であってはならない。

それが安次郎の摺師としての矜持《きょうじ》だ。

「直、きりのいいところで、昼飯に出るか」

直助を誘うと、目尻を下げて頷いた。


九ツ（正午）の鐘を聞き、しばらくしてから表に出た。

このところ仕事に遅れて来ることを少し強くいってやろうと思っていたが、屈託のない笑顔を向ける直助に、勢いをそがれてしまった。安次郎は、ふっと息を吐き、先を歩いた。

「兄ぃ、そばを手繰《たぐ》りやしょう。しらすのてんぷらなんざよくねえですか」

「そうだな」

生温かい風が湿り気を含んでいる。そろそろひと雨あってもよさそうだ。

明神下通り沿いの小さなそば屋に落ち着いた。

腰掛に座ると、直助がいきなり頭を下げた。

自分のせいで、親方に安次郎も文句をいわれているのではないかと、眉を八の字にした。

殊勝なところもあるものだと半分、感心しつつ、安次郎は口を開いた。

「摺師になりたいといって、親方にそうやって頭下げたのが十四だったな」

はい、と直助が肩をすぼめる。

通常なら十やそこらで奉公に来ることを思えば、遅いくらいだ。だが、年下の小僧たちに混じって直助は苦もなくどころか、嬉々《きき》として励んでいた。しかもなかなか筋もよかった。

「お前が本気だと思ったからこそ、親方は面倒みてくれたんだ。仕事はなにかってことだけ胆《きも》に銘じておくんだな」

そう釘《くぎ》をさすと、へいと身を縮ませた。

しらすのてんぷらをしゅんとしながら頬張っていた直助が、ああ、だめだだめだと、いきなり息を吐き、

「いっちゃならねえといわれてたんですが、やっぱりだめだ。兄ぃには黙っていられねえ」

大袈裟《おおげさ》に煤《すす》けた天井を仰《あお》いだ。安次郎はそばを手繰った手を止め、直助の顔を見る。

直助は、箸《はし》をいったん飯台《はんだい》に置いた。膝の上に手を揃《そろ》え、なにやら神妙な顔つきで話し始めた。

「じつは、仙吉親分の代わりに、同心のぼっちゃんの送り迎えをしてるんです」

仙吉が世話になっているその同心の息子になにかあったのだろうかと、安次郎は耳を立てつつ、「なんの送り迎えだ」と、そば猪口《ちょこ》にさっとそばをひたして、すすり上げた。

直助はきまり悪そうに顔をしかめ、

「塾、です」

ぼそりといった。

安次郎はそばを吹き出しそうになった。

「冗談じゃないんですよ」

直助は身を乗り出して、声をひそめた。

「なんでも昌平黌《こう》で、近々素読吟味《そどくぎんみ》が行われるって話なんです」

安次郎は急に興が冷め、ふうんと応えた。

素読吟味は論語を素読する元服前の者が受ける試験だ。これに合格すれば、年少の者としての学問を一応、修めたと認められる。武家の少年の大方が挑戦する試験だった。

「毎年のことじゃないか。珍しくもなんともない」

いや、こたびのものはちぃっとばかり違うんで、と直助が身を乗り出した。

聞けば、今回の素読吟味は、昨年、学問所の改修を行ったこともあり、その完成に合わせて計画されていたものらしい。かなり大掛かりなもので、例年より褒賞も多く出るうえに老中、若年寄、三奉行（寺社、勘定、町）らも検分に来るという噂《うわさ》まであるという。

「ですからね、今度の素読吟味は、ええと……大人のなんとか吟味」

「学問吟味か」

「ああ、それだ。その学問吟味ぐれえ価値があるって。おれにはわかりませんが、とにかくそういう話で」

学問吟味は三年に一度で、優秀な者は家格も家禄《かろく》もかかわりなく出世が開けるのだと、応えた。兄ぃは物知りだな、と直助は眼を円くした。

「つまり同心の息子がそれに向けて猛勉強をしているということか？」

「ま、そういうことです。なんとかって偉そうな名前の儒者がやってる塾なんですが、麹町《こうじまち》にあるもんですから、ちょいと遠いんで……」

朝、八丁堀の屋敷まで迎えにいって、送り届けてから、仕事場に来るとどうしても遅れてしまうのだと、直助は顔を伏せた。長五郎の前では平気な面をしているが、存外、気にはしていたようだ。

安次郎はふっと笑った。

「とんだ人助けだな」

直助が唸《うな》る。

直助は摺師も岡っ引きも同じだといい切る。ようは人様を喜ばせて、気持ちを安くするものだからだという。まあ、そういう理屈は別にしても、さすがに直助もこれは違うと感じているらしい。

「他に代わりはいないのか」

町奉行所の同心の家なら、ひとりやふたり使用人がいてもいいはずだ。

「皆で順繰りにやってるんですよ。二日ごとの交代制です」

安次郎はようやく合点《がてん》がいった。直助が二日続けて遅れて来るのは、そういうことだったのだ。ただ、これを正直にいったところで、長五郎が許すわけではないだろう。むしろ、どっちをやめるかはっきりしろと、いつも以上の剣幕でいうに決まっている。だとしても仕事場に遅れる理由はきちんというべきだった。

「口止めされたんでさ」

「だれに？」

「同心のご妻女ですよ」

直助は心底、辛そうにため息を吐いた。

「その麹町にある塾へ通わないと、いけないのか？」

「まあ、そのようでして……」

塾を開いている儒者は合格請負人として、勉学に熱心な武家の妻女たちの間では評判なのだそうだ。これまで幾人もの合格者を出しているのもたしかで、塾を訪れると、壁一面に名前が貼《は》り出してあるらしい。それを見ると母親たちは、くらりとしてすっかり信頼してしまうのだという。

講義も厳しく、ときには竹刀《しない》も振るう。泣いて逃げ出す子どももひとりやふたりではない。なにより、昌平黌の教授のひとりと縁戚にあたっており、試験のコツやツボを心得ているというのが売りらしい。

むろん束脩《そくしゅう》（授業料）は他の塾よりも高いが、内職をし、借金をしてでも払うという家も少なくないというから驚きだ。

「こういうことは、どこから洩れるかわからない。だから絶対に話すなと」

皆がこぞってそこに行っては困るということだろう。安次郎は呆れた。

直助がはぁと息を吐きながら肩を叩《たた》いた。兄ぃに話してやっと荷が軽くなったと、再び箸を持つと、そばをすすり始めた。

「けど、母親同士の会話ってのは、すごいもんですよ。どの塾が先生がと評判が流れた途端に、ねずみの引越しみたいなことになっちまう」

なるほどな、と安次郎は相槌《あいづち》を打った。同心の息子も近所の手習いから、妻女の意向で塾を変えたのだという。

しかし、八丁堀の組屋敷から麴町の塾まで道のりがあるといっても、町奉行所の同心が私事で自分の手下を使ってやることではない。

安次郎の思いを見透かしたかのように、直助がいう。

「父親も協力しないとだめなんだそうですよ。母親ってのは、噂に流されやすいし、子どもにガミガミいうだけですからね」

子どもの成績が落ちたり上がったりで、女は気分が変わる。それを父親が宥《なだ》めたり、すかしたりする役目を担うらしい。

「ご妻女がおれにとうとうと話すんですよ。ひとつの目標に一家が結束して立ち向かうのは、親子の繫がりを深めることにもなるんだそうでしてね。どうも塾の師匠の受け売りみたいですが」

なにが繋がりだと、安次郎は呆れるのを通り越して、馬鹿馬鹿しくなってきた。

「そのうえ、子どもの間じゃ、どこの塾に通っているかで相手を見下したりするのは当たり前なんだとか」

こちらは同心の息子の受け売りだといった。

昌平黌に通う少年らにも、そういう風潮が現れているらしい。親の力の入れようが子どもにも伝わるというわけだ。

「つい昨日も、大勢がひとりの子をこづき回しているのを見ちまって、やな気分でした」

安次郎は直助の言葉を聞いて、先日昌平坂で見かけた光景を思い出した。あれは、ただの遊びではなかったのかも知れない。

安次郎はそば湯をそば猪口に注いだ。

「このことは、おれから親方に話しておいてやるよ。けどこんどはねえぜ、これきりだ」

「わかってますよぉ。これからはちゃんと親方にいいます」

直助が、兄ぃ、かたじけねぇと腕にすがって来た。

「で、その同心のご子息はどれほどなんだ」

直助の手をのけながら、安次郎は訊ねた。

「それが……」

直助はきょろきょろとあたりを見回し、再び身を乗り出した。どうも、やっとうのほうは筋がいいがと、指先で頭を二、三度突いて、

「おれの眼から見ても、こっちのほうはお得意じゃなさそうなんですよ」

軽く唇を曲げた。

三

七ツ半（午後五時頃）に摺長を出て長屋へ戻ると、おたきが夕餉《ゆうげ》の支度を調えてくれていた。

「そうだ、安さんの処に今日、お武家さんが訪ねて来たんだよ」

安次郎は飯椀を受け取りながら顔を上げた。

「田辺《たなべ》安次郎の家はここかって、なんだか威張りくさった物言いでね」

「どのような武家でした？」

「それがさ、笠《かさ》をつけてたんで顔はわからなかったんだけど、結構、がたいのいいお侍だったよ」

摺師の安次郎はいるが、田辺という人はいないというや帰ってしまったという。名乗りもしなかったとおたきは、不機嫌顔でいった。

安次郎は箸を止め、考え込んだ。

「追い返しちゃまずかったかねぇ？」

安次郎のようすを見て、おたきがおずおずといった。気まずそうに額の皺《しわ》を寄せているおたきへ、安次郎は、にこりと笑いかけた。

「きっと人違いですよ。まったく思い当たりません」

「そうだよねぇ、あははは」

おたきが身をのけぞらして笑った。

田辺なんていわれたから、安さんがじつはお武家だったのかと、心《しん》の臓がひっくり返りそうになったんだよと、安堵した顔で話し出した。

「そう考えりゃ安さんは、他の連中と比べるとちょいと品がいいし、言葉遣いもていねいだしさ。でも、十二のころから長五郎さんの処にいたんだろ。そんなことあるわけないよねぇ」

そう思った自分が気恥ずかしいとばかりに、いくども頷いた。

それからおたきはひとしきり長屋の出来事をまくしたてると、満足そうな顔をして向かいの自分の家に帰って行った。

世話好きのおたきは、お初が病に臥《ふ》せっていたときも、亡くしてからも、安次郎をなにかと気遣ってくれていた。一度、礼だといって銭を包むと、叱り飛ばされた。おたきは昔、芸者だったとか、香具師《やし》の元締めの囲い者だったとか、吉原にいたとか、噂だけはさまざまあるが、まことを知る者は長屋にはいない。おたきは人のことを聞き出すのはうまいが、自分のことはほとんど口をつぐんでいる。ひとり暮らしのお節介婆さんだよ、それだけだと笑っている。

安次郎は夜具を敷いて仰向《あおむ》けに寝転がった。

腕を枕《まくら》にしながら、一体、だれが訪ねて来たのだろうかと考えた。長五郎の摺り場にも、武家で絵師という者もときおり出入りしている。それなら、仕事場にじかに訪ねてくるはずだった。本気で会いたいと思うならば、また来るだろう。そのときに応対すればいいことだと思った。

それにしても、田辺安次郎か……そこらにありそうな名だな、と苦く笑った。

いきなり、屋根を叩く音がした。雨だ。それもかなり激しい。

　これで多少、埃っぽさもなくなるだろうと安次郎は天井を見上げているうちに眠りに落ちた。

　夜のうちから降り始めた雨は今朝になっても残っていた。昼を過ぎてようやく小降りになったが、日中から黒い雲が垂れ込め、仕事はほとんどはかどらない。直助も隣で文句をたれている。

　摺りは色を見ながら進める仕事だ。陽がなければお手上げだ。今日はべつの職人が抱えていた墨一色の草双紙などの摺りをして仕舞いにした。

　長五郎は一足先に柳橋に向かった。安次郎が摺り台のまわりの片付けを始めると、

「うらやましいなぁ、兄ぃほどになると、料理屋で顔合わせかぁ」

　直助が口を尖《とが》らせた。

「そのうちそうなるさ。こまんまの直ならな」

　安次郎がそういうと直助は真に受け、うへへと、まんざらでもない顔をした。安次郎はそんな直助を横目に見ながら、立ち上がった。

傘を手に、仕事場をあとにする。四半刻《しはんとき》ほど遅れてしまいそうだ。

生っ白い絵師と、彫師の竹次《たけじ》も呼ばれているらしい。竹次と会うのは久しぶりだったが、仕事がらみの料理屋なんぞはどうも気が重い。

安次郎は差した傘を肩にずらして空を見上げた。

まだ厚い雲はとどまったままだが、雨は熄《や》んでいる。傘が荷物になっちまうな、と軽く舌を打った。

だが、柳橋の料理屋での顔合わせだ。それなりの支度をしなければと袖を通した一張羅の藍色の羽織と銀ねずの袷《あわせ》を汚さずに済みそうで助かった。

昌平橋を渡ろうとしたとき、前髪立ちの少年たちが数人、水溜りの水を撥《は》ね飛ばしながらとんでもない勢いで通り過ぎていった。橋を渡っていた者たちは、あわてて道を譲る。少年のひとりが欄干に身を寄せ、下を覗き込む。

「森谷《もりたに》！」と鋭い声が飛んで、べつの少年に腕をとられ、走り去った。

橋の下から怒鳴り声が聞こえて来た。だれかが川に落ちたようだと、河岸《かし》の連中が騒いでいる。

安次郎は橋の上から、神田川を見下ろした。川の両側は、急な斜面になっており、昌平橋の北側は材木河岸になっている。安次郎はさらにその先へと眼を凝らした。

川べりに打たれた杭《くい》になにかが引っかかっている。人だ。岸に這《は》い上がろうとしているが流れが強く、なかなか身を持ち上げることが出来ないようだ。

安次郎は踵《きびす》を返した。坂を駆け上がり、川岸の急斜面をすべり下りる。

杭にしがみついていたのは、武家の少年だ。

「大丈夫ですかい、ぼっちゃん」

安次郎はすぐさま手を差し延べた。少年の眼にわずかながら安堵《あんど》の色が浮かぶ。それでも杭から片手を離すのが怖いらしく、安次郎の手をなかなか摑《つか》もうとはしない。昨夜の雨で増水しているうえに、流れも速い。濁った水が少年の身体をいまにも押し流そうとしていた。

安次郎の足がぬかるみに沈む。これ以上、川に近づけば身体ごと持っていかれてしまいそうだ。安次郎は傘の柄を思い切り土中に突き立てた。支えには心許なくはあったが、なにもないよりはましだ。

「手を伸ばせ」

少年に向けて怒鳴った。

うねった川面《かわも》の水が少年の顔にかかる。ほんのわずかな間に、さらに水が増している。

濁流に乗って板切れがいきおいよく流れてくる。安次郎は、思いきり手を伸ばして少年の手を取り、力いっぱい引っ張り上げた。

板切れは杭に当たると、また流れに運ばれていった。いつの間にか、昌平坂に集まっていた野次馬がどよめいた。

よほど怖かったのだろう、はあはあと喘《あえ》ぐような息を吐いている。安次郎は少年の身体を抱きとめたまま、

「すんでのところでしたね」

そういうと、少年が弾《はじ》けるようにして身を起こした。

膝を抱え、横を向く。安次郎は少年のまぶたの上が切れているのを見た。

「触るな」

少年は、安次郎が伸ばした指を乱暴に払いのけると、唇を嚙《か》み締めながら立ち上がった。

見れば袴《はかま》は破れ、膝のあたりからは血が滲んでいる。いきおい込んで立ったものの、膝を押さえて、少年は再びその場に座り込む。

「ちょいと見せてください。ああ、こいつは酷《ひで》え」

転がり落ちた拍子に、どこかに打ちつけたのか。傷口の周囲が青黒くなっている。

「一体、なんだってこんなことになったんです？」

安次郎は手拭いを半分に裂いた。

「上からすべって落ちただけだ」

安次郎は上を見上げた。斜面の途中の草が擦れて、地面が見えている。すべり落ちたにしては、不自然な場所だった。

足にきつく手拭いを巻きつけると、少年が、痛っと顔をしかめた。そしてもう片方を折りたたみ安次郎は、少年に差し出した。

素直に受け取った少年はまぶたの上に手拭いをあてた。

「歩けますかい？　お屋敷はどちらです」

安次郎が訊ねたが、少年は口許を引き結んだままだ。

安次郎は、ふっと息を抜き、あたりに散らばっている書物を拾い上げようとした。と、急に眼を剝き、また、触るなと叫んだ。

安次郎はゆっくり首を振り、

「触るなしかいえねえわけじゃありませんでしょう」

軽く口の端を曲げて、一冊の書物を手に取った。裏に返すと名が記してある。

「吉川《よしかわ》、林太郎《りんたろう》さまでございますか」

自分で書いたものか、どっしりと太い、なかなか立派な字だ。

「私は安次郎と申します」

なにも応えず、林太郎は再び膝を抱えたが、安次郎の左腕に眼を止めた。

「火傷《やけど》の跡が珍しいですか」

林太郎がぷいと横を向く。

安次郎は書物を手にしながら違和感を抱いていた。おかしなほどごわごわしている。

指をあて開こうとしたが、書物が繰れない。ところどころ丁が開けなくなっている。安次郎は眼を見開いた。

——糊《のり》で貼られている。

その場を這うようにして、安次郎はべつの一冊もあわてて手に取った。こちらのものは丁が繰れたが、ほとんどが墨で汚れていた。

「これは……どうしたことです」

書物を手に安次郎は訊ねた。

林太郎が、ちらりと安次郎を見る。

「自分でやった」

吐き捨てるようにそういって、抱えた膝に顎《あご》を載せ、前方に眼を向けた。安次郎は散らばった他の書物を手早く集め、林太郎の傍らにしゃがむ。少し眦《まなじり》の上がった気の強そうな横顔を眺めながら、安次郎はもう一度、訊ねた。

「ご自分で？　どうしてまた」

林太郎が頬を強張《こわば》らせる。

「大切なご本になんてことをなさるのです。ご両親さまに購《あがな》っていただいたものでございましょう」

神田川はさらに水かさを増して来ている。河岸の荷船も往生していた。もう林太郎が摑まっていた杭は流れの下だ。

「まずは、ここを離れましょう」

昌平坂を下ってくる者、上がって行く者、橋を渡る者らが、心配げに川面を覗く。

「勝手に帰れ」

林太郎が前方を見つめながらいった。

「ぼっちゃんもお屋敷へ戻らないのですか。濡《ぬ》れねずみのままじゃ風邪《かぜ》を召しますよ」

「お前が先に帰れ」

安次郎は立ち上がり、それではお先にと、裾を払った。着物も下駄も泥だらけだった。やれやれと安次郎は首を振る。柳橋は無理だと思った。

「行くのか」

林太郎がはっとして安次郎を見上げた。

「帰れといったのは、どなたで」

林太郎がうろたえながら、視線を逸《そ》らせた。

安次郎は羽織を脱いで、林太郎の肩に掛けると、振り返ることなく斜面をゆっくりと上がった。

明神下通りを懐《ふところ》手《で》に歩きながら、糊付けされた書物を思い出した。自分でやったなどというのは嘘に違いない。自ら落ちたはずもない。あわてて橋を越えて行った前髪の少年たちの姿が脳裏に浮かんだ。そば屋で直助が話していた素読吟味のことが頭をよぎる。

安次郎は摺長へ戻った。兄ぃどうしたんです、泥だらけじゃねえですかと、直助が眼を円くした。

「直、頼みごとがある」

安次郎がいうと、直助はなにかを察したように背筋を正した。

襟元に手をあてた安次郎は小さく呻《うめ》いて右手首を押さえた。ここ数日、馬連を握ったときや、ひょいとした加減で痛みが走った。

五日前、吉川林太郎という前髪立ちの少年を川から引き上げたとき、どこか捻《ひね》ったらしい。

「手ぇどうかしたかい、安。痛むのか」

長五郎とともに芝に店を構える有英堂へ赴いた帰りだった。顔合わせに行かなかった詫《わ》びと、打ち合わせを兼ねてだ。

「ぬかるみですっ転んだときじゃねえのか」

「いえ、大丈夫です」

「彫りがそろそろ上がりそうだって話だったからな。しかし安にしては珍しいしくじりだったたな。いま、怪我《けが》でもされちゃ大変だ」

「気をつけます」

で助かった。

「けど一張羅は台無しだったなぁ」

「はい」

それでも袷の泥じみはなんとか落としてやるよとおたきが請け合ってくれたので助かった。

仕事場に戻り、摺り台の前に座ると、

「兄ぃ。おまんまの兄ぃ」

庭先から直助が声をひそめて呼びかけてきた。

安次郎が首を回すと、長五郎の居る座敷からはちょうど死角になる厠の陰にしゃがみ込んで、必死に手招きしている。

安次郎は呆れて、立ち上がる。

今日は朝から仕事場に顔を出していなかった。直助から聞いていた例の同心の息子の送迎日と日にちがずれている。庭草履を突っかけ、猫の額ほどの庭へ下りた。

あ。安次郎が声を上げたのと、長五郎の拳《こぶし》が直助の背後から頭上に落ちたのは、同時だった。

「痛《い》ってぇー」

直助が頭を抱えて、うずくまった。

「てめぇ、野良猫じゃあるめえし、表から入って来い。殴るぞっ」

長五郎は目の玉をひん剝いて袖をまくりあげた。直助は目尻に涙を溜め、長五郎を見上げると、

「もう殴ってるじゃねえですかぁ」

口を尖らせて、文句を垂れた。直、この野郎っと再び振り上げた長五郎の腕を、安次郎が押さえる。

「親方。おれが」

「安。おめえが止めても、今日ばかりは許せねぇ」

長五郎は、ふんと鼻から息を抜くと、直助の襟首を摑んで、裏庭へと引きずっていった。

直助の悲鳴がだんだん遠く小さくなっていく。

半刻ほどして、直助がぐったりしたようすで摺り場へ戻って来た。いつもよりもみっちり絞られたふうだ。

「いやもう、絞られすぎてなにも出ませんよぉ」

直助が照れ笑いを浮かべて、皆へ向かっていう。摺り場の職人らは、吹き出し

そうになるのを必死で堪えている。

摺り台に向かって腰を下ろした直助は、しゅんとするどころか、ぴかりと眼を輝かせ、

「でね兄ぃ、例の昌平黌の小僧っ子のことですが」

声を落としていった。

「お前、もう調べてくれたのか」

安次郎も、声をひそめながらいうと、へへっと直助が得意げに鼻をうごめかせた。

「そいつはすまなかった」

「兄ぃのためだ。いいってことですよ」

直助は長五郎に殴られた頭が痛むのか、ときおり顔をしかめながら話を始めた。

吉川林太郎は、若松町に屋敷を持つ五十石の御家人のひとり息子で、父の又兵衛《またべえ》は勘定方に出仕しているという。

「ふうん、勘定方ってことは算術が得意なんだろうな」

「そうじゃねえんです。親父《おやじ》さまのお務めは勘定方の隣のお部屋に控えるお茶汲《ちゃく》み係りなんだそうで」

茶を運ぶだけで飯が喰えるってのも、いいもんでござんすねぇと直助がいった。お役にも色々な職種があるものだと感心した。公儀も家禄を出してる以上は、働いてもらわねば損だと、無理やり設けた役のような気がしてならない。

それでも無役よりはましなのかも知れない。

「でね、この林太郎ってのは、学問所じゃ相当、優秀らしいですよ」

ふうんと、安次郎は頷いた。

優秀な貧乏御家人の子どもが、出来の悪い旗本の子息たちに眼をつけられる。よくありそうな話だ。

「気の毒だな」

「そうですよ。馬鹿にされてそりゃあ悔しかったでしょうよ」

「だろうな」

川に突き落としたという証《あかし》はないが、下手をすれば林太郎は川に流されて死んでいたかも知れないのだ。嫌がらせとはいえない。悪意だ。

「素読吟味の褒賞もおれ以外に貰《もら》う者はないとぬけぬけといわれちゃ、怒りたくもなります」

直助が唇をむすっとさせて腕を組んだ。

「直、ちょっと待て。だれがいっているんだ」

へっと直助が不思議そうに眼をしばたたく。

「だれって林太郎って子ですよ。決まってるじゃねえですか」

安次郎は耳を疑った。

「ああ、だからね兄ぃ。林太郎ってのは大身旗本《たいしん》など、先祖の働きの上に二百年も胡坐《あぐら》をかいているだけのぼんくらだと、堂々といい切るような子どもなんですよ」

じつは、同心の息子が通っているという麴町の塾に林太郎も通っているのが知れ、今朝方、妻女から話が聞けたのだといった。

「さんざ、馬鹿にされたそうですよ。こんなものも読めないのか、ここへ通う前に、手習いで『いろは』から学び直したらどうだってね。それと定町廻りなら頭より剣術を磨いたほうがよくはないかともいわれたと」

安次郎は眼を細めた。

「それを息子から聞かされたご妻女が悔しがりましてね。そりゃまあ当然ですが。そのあとがすごいのなんのって、吉川林太郎の屋敷に乗り込んだそうです」

安次郎は寒気を覚えた。すべてがそうではないだろうが、母親というものはいざとなったらなにを仕出かすかわからない。

「一蹴《いっしゅう》されたそうですよ」

林太郎は正しい忠告をしたと。よい塾に通ったからといって、能力が上がるわけではない。なにか勘違いなされているのではないか。才のないことを見極めてあげるのも親の務めでありましょうと、ぽんぽんいわれた果てに……。

「ご無理はなさいますな、ほほほ――」

直助は奇妙なしなを作った。

「で、ご妻女はどうされた？」

「塾を退きましたよ」

同心の息子は嬉々として、再び剣術道場と、元の手習所へ通い始めたという話だ。おかげでおれたちも、助かりましたけどね、と直助は笑った。

だが、安次郎は腑に落ちなかった。あのときの林太郎は、虚勢こそ張ってはいたが、そこらにいる少年と同じに思えた。

「直、安。口を動かしてねぇで、手を動かせ」

長五郎の怒鳴り声が飛んだ。安次郎は、あわてて刷毛を取り、眼の前の紙に水を含ませ、直助も摺り台に版木を載せた。

「けど、なんだって兄ぃはそんな侍《さむれ》ぇの小憎たらしい子のことが気になるんです？」

「似てたんだ」

「信坊に？　まさか」

咄嗟《とっさ》に口を突いて出た嘘だ。だが、まるきりでまかせというわけでもなかった。川べりで一瞬見せた林太郎の眼は、信太が別れ際に見せる眼と似ていると思ったのはたしかだ。寂しげで、哀《かな》しげだが、それを必死に隠そうとする眼だ。

そういえば、林太郎に羽織を掛けてしまった。あれは通いになったときに長五郎が誂《あつら》えてくれたものだった。

返してくれと吉川家へ行くのも気が引けた。

そんなことを考えながら、総菜屋に寄り、揚げた小魚と切干大根の煮物を買い、長屋へと戻った。

路地を曲がると、長屋の木戸の前を行ったり来たりしている少年の姿が見えた。林太郎だ。安次郎が近づくと、一瞬、林太郎は頬を緩めたがすぐに眼をそらせた。

「あのときは……世話になった」

「お怪我はもう」

手にしていた荷を黙って安次郎に差し出す。林太郎は背を向け、歩き出そうとした。

「なぜここがおわかりに」

「わけもない。名を名乗った、火傷の跡がある。それにひとり者なら、総菜屋や飯屋に立ち寄ることも多い。一軒、明神近くの飯屋で摺師の安次郎だろうと教えてくれた」

振り向きもせずに林太郎は淡々と話した。たいしたものだと、安次郎は呆気《あっけ》に取られた。直助が小憎たらしいといったのがわかるような気がする。しかし林太郎は数日かけて安次郎を探してくれたのだ。

「わざわざ、届けに来てくれたのですか」

「湯島へ来るついでだ」

「これから学問所へ？」

その問いをさもくだらないというふうに、林太郎が肩をすくめる。

「学問所の教授が開いている塾だ」

麴町と湯島と掛け持ちか。

「素読吟味に備えてですか」

林太郎が、いきなり振り向いた。

「馬鹿をいうな。私はすでに学問吟味に向け励んでいるんだ」

素読吟味など読むだけだ。すべて諳《そら》んじることが出来ればいい。あのような容易いものになにを必死になるのか、わからないと林太郎はいい放った。

「大変でございますね」

「大変？　我が家は貧乏御家人だ。父は閑職に甘んじ、野心もなく、向上心もない。若い頃、釣りばかりで結句、人に誇れる特技もない。だから、いま大変な思いをしている。私は御免だ」

歳を取ってからそのような思いをするなら、いま、努力する。そのどこが大変なのかと逆に問われた。

「ちょっとそこで待っててください」

「私は忙しい……」

林太郎の言葉を最後まで聞かず、安次郎は長屋へ走り込むと、井戸で米とぎをしていたおたきに荷を預けた。

「おかえり。あらまたお出かけかい」

「お菜を買って来たから、あとで喰ってくれ」

そういい捨てると、安次郎はとって返した。林太郎はむすっとしながらも待っていた。安次郎は懐手にすたすた歩き始める。

「どこへ行く」

「明神さまです。一緒にいかがですか」

「そのような暇はない」

安次郎は構わず黙ったまま足を進める。

「……す、少しだけだぞ」

眼を伏せて林太郎がついて来た。安次郎は軽く笑って先を歩いた。

神田明神の大鳥居をくぐり、社殿に参拝した。夕刻近くになるので人影もまばらだ。

安次郎は社殿を離れ、境内の右手の茶屋に足を向けた。もう店は仕舞いで、屋根代わりに張られている葭簀《よしず》も取り払われている。だれもいない茶店の腰掛に安次郎は腰を下ろした。

神田明神は坂上にあり、この茶店からは江戸の東側が一望できる。

安次郎がときどき訪れる場所だ。ここから下を眺めると、通りがあって、屋根が連なり、人がいる。武家も町人も男も女もない。ただ人がいるとしか映らない。

自分もその中のひとりなのだと気づかされる。

昨日と大差ない今日を過ごして、今日と変わらぬ明日を迎える。大多数がそうだ。だが皆、懸命に暮らしている。それをここにたしかめに来る。

しかし、この景色は見る者の心によってまったく違ったものにもなる。

林太郎もいつの間にか腰掛けていた。

人を腐すのも、自らを誇示するため、相手より優位に立つためだ。糊付けも墨も、ほんとうに林太郎自身がやったのだろう。しかも、それをわざわざ皆の前でやってみせる。

「林太郎さまは、いつもこんなふうに上からご友人方をご覧になっているんですよ」

川に突き落とされてもしかたがないですね、安次郎は呟いた。

林太郎は顔を強張らせながら口を開いた。

「……私は、父とは違う。学問吟味を通り、よいお役に就く。優秀な者は妬《ねた》まれて当然だ。憎まれるのも承知だ。能力のない者を見下してなにが悪い」

「たしかにその通りですよ。けれど、逆にだれからも認めてもらえなくなってい るのじゃありませんか」

林太郎の顔から、血の気が引いた。

安次郎は立ち上がった。もう自分で引っ込みがつかなくなっているのだろう。誇示すればするほど、皆の反応は冷たくなっていく。皆が、どんどん離れていく。それが恐ろしいから、また目立つことをして見せる。悪循環だ。ほんとうはもうだれかに止めて欲しいのではないか、そんな気がした。

「そのうち疲れちまいますよ」

参道を抜けたところに帰り支度をしている飴屋《あめや》がいた。安次郎は一袋購うと、自分でひとつを口に入れた。林太郎はじっと飴の袋を見ている。

「塾までの道にいかがです」

武士が口に物を入れて歩けるかという林太郎の口中に、安次郎は無理やり押し込んだ。

「な、なにを」

そして袋を林太郎の胸許に押し付けるようにして渡すと、安次郎は身を返した。

「……父が」

林太郎がぼそりと呟いた。安次郎は振り向いた。

「幼いころ、中川にハゼ釣りに連れて行ってくれた。そのたびに飴を買って、道すがら舐《な》めながら歩いた。母は厳しい人だから嫌がっていたが、父はいつも母上には内緒だと、私の口に入れてくれた」

「そうですか。釣りは楽しかったですか」

林太郎が顔を上げ、はにかむような笑みを向けた。

「父は釣りが得意だった。お役に就いてない頃は、父の釣った魚がよく膳に載った。私と父で競うこともあったのだ。母は私が負けて悔しがると、父上には負けて当然だといって笑っていた。悔しかったが、嬉しかった」

「いまも父上さまは釣りを？」

いやと、林太郎は唇を噛んだ。塾の……といいかけて、口をつぐむと、

「もう行かねば……」

安次郎の脇を足早に過ぎて行った。

長屋へ戻るとおたきが飛んで来た。羽織に二分《ぶ》も添えられていたという。安次郎は舌打ちした。

翌日、吉川家を訪れると、すぐに母親が姿を現した。林太郎の姿はなかった。

ふと見ると、玄関には女の履物がぎっしり並んでいる。塾の束脩のために、母親も若い娘たち相手の稽古事でもしているのかと、やり切れない気分になった。お

そらく父親もなにかしらしているのかも知れない。林太郎が塾の、といいかけたのは内職のことだろう。

林太郎の母親は、少しばかり険のある眼で安次郎を一瞥《いちべつ》した。

「そなたが川から林太郎を助けてくれたという職人か。礼を申します」

礼といいつつも、母親はぴんと背筋を張ったままだ。安次郎は紙に包まれていた二分を差し出した。

「こいつは結構です」

「羽織の貸し賃と思えばよろしいでしょう。それと飴の代金です」

不快きわまりないという表情を浮かべた。

「湯島の塾より知らせがありました。林太郎が講義に遅れたのは、そなたのせいだと」

「林太郎さまがそのように」

ええ、母親は勝ち誇ったふうに胸をそらせた。

「林太郎の口からは申しませんでしたが、私に隠し事は通用しません。飴も部屋にあったのを見つけ出しました」

眉間《みけん》に皺《しわ》を寄せながら、

「これまで隠し事などするような子ではなかったのです。今日も具合が悪いなどといい出して……」

そう独り言のようにいったかと思うと、

「二度と林太郎に声をおかけくださいますな」

母親は安次郎に背を向けた。

四

その日はひと息に仕上げてしまいたい仕事があり、昼を抜いて、摺り台に向かっていた。

摺り場には馬連の音だけが満ちていた。その張り詰めた空気を破るように、

「兄ぃ。一大事だ」

直助があたふたと転がり込んできた。

直助にかかれば、猫が屋根から転げ落ちても一大事になるのだろう。

「直！　昼飯に一刻もかけるんじゃねぇ」

長五郎の怒鳴り声に、一瞬、首をすくめた直助だったが、だからまっこと一大

事と再び騒ぎ始めた。

「うるせえ。お前のわめき声を聞いてたら見当が狂っちまいそうだ」

一番年長の職人がむすっと口を曲げた。

「すいやせん。よくいい聞かせます」

安次郎は首を振ると、直助に向けて顎をしゃくった。表に出ろという合図だ。長五郎に頭を下げ、直助の腕を引っつかんで仕事場を出た。

「直。お前の生業はなんだ」

「わかってますよぉ。でもね、こんなところで兄ぃも説教垂れてる場合じゃねぇんです。ほらあの、お武家の小憎たらしい餓鬼……じゃねえ、ご子息さまだ」

「林太郎さま、か？」

「あ、あ、それそれ。林太郎。やっちまったんですよ。昌平黌に通っている同じ歳の旗本の息子を刺しちまったんです」

安次郎は息を呑み、これ以上は開かぬというほどに眼を見開いた。

「ほら、一大事だったでしょう」

安次郎は直助の両肩を摑んだ。

「どこに居る？　林太郎さまはいま、どこだ」

直助の身を揺さぶる。直助は妙な声をあげて、揺らされてると話ができねぇといった。

安次郎は、はっとして指を離した。

「それが皆目わからねえんです。相手を脇差《わきざし》でぶすりとやって、逃げちまったんだそうで」

「相手は無事なのか？」

安次郎は探るようにして訊ねた。

「生きてますよ。腹を刺されたといっても、深く入ったわけじゃねえ、ほんのかすり傷でしょう」

ただ、出血がすごかったらしく刺したほうも、刺されたほうも驚いてしまった。刺した林太郎は脇差をそのまま放《ほう》り出して逃げ、刺されたほうは、仲間に担がれて医者に運ばれたという。

「けど、刺されたほうの餓鬼が痛ぇの死ぬのとわめき散らしてましてね」

まったくいまどきの侍ぇの子どもは、我慢とか耐えるってことをしねぇんでしょうかねぇと、したり顔でいった。

「直、お前もな」

安次郎がぼそりというと、直助が、それはねえよ、兄ぃと、眉を八の字にして口を突き出した。

「番屋にその話は？」

「いま、仙吉親分が走り回ってます」

安次郎は、唇を嚙んだ。

林太郎は多量の血を見て、相手が死んだと思っているかも知れない。だとしたら……安次郎は胸のあたりがきしんだ。しかしやみくもに江戸中を走り回ったところで時間の無駄だ。

どこだ。林太郎が身を隠すような場所、行きそうな処。林太郎と話した、ごくつまらぬことも、必死に思い出そうとした。だが、焦れば焦るほど、なにも出て来ない。

だけど、と直助は顔をしかめた。

「なんだって刀なんか抜きやがったのか、さっぱりわからねぇ」

安次郎は唇を嚙んだ。

「ねえ、兄ぃ、喧嘩《けんか》って奴は、得物《えもの》なんか持っちゃいけねぇでしょう。拳固《げんこ》と拳固でやらなきゃ」

「そうだな」

素手ならば、殴るほうにも殴られたほうにも痛みがある。互いに痛みを知る。だからこれ以上、やってはならないという限界も知れる。いきなり刃を抜くのは卑怯《ひきよう》だ。

いったいなぜ、そのようなことになったのか。

直助が目許を腕でごしごしと擦《こす》る。騒々しくて、お調子者だが、こういう裏表のない真っ直ぐな心根を、安次郎も仕事場の連中も親方の長五郎も好いている。

「兄ぃ。どこか心当たりはねえですか。会ってたんじゃねぇんですか」

安次郎は首を振った。ここひと月近く、まったく会ってもいないし、見かけてもいなかった。直助の眼が、苛立《いらだ》っていた。

兄ぃ、という直助の声がうるさかった。

「いま、思い返しているところだ」

そう怒鳴ったとき、眼の前を棒手振《ぼてふ》りの魚屋が通り過ぎていった。魚……か。

安次郎ははっとした。

中川だ。

「直。これから中川まで行くとどれくらいかかるだろうか」

直助が眼をしばたたいた。

幼いころ、よく父親に連れられてハゼ釣りに行ったたと話していたことを思い出したのだと告げた。

「舟を仕立てて行けば、さほどの刻はかかりません。けど、兄ぃ、中川ったって、長《なげ》ぇんですよ。どのあたりか見当はついているんですかい」

安次郎は首を振った。それじゃぁ、どうにもならねぇよと、直助が鬢《びん》を掻《か》き毟《むし》った。

「せっかく、行き先のあてがついたってのに」

安次郎は一旦、仕事場へ戻り、長五郎の許しを得た。直助は、表で足踏みをしている。

「ちょ、兄ぃどこへ行くんですかい」

足早に通り過ぎる安次郎に直助があわてて追いすがって来た。

「吉川さまのお屋敷だ」

なるほどと、直助が手を打った。じゃ、おいらもお供をという、直助を安次郎は止めた。

「直助は舟を頼む。吉川さまの屋敷は若松町だ。浜町河岸が近い」

「わかりました。浜町ならおれの実家が懇意にしている船宿がありますんで、そこで頼んでみましょう」

直助は背筋を伸ばして力強く応えると、すぐさま駆け出して行った。

吉川家を訪ねると、厳しい顔つきの林太郎の母親が出て来た。

「また、そなたですか。もう林太郎と関わらないよう申し伝えたはずですが」

尖った物言いは変わらないが、顔は蒼白で、落ち着かないようすだ。

おそらく林太郎のことを報《しら》されたのだろうと安次郎は思った。

「林太郎さまはお屋敷にまだ……」

「お話しすることなどありませぬ」

「では、ご主人さまは下城なさっておられますか」

「だから、なんだというのです。お引取りください」

妻女の金きり声が響いたのだろう、

「貴枝《たかえ》、どうした」

林太郎の父、吉川又兵衛が姿を現した。

安次郎は又兵衛を真っ直ぐに見据えて、丁寧に腰を折った。又兵衛は安次郎をみとめると、一瞬、険しい表情を見せたが、ほうと眼を見開いた。

「吉川又兵衛だ。林太郎が世話になったというのは、そなたかな」

妻女とは打って変わった物静かな口調でいった。すぐ傍らに控えていた貴枝は不機嫌に口許を歪めていたが、奥へ退いた。

又兵衛は首肯すると、もしや林太郎のことで来てくれたのかと、奥を窺いながら声をひそめていった。

安次郎は首を捻った。又兵衛とは以前どこかで会っている。初対面という感じがしない。取り立てて特徴のない、その風貌ではなく、声だ。低く穏やかな物言いに覚えがあるような気がした。

かたじけのうござったと、又兵衛が腰を屈《かが》め、頭を下げる。

あっと思わず安次郎は声を上げた。火除地で旅の母娘の面倒を見ていた武家だ。又兵衛が怪訝《けげん》な顔を安次郎へ向ける。

「少し前に、具合の悪くなった大柄な娘を負ぶっていかれましたね」

おお、と又兵衛も驚き声を上げる。

「おぬし、医者を教えてくれた。いやこれは奇遇だ。林太郎が造作《ぞうさ》をかけた。あらためて礼を申す」

あの日、又兵衛は林太郎のようすを窺いに行っていたのだといった。日ごとに林太郎の顔つきがすさんだものに変わって行くのに気づいていたのだという。よもやこのようなことを引き起こすとはと、強くまぶたを閉じた。

安次郎は、中川でのハゼ釣りのことを又兵衛に話した。

「林太郎が……そのような」

又兵衛は一瞬、言葉を失ったかのようにそっと首を振った。

林太郎を連れ、いくどか行ったことがある処とすれば、中川船番所近くだろうといった。中川船番所は小名木《おなぎ》川の河口と中川の繋がる処に設けられていた。

安次郎は、礼をいうと身を返した。

「本来ならば、私が行くべきではないだろうか」

又兵衛が安次郎の背に声をかけてきた。

「いえ。林太郎さまがお屋敷に戻られることも考えなくてはなりません」

又兵衛が静かに頭を下げる。なにがそう思わせたのかはわからないが、安次郎はこの方なら大丈夫だという気がした。安次郎は頷くと、すぐさま踵《きびす》を返し、吉川家を後にした。

浜町河岸で、直助が舟を用意してくれているはずだった。

雲の流れが早い。安次郎の気持ちもはやる。

「兄ぃ。こっちですよ」

直助が手を振っているのが、見えた。

飛ぶようにして船に乗り込むと、船頭がすぐさま棹《さお》をさした。陽が沈む前に、林太郎を見つけ出さねばと思っていた。

「直、事の起こりはなんだ」

「斬《き》られたのは森谷真吾《しんご》って旗本の倅《せがれ》です」

昌平黌での講義が終わって、門のところで林太郎と森谷が口論を始めたのだという。森谷は二ヵ月後に控えた素読吟味の日に休めと命じたらしい。さらに、林太郎の父を馬鹿にしたあと、必死すぎて見ていられん。お前もあわれな奴だと、森谷が笑った瞬間、林太郎が脇差を抜いたのだ。

小名木川を下る。川風が安次郎の頰をかすめていく。

あわれな奴……。その言葉が林太郎の張り詰めていた自尊の糸を切ったに違いない。

新高橋を越えるとあたりは大名家の下屋敷と明地《あきち》が広がっている。左手は十万坪と呼ばれる広大な埋立地だ。

薄暮が迫り、視界が急に狭くなるような気がした。

「兄ぃ、あすこに」

安次郎は眼を凝らした。

小名木川沿いに植えられている松の木の下だ。かつてはここに五本の松があったが、いまは枯死して一本しか残っていない。だが、その一本は小名木川の水面にまで枝を伸ばしている。その松の幹に背を預け、うずくまっている人影が見えた。髷《まげ》がぐずぐずに崩れている。袴も着物も乱れていた。

「林太郎さま！」

顔を伏せていた林太郎が一瞬、安堵したふうな表情を向けたが、すぐに頬を引きつらせた。弾かれたように立ち上がり、走り出す。履物もどこかで失《な》くしたのだろう、素足だ。林太郎の狼狽《ろうばい》が哀しかった。安次郎は舟を寄せ、川べりに下り立つと、林太郎を追う。もう林太郎には気力も体力も残されていないようだ。半町（約五十四メートル）も行かぬ間に足の運びが緩み始めた。それでも林太郎は走ることをやめない。

安次郎は、背から包み込むように林太郎の身体を抱え、

「逃げちゃいけません」

腕に力を込めた。

直助を吉川家へと走らせ、林太郎を一晩、預かる了承を得た。妻女の貴枝には、まだ見つからないと又兵衛は告げたようで、

「奥の座敷から、あなたが捜しに出ればよいではありませぬかって、ご妻女のきいきい声が聞こえてきたんで、あわてて逃げて来ました」

と、直助は汗を拭った。

林太郎に刺された森谷真吾もごく浅手であったため、騒ぎ立てれば逆に恥だと、林太郎の処遇は吉川家にまかせると森谷家よりすでに書状が届いていたという。昌平黌ではどのような処罰を下すかはわからないが、林太郎が裁きを受けるようなことは免れたようで、安次郎は胸をなでおろした。

林太郎は黙りこくったままでいた。安次郎も話しかけることはしなかった。おたきの作った飯をかき込み、林太郎は泥のように眠った。

日の出とともに揺り起こし、安次郎は林太郎を伴って摺長へ向かった。

奉公一年目の小僧が、表を掃いている。

「安次郎さん、おはようございます」

「おう」

林太郎は初めて見る摺り場を、珍しそうに眺め回した。

安次郎は摺り台に向かった。

紙に刷毛で水を含ませ、その上に布を被《かぶ》せて、寝かせておく。馬連を取り、軽く握って調子をたしかめた。脇に置かれている版木を一枚取る。絵具を並べ、とき棒で、版木に色を置き、すばやく刷毛で延ばした。見当に合わせて紙を載せ、馬連を握り、ひと息に色をきめ込む。紙の上で馬連が軽やかだが、力強い音を立てる。

版木から紙をはがすと、息を詰めて見つめていた林太郎が肩の力を抜いた。

安次郎はべつの版木を取った。色を置くと、また同じ動作を繰り返し、すでに色の入っている紙を再び載せる。

「手を広げてください」

林太郎が安次郎の前に手を出すと、摺りあげたばかりの画をそっと置いた。岩場の部分だけしか色は入っていない。

「使った色は二色ですが、三色になっているのがわかりますか」

林太郎がはっとした顔をして、頷いた。

「かけ合わせ、というんですよ。色が重なってまったく違う色を作る。これだと、光があたっている岩肌、波を被って濡れた岩肌、その陰と、画に奥行きやおうとつを出すことが出来るわけです」

林太郎は食い入るように見つめていた。

「林太郎さまも一色じゃねえんです。これからいろんな色を好きに重ねられるんですよ」

林太郎は顔を上げたが、すぐに視線を落とした。

「……わたしは学問が好きです。けれど剣術もやりたい。もっと皆とも遊びたい。森谷とは一番の友でした。もっと話がしたかった。父とも釣りに行きたいのです。のんびりと釣り糸を垂れて……」

それは欲張りすぎだと、安次郎は林太郎に笑いかけた。

「林太郎さまが、どんな色を出せるか楽しみですよ」

最後の言葉は長五郎の受け売りだ。

安次郎は立ち上がった。

吉川家の門は開け放たれていた。

安次郎が訪《おとな》いを入れると、吉川又兵衛と貴枝がすぐに姿を見せた。又兵衛が安次郎に黙って会釈をする。貴枝は裸足《はだし》のまま三和土《たたき》に降りると、林太郎を抱きしめた。

「よく戻りました。母がどれほど心配したか。なにも気に病むことはなかったのです。ふだんから森谷真吾はそなたの才能を羨《うらや》み、妬んでいたのですから」

素読吟味の日に休めなどと、武士として恥知らず極まりない。才のない者ほど、卑怯なことを考え出すのが得意なのだと、まくしたてた。

「皮一枚ほどの傷を大げさに騒ぎ立てて、そなたを陥れようとしたとしか思えません。林太郎のしたことは悪いことではありません。森谷は斬れるなら斬ってみろといったのでしょう。その通りにしたそなたになんの非がありましょう」

貴枝は林太郎の頬を両手で包み込んだ。

安心なさい。そなたは昌平黌で優良なのです。母にすべてまかせて……と、いいかけたとき、

「黙りなさい！」

又兵衛が貴枝を一喝した。貴枝は眼を見開き、信じられぬというふうに我が夫を見た。

又兵衛は、貴枝を林太郎から引き離した。

ぱん。

又兵衛が林太郎の頬を思い切り張った。林太郎は足許をふらつかせる。

「なにをなさいます」

貴枝が林太郎に駆け寄ろうとしたが、又兵衛はそれを制し、再び林太郎の頬を叩いた。

又兵衛は二度、三度と頬を打った。林太郎の口の端から、血が一筋流れる。それでも林太郎は歯を喰いしばり、しっかりと立っていた。

貴枝は真っ青な顔で唇を震わせ、林太郎をかき抱《いだ》いた。

「乱暴はおやめくださいませ。林太郎はあなたとは違うのです。将来《さき》があるのですよ」

「そなたの影でもない」

貴枝は口をあんぐりと開けて、又兵衛を見つめていたが、

「なにをおっしゃっているやら、わかりませぬ。林太郎のためを思えばこそ、わたくしは」

憤然といい放つ。

「まこと林太郎のためといい切れるか。もう十分だとは思わぬか」

又兵衛が貴枝に視線を向けた。その眼差《まなざ》しはどこか哀しげだった。貴枝は口許を震わせ、林太郎から身を離すとそのまま膝をついた。

林太郎は俯《うつむ》いたまま立っている。又兵衛は林太郎を厳しく見据えた。

「お前は過《あやま》ちを犯した」

はいと、俯いたまま林太郎は小さく応えた。

「これから森谷家へ謝罪に行く。よいな」

はいと、林太郎は面《おもて》を伏せたまま、父の姿を上目《うわめ》遣いに窺う。

「真吾どのもお前に詫びたいそうだ」

えっと、林太郎が顔を上げた。

又兵衛はふと眼を細め、穏やかな口調で言った。

「疲れたろう」

林太郎は口許を震わせた。

「——また、ハゼ釣りに行こう」

「はい」

林太郎の声がはっきりと響いた。林太郎は唇を噛みしめる。そして又兵衛に抱きつき、静かに泣き声を上げ始めた。

　安次郎は踵を返し、吉川家を後にした。

　摺り場へと戻りながら安次郎の足取りは軽かった。ふと、信太の顔が浮かんだ。

　昌平黌は喧嘩両成敗として林太郎の罪は問わなかった。だが周囲を騒がせた罰として、林太郎と森谷真吾には、たっぷり課題が出されたらしい。

　安次郎は懐から一枚の半紙を取り出し、息を洩らした。

『子曰、過而不改、是謂過矣』

　堂々とした筆づかいで記されている。

　近頃は、きっちりと仕事場に現れる直助がそれを覗き込んで眼をぱちくりさせた。

「兄ぃ、なんです、そりゃ」

「林太郎さまが今朝、いきなり長屋へ来て渡してくれたのさ。子《し》、曰《いわ》くの中の言葉だ」

　相変わらず、こまっしゃくれた真似をする小僧だと、直助は唇を歪めた。

「でもよかったですねぇ。この間、皆と笑って昌平坂を下りて来る姿をみかけましたよ。で、この文句は、どういう謎《なぞ》かけなんですかい？」

「謎かけじゃないさ」

過ちて改めざる、是《これ》を過ちと謂《い》う……。

「間違いを直さないことが間違いだという意味だ」

直助がぽかんと口を開けた。

「なんだ。そんなの、あたりめぇじゃねえですか。子、曰くってのはそういうあたりまえのことを小難しく書きやがっただけのもんですか？　どれほど大層なものかと思ったら」

そうだなと、安次郎は半紙を懐へ戻した。

「でも、さすがは兄ぃだ。こんなものをすらすらっと読んじまうなんて。物知りというか、ええと、はく、はく」

「博識か？」

ああ、と直助が膝を打った。安次郎は苦く笑った。

と、長五郎が仕事場に入って来た。風呂敷包みを手にしている。

「彫竹から版木が届いたぜ、安」

秋の柔らかな光が、仕事場に満ちていた。安次郎は包みを受け取りながら、今日は仕事がはかどりそうだと、思った。

『いろあわせ　摺師安次郎人情暦』（ハルキ文庫）所収

解説

菊池《きくち》 仁《めぐみ》
（文芸評論家）

半世紀以上前のことであるが、記憶に鮮明に刻印されている時代劇の場面がある。題名は思い出せないのだが、町のはずれで老人が作業している鍛冶屋が映し出された。老人の背後の壁と横の土間に、整然と並べられた何種類にも及ぶ道具があった。注文されたモノを最高の形にして仕上げるために工夫された道具の数々なのだろう。その道具たちが老人の職人技の技量を語っていた。物語の詳細は忘れてしまったが、この場面のディテールが際立っていて、細部にこそ神は宿るのだと思った。

江戸時代には、現代人の感覚では理解できない珍しい役職や職種が存在したし、現在まで連綿と続く職人技の源流を見出すことができる。要するに職業は時代を映す鏡であり、中でも職人の生きざまや職人技は、そのユニークさをフィルターとすることで、独自の物語を紡ぎ出す原動力となる。特に優れた職人技を匠《たくみ》の技とすれば、技の凄さを通して、江戸の情緒や匂い、時代を駆け抜けていった人々の足音を活写できる格好の題材となる。本書は、作者が叡智《えいち》と経験を傾注して探り当てた匠の技を描いた作品を収録した。

夜の小紋　乙川優三郎

作者は短編小説の名手である。作家としての出発点となった『霧の橋』、『喜知次《きちじ》』、『蔓《つる》の端々』といった長編も時代小説に爽やかな新風を吹き込む傑作であったが、作者の優れた資質を端的に示したのは短編であった。特に『椿山』、『五年の梅』、『屋烏《おくう》』、『武家用心集』、『むこうだんばら亭』などの短編集に登場する女性たちの、粘り強く懸命で痛切な生きざまは鮮烈な印象を与えた。

「夜の小紋」は、小紋に魅せられた魚油問屋の由蔵が、家業を継ぐために将来を誓い合ったふゆとも別れ、小紋をあきらめる。九年後、魚油問屋の主人として由蔵は暮らしているが、小紋への夢を捨てきれずにいる。ある日、行きつけの料理屋で着物好きの女将《おかみ》から先日、面白い小紋を見つけたという話を聞く。ここから物語は一気に佳境に入る。女将との着物談義と、由蔵の夢の中で確かな仕事をしているふゆが真の主人公である。巧《うま》い作りである。端正な筆が紡ぎ、染め上げた精巧な細工品を見ているようだ。

三猿の人　野口 卓

「鏡磨ぎ。カガミ・トギー。ピッカピカに磨ぎます磨ぎます。いくら自慢のお顔でも、鏡が曇れば映りません」

という呼び声で、江戸の町を流す鏡磨ぎの老人、梟助が主人公の洒落た一編。〈みがき〉ではなく〈とぎ〉なのが味噌となっている。梟助は鏡を磨きながら、お得意様で噺《はなし》を披露するので、それを待っているお客さんがいる。この設定が人気の原動力となっているわけだが、「三猿の人」を選んだのは、鏡磨ぎの仕事ぶりが詳細に書き込まれているからである。鏡磨ぎに必要な道具の数々の紹介と、無駄を感じさせない熟練の技の鮮やかさを流暢《りゅうちょう》に綴っていく筆の滑らかさは独壇場といえる。鰻《うなぎ》をネタにした落語の蘊蓄《うんちく》は、読者へのサービスでもある。

秋草千鳥模様　あさのあつこ

物語の面白さを満載した男くさい「弥勒《みろく》シリーズ」は別格として、作者はヒロインが活躍するシリーズを得意としている。不思議な力を備えた娘が活躍する「おいち不思議がたり」、堕胎専門の闇医者が辣腕《らつわん》を振るう「闇医者おゑん秘録」などである。中でも最も凝った造りで人気を集めているのが「針と剣　縫箔屋事件帖シリーズ」である。第一巻『風を繡《ぬ》う』は、刺繡《ししゅう》という艶やかな職人技と、その対極にある剣術の世界を極めることに情熱を傾けるおちえと吉澤一居の成長物語となっている。章タイトルが凝っていて、全て模様の名前が使用されている。

「秋草千鳥模様」は、おちえが通りかかったところで一居を見かける。一居が凝視しているのは半襟の模様である。そこには光琳《こうりん》模様と呼ばれる模様が描かれていた。人の思いを受け取って職人が腕をふるったものである。みずみずしい筆致で描かれた物語世界ほど贅沢なものはない。

自鳴琴からくり人形　佐江衆一

作者は、『江戸は廻灯籠』、『江戸職人綺譚』、『続江戸職人綺譚』等の作品で、職人たちの誇りと悲喜交々《こもごも》のドラマを得意分野として活躍してきた。『江戸職人綺譚』の〈あとがき〉に次のような文章を寄せている。
《使い勝手よく、切れる道具ほどよく使われ、研がれ、叩かれて身を削り、すり減って消えてゆく。その滅びゆく姿に、職人の必死の情念の残照がある。》
「自鳴琴からくり人形」もまさにこの言葉通り、名も残さず、技にこだわり続けて消えていった職人の魂と情念を照射した作品と言える。幕末を舞台に、手鎖の刑を受けた偏屈なからくり師の庄助と、それを監視する伝馬町牢奉行配下の同心・黒田三右衛門の身分や立場を超えた交誼《こうぎ》を綴ったものである。からくり人形をめぐる二人のやり取りに場面を絞った作者の練達の筆に脱帽である。

張形供養　南原幹雄

作者の初期の職人ものは、題材の特異さが際立っていて、他の追随を許さない独自の世界を形成している。「死絵六枚揃」、「かげろう絵師」、「秘戯図を彫る女」、「秘伝　毒の華」などである。「張形供養」も張形を作る異能の職人が主人公で、作者の独壇場ともいえる作品。水野越前守忠邦は天保改革で都市への徹底した奢《しゃ》侈《し》禁止・質素倹約を命じ、熾烈《しれつ》を極めた取り締まりを行った。これに反骨心を燃やしたのが張形師の仙吉である。読みどころは、取り締まりの厳しいさなかは、公儀とのいたちごっこに闘志を燃やし、世間をはばかりながら張形作りに精を出した仙吉だが、忠邦が大奥の反感を買って失脚すると、張形は売れなくなり、意気消沈してしまう。そんな職人の心情を鋭くえぐり出している。ラストシーンは映画を観ているような鮮烈な印象を与える。

鞘師　五味康祐

作者は、「喪神《そうしん》」、「柳生連也斎《やぎゅうれんやさい》」、「桜を斬る」、「霜を踏むな」、「秘剣」、「剣法奥儀」など、死を背景に置いた切迫した立ち合い場面を、映像詩を観ているような流麗な筆致で描き、剣豪小説ブームの立役者となった。

「鞘師」を収録した『剣法秘伝』には、「鐔師《つばし》」、「柄師《つかし》」と合わせて三作が収められている。いずれも刀を構成する道具に魅せられた職人を始めとした人間たちの生きざまを描くことを意図した短編となっている。剣技を描くことから、鐔、柄、鞘にテーマを発展させていったところに作者の非凡さを窺《うかが》うことができる。

文中で鞘について次のような蘊蓄を傾けている。

《ならば威厳は刀自体の姿にそなわっておらねばならぬ。しかも『抜くこと罷《まか》りならぬ』刀であれば、刀の姿は仍ち鞘の姿である。威厳は、鞘が示す。居合で曰《い》う「勝負は鞘のうちにあり」の奥旨にもこれは適《かな》う。》

時代が戦国から泰平へと転換していく中で、鞘を梃子《てこ》に作者らしい複雑な筋書きを考案し、緊迫した剣豪小説に仕立てている。五味版剣豪小説の面白さを堪能できる好短編である。

かけあわせ　梶よう子

作者は、『広重ぶるう』、『吾妻おもかげ』、『北斎まんだら』、『ヨイ豊《とよ》』、『迷子石』など絵師を題材とした作品で旺盛な筆力を示した。中でも本編が収録されている『いろあわせ』は、長編第三作で、題材のユニークさと幅の広さには驚嘆した。埋もれた歴史から摺師というユニークな題材を掘り起こしてくる着眼の鋭さは、一際光っていた。

同書は、凝った造りになっていて、各話のタイトルに「かけあわせ」、「ぼかしずり」といった摺師の技の名を付け、それと登場人物の人生を二重写しにする独特の手法を用いている。つまり、安次郎の人物造形に志と哲学を刻み込み、そこに技を融合させることで、濃密な人間ドラマに仕立てているのだ。では、「かけあわせ」は、どういう人生を描き出したかが読みどころである。

【収録作品一覧】

乙川優三郎
夜の小紋　『夜の小紋』（講談社文庫）所収
野口　卓
三猿の人　『ご隠居さん』（文春文庫）所収
あさのあつこ
秋草千鳥模様　『風を繡う　針と剣　縫箔屋事件帖』（実業之日本社文庫）所収
佐江衆一
自鳴琴からくり人形　『続　江戸職人綺譚』（新潮文庫）所収
南原幹雄
張形供養　『江戸妻お紺』（徳間文庫）所収
五味康祐
鞘師　『剣法秘伝』（徳間文庫）所収
梶　よう子
かけあわせ　『いろあわせ　摺師安次郎人情暦』（ハルキ文庫）所収

※本書には、「乞食」という職業や境遇についての不適切な表現があります。また、「気狂い」や、隻眼を揶揄する「がんち」など、今日の観点からは使用を控えるべき精神障害や身体障害への差別的な用語も用いられています。
しかしながら、編集部では、作品が書かれた時代背景および、一部の作品においては著者が故人であることなどを考慮し、発表当時の表現のまましました。差別の助長を意図するものではないということをご理解ください。

【編集部】

光文社文庫

時代小説傑作選

江戸《えど》の職人譚《しよくにんたん》

編　者　菊《きく》池《ち》仁《めぐみ》

2024年12月20日　初版１刷発行

発行者　三宅貴久
印　刷　堀内印刷
製　本　ナショナル製本

発行所　株式会社　光文社
〒112-8011　東京都文京区音羽1-16-6
電話　(03)5395-8147　編集部
8116　書籍販売部
8125　制作部

落丁本・乱丁本は制作部にご連絡くだされば、お取替えいたします。

ISBN978-4-334-10528-0　Printed in Japan

組版　萩原印刷

光文社時代小説文庫　好評既刊

弥勒の月　あさのあつこ
夜叉桜　あさのあつこ
木練柿　あさのあつこ
東雲の途　あさのあつこ
冬天の昴　あさのあつこ
地に巣くう　あさのあつこ
花を呑む　あさのあつこ
雲の果　あさのあつこ
鬼を待つ　あさのあつこ
花下に舞う　あさのあつこ
乱鴉の空　あさのあつこ
旅立ちの虹　有馬美季子
消えた雛あられ　有馬美季子
香り立つ金箔　有馬美季子
くれないの姫　有馬美季子
光る猫　有馬美季子
華の櫛　有馬美季子

恵む雨　有馬美季子
麻と鶴次郎　五十嵐佳子
花いかだ　五十嵐佳子
百年の仇　井川香四郎
優しい嘘　井川香四郎
後家の一念　井川香四郎
48KNIGHTS　伊集院静
橋場の渡し　伊多波碧
みぞれ雨　伊多波碧
形見　伊多波碧
家族　伊多波碧
城を噛ませた男　伊東潤
巨鯨の海　伊東潤
男たちの船出　伊東潤
剣客船頭　稲葉稔
天神橋心中　稲葉稔
思川契り　稲葉稔

光文社時代小説文庫　好評既刊

光文社時代小説文庫　好評既刊